KASEY MICHAELS

La dama errante

Editado por HARLEQUIN IBÉRICA, S.A.
Núñez de Balboa, 56
28001 Madrid

LA DAMA ERRANTE, Nº 130 - 1.3.12
Título original: The Taming of the Rake
Publicada originalmente por HQN™ Books
Traducido por María Perea Peña

Editor responsable: Luis Pugni

I.S.B.N.: 978-84-9010-326-5
Depósito legal: B-2440-2012
Impresión: LIBERDÚPLEX
08791 Sant Llorenç d'Hortons (Barcelona)

Distribuidor para España: SGEL

A mis hijas y mejores amigas, Anne y Megan, con amor.

PRÓLOGO

Los hombres han muerto a lo largo del tiempo, y los gusanos se los han comido, pero no por amor.

William Shakespeare

Oliver Le Beau Blackthorn era joven y estaba enamorado, lo cual hacía de él un candidato ideal para tener un comportamiento menos que inteligente.

Así, con la visión oscurecida de un hombre encandilado, aquel mismo Oliver Le Beau Blackthorn subió ágilmente los escalones de mármol de la entrada de la mansión de Portland Place, con el corazón lleno de esperanza y un ramo de flores contra el pecho, y tocó a la enorme puerta con el llamador de bronce en forma de cabeza de león.

Oliver, conocido en familia como «Beau», hizo un rápido repaso a su atuendo, que había estado preparando durante dos horas enteras, desechando media docena de pañuelos para el cuello y alterando los nervios de su ayuda de cámara.

Llevaba unos pantalones de ante marrón de la mejor calidad, una camisa de lino blanco y un chaleco de seda a rayas marrones y azules que se ajustaba a la perfección a la forma de su cuerpo joven, delgado y musculoso. Llevaba también una chistera de piel de castor, cuyo ángulo de inclinación había estado afinando más de diez minutos para que mostrara su pelo rubio dorado y espeso, en vez de aplastárselo, y para que el ala no le oscureciera los ojos azules.

Acababa de darse cuenta de que tendría que entregarle el sombrero al lacayo de los Brean, junto a sus guantes nuevos de ante marrón y su bastón; lady Madelyn no los vería nunca.

Umm. Nadie le había abierto todavía. Aquello era una grosería. Alzó la mano para llamar de nuevo; justo en aquel momento se abrió la puerta, y estuvo a punto de golpearle la nariz al sirviente.

Beau miró con severidad al criado, que le cedió el paso rápidamente, y el señor Blackthorn entró en el vestíbulo de mármol. Se dio cuenta de que estaban empezando a arderle las mejillas, debido a su tendencia a ruborizarse.

Poco después, el mayordomo lo guió hacia el salón principal de la casa, mirándolo con algo parecido a la desaprobación, para que esperara allí a lady Madelyn Mills-Beckman, la hija mayor del conde de Brean y amada de Blackthorn.

—Muchas bes por aquí —murmuró para sí. Aquello era una señal del nerviosismo que sentía, que al menos había conseguido disimular hasta el momento. Había tenido aquel pequeño resbalón con el lacayo, pero de todos modos, Beau todavía se sentía confiado.

Hasta que oyó una voz femenina y joven que interrumpió sus cavilaciones.

—Algunos piensan que hablar solo es un síntoma de locura. Por lo menos, eso es lo que dijo mi madre, una vez, sobre la tía Harriet, y estaba como una cabra. La tía Harriet, quiero decir. Mi madre solo era boba. Una vez vi a mi tía Harriet con la ropa del revés. ¿Son para Madelyn esas flores? Será mejor que os explique que mi hermana odia las flores. Le producen estornudos, y los ojos se le ponen llorosos, y empieza a moquear…

Beau ya se había dado la vuelta y había visto a lady Chelsea, una niña bastante perniciosa, de unos catorce años, arrellanada en una butaca cerca de la ventana. Tenía las piernas flexionadas, metidas bajo la falda del vestido, y un libro abierto en el regazo.

Observó con reticencia su melena rubia y ondulada, y sus ojos de color azul grisáceo, y pensó que su postura podría ser más decorosa.

Beau ignoró la sonrisa amplia y burlona de la muchacha.

Había tenido la mala suerte de cruzarse con lady Chelsea dos veces durante el último mes, siempre con un libro en la mano y con una palabra impertinente en la boca, y lamentó verla aquella mañana como había lamentado verla en las dos ocasiones anteriores.

—Vuestro padre debería poner un cerrojo en la puerta de la habitación infantil —dijo, mientras caminaba hacia la entrada de la terraza y, sin miramientos, lanzaba el ramo de flores al jardín.

Lady Chelsea se rió, aunque él no supo si la diversión se debía a su comentario o a las flores. Pero entonces, ella se lo dijo, por supuesto.

—Encontraría otra manera de salir. No tengo madre, y comprenderéis que hay que ser indulgente conmigo. Soy demasiado joven como para ponerme de largo, y tengo demasiada tendencia a las travesuras como para poder dejarme sola con mi institutriz en el campo, mientras Madelyn se hace un sitio en la sociedad. Supongo que querréis que me marche antes de que ella entre en escena y vos la deleitéis babeando sobre las punteras de sus zapatos. Oh, mirad, tenéis una mancha de agua de los tallos de las flores en ese espantoso chaleco que lleváis. Seguro que eso va a estropear vuestro aire de trascendencia.

Beau se frotó rápidamente el chaleco, antes de que su cerebro pudiera informar a su orgullo de que aquella maldita niña se estaba burlando de él. ¿Y solo había pensado en la habitación infantil como castigo para ella? Sería mucho mejor que aquella cría descarada desapareciera del país, tal vez incluso del universo. Sin embargo, no le dijo nada de eso.

—Me gustaría hablar con lady Madelyn en privado, sí.

—Oh, muy bien, si os vais a poner tan ceremonioso…

Lady Chelsea se puso en pie y se alisó la falda del vestido. Beau se dio cuenta de que era una niña muy guapa. Seguramente, dentro de pocos años rompería muchos corazones. Sin embargo, a su hermana mayor no le llegaba ni a la suela del zapato; Madelyn tenía los ojos azules como el hielo, el pelo tan rubio que casi parecía blanco, la boca carnosa y rosada, y un cutis perfecto que siempre lucía con unos vestidos muy escotados.

Beau se metió un dedo por el cuello de la camisa y tiró ligeramente, como si de pronto tuviera dificultad para tragar. Algo que se volvió imposible para él cuando el objeto de sus afectos entró, por fin, en la estancia.

—Señor Blackthorn, qué sorpresa tan agradable. No creía que os vería tan pronto después de nuestro baile en la fiesta de la lady Cowper. Qué pillo, aparecer sin invitación, de esta manera. Es muy escandaloso, de veras. ¿Y bailar conmigo y marcharos? Fue muy romántico y atrevido —dijo lady Madelyn. Después miró a Beau con la cabeza ladeada y le preguntó—: ¿Me habéis traído un regalo? Me encantan los regalos.

Beau le hizo una reverencia al amor de su vida y se disculpó por sus malos modales.

Lady Madelyn se quedó algo contrariada durante un momento, pero después se animó.

—Muy bien, acepto vuestras disculpas. La próxima vez tal vez podáis traerme unas flores. Me encantan.

Beau oyó una risita desde el rincón, y supo que la hermana pequeña se estaba riendo de él. Sin embargo, no la miró, y se negó a acusar el golpe.

—Os compraré todo un invernadero lleno de flores —le prometió a lady Madelyn con todo su corazón, y volvió a inclinarse ante ella—. Y ahora, si no os importa, ¿podríamos hablar a solas? Hay un asunto muy importante que deseo tratar con vos. Después de lo sucedido anoche en el baile, estoy seguro de que sabéis de qué se trata. Lady Madelyn no se movió, no pestañeó, pero hubo algo que cambió en sus ojos de color hielo. Se le heló la sonrisa, y palideció hasta que se quedó como una figura de porcelana.

—Vamos, señor Blackthorn, vos sabéis que eso no es posible. Ninguna joven dama se queda a solas con un caballero. Yo creo, si acaso estoy interpretando acertadamente lo que habéis dicho, que es a mi padre, que está ausente, a quien deberíais dirigiros, no a mí —le reprochó ella, con la voz ahogada—. Chelsea, querida, ¿podrías hacerme el favor de pedirle a nuestro hermano que venga? Me temo que la señora Wickham todavía está vistiéndose.

—Pero si la he visto antes en las escaleras, y estaba completamente…

Lady Madelyn se giró hacia su hermana y la fulminó con la mirada.

—¡Obedece!

—Eres una esnob —dijo Chelsea mientras salía de la habitación.

Oliver Le Beau Blackthorn era joven y estaba enamorado, y por lo tanto, no pensaba con claridad. Sin embargo, tampoco hacía falta estar especialmente lúcido para darse cuenta de que la situación perfecta que él había imaginado y lo que estaba ocurriendo de verdad eran polos opuestos.

Seguramente, Madelyn estaba nerviosa. Las mujeres tendían a ponerse nerviosas en momentos como aquel; no podían evitarlo. Él debía ser paciente.

—Lady Madelyn… Y, si me permites la osadía, querida, querida Madelyn —dijo, aprovechando que se habían quedado a solas. Se puso de rodillas y tomó su mano derecha, tal y como había practicado con Sidney, su ayuda de cámara—. No es ningún secreto que te he admirado profundamente desde el momento en que nos conocimos. Y a cada nuevo encuentro, mi afecto ha aumentado, y creo que es algo recíproco, sobre todo después de que diéramos nuestro paseo anoche, cuando me atreví a besarte y tú me hiciste el gran honor de permitírmelo…

—¡Ni una palabra más! ¡Qué ordinario sois por hablar de esos temas! Ningún caballero sería tan grosero como para echarle a la cara a una dama un momento de locura. ¿Un beso? Fue una nadería, un atrevimiento, nada más que eso. ¡Levantaos! Sois horrible.

¿Un beso? Había sido considerablemente más que un beso. Ella le había permitido que le acariciara el pecho a través de la fina tela de su vestido, y había gemido de deleite contra su boca mientras él pasaba el dedo pulgar sobre su pezón endurecido. De no haber sido por el ruido de unos pasos que se aproximaban, habría habido mucho más. Él estaba a punto de explotar, y se había salvado por muy poco de pasar aquella vergüenza, por el amor de Dios.

Si hubiera tenido la mente clara, Beau habría pensado que era una mujer fría y sin corazón. Pero no, estaba enamorado. Y ella estaba disgustada, claramente.

—Sé que estoy siendo muy atrevido —insistió Beau. Había pasado toda la noche en vela, ensayando su discurso—. Solo quiero pedirte permiso para hablar con tu padre. No desearía hacerlo si mi afecto no fuera correspondido.

—Pues bien, no lo es —respondió lady Madelyn acaloradamente, soltándose la mano de un tirón—. Sois un don nadie y un ambicioso. Solo porque vuestro padre sea uno de nosotros y a vos os hayan aceptado en algunas casas por esa ridícula fortuna que él os ha regalado no sois de nuestra clase. ¿Es que no sabéis que todo el mundo se ríe de vos? Sois el hazmerreír de todo Mayfair, Beau Blackthorn. Ninguna muchacha de buena familia se dignaría a comprometerse con… con un bastardo como vos.

Beau recordaría, más tarde, que el hermano de la dama había entrado en el salón en algún momento, durante el transcurso de aquella contestación que le desgarró el alma, acompañado por dos fornidos lacayos que rápidamente lo asieron por los brazos y lo pusieron en pie para arrastrarlo hacia la puerta.

Él gritó el nombre de su amada, pero ella ya le había dado la espalda y se estaba alejando, sujetándose el vestido como si no quisiera que el bajo de la falda tocara nada repugnante.

¿Un atrevimiento? ¿Una nadería? ¿Eso era todo lo que él significaba para ella? ¿Madelyn lo había estado provocando mientras se reía de él? ¿Era así como se le veía, de verdad, en la alta sociedad? ¿Como a una especie de mono a quien miraban bailar? ¿Un oso de circo a quien podían azuzar con un palo para ver cómo reaccionaba? «Vamos, bastardo, ven aquí y bésame, toca lo que nunca vas a tener. Y después, aléjate. Tú no eres uno de nosotros».

Su madre se lo había advertido, y no solo a él, sino también a sus otros dos hermanos. Beau nunca había creído en sus fatídicas predicciones. Sin embargo, ella era la que tenía razón.

Finalmente, Beau, con todas sus suposiciones y con las esperanzas de su joven vida rotas a sus pies, recuperó súbitamente el sentido común. Forcejeó violentamente para liberarse, pero no lo consiguió, hasta que lo sacaron de la casa y lo arrojaron por las escaleras de mármol hacia el camino de piedra de la entrada. Oyó y sintió la rotura del hueso de su antebrazo izquierdo, y todo el aire de los pulmones se le escapó por la boca.

Entonces, el primer latigazo le cruzó la espalda, y él solo pudo protegerse de los golpes encogiéndose sobre sí mismo, tratando de taparse la cara y los ojos, y el brazo roto.

—¿Insultar a mi hermana? ¿Aprovecharse de su inocencia? —el vizconde restalló el látigo una y otra vez, y el cuero trenzado con la punta de metal cortó la chaqueta nueva de Beau y también la piel de su espalda—. ¿Situarse por encima de su posición? ¡A esto es a lo que se llega cuando se tolera a los de tu clase! ¡A la debacle social! ¡Eres una aberración y una indecencia! ¡Debería arrojarte al Támesis, porque no eres más que un perro!

Por fin terminaron los latigazos, seguidos de varias patadas de los lacayos, y Beau oyó un portazo. Se puso en pie con cuidado. Le dolía horriblemente todo el cuerpo, y tenía el corazón hecho jirones, como la chaqueta. Uno de los lacayos le escupió mientras le gritaban que se marchara, y con sus imprecaciones, terminaron de llamar la atención de todos los transeúntes que no se habían parado ya a admirar el espectáculo.

Mientras se sujetaba el brazo roto, Beau se giró a mirar hacia la mansión, y vio que la puerta principal se abría ligeramente y lady Chelsea asomaba la cabeza. Tenía los ojos llenos de lágrimas.

—Lo siento muchísimo, señor Blackthorn —dijo mientras se echaba a llorar—. Madelyn es engreída y cruel, y Thomas es un idiota. Supongo que ninguno de los dos puede evitarlo. Yo no creo que seáis el hazmerreír de Mayfair. Creo que… sois muy respetable, aunque un poco bobo. Lo mejor es que os vayáis ahora, y que sea muy lejos.

Y entonces, cerró la puerta, y Beau se quedó mirando a su mozo, que se había quedado esperando en el carruaje. Él había pensado en llevar a lady Madelyn de paseo después de hablar con su padre, y tal vez, robarle otro beso, y algo más, mientras iban hacia Richmond Park.

—Gracias, no, y muchas gracias por haber saltado a ayudarme con la misma lealtad que una planta —dijo rígidamente Beau, apretando los dientes para contener las náuseas, mientras el mozo daba un paso hacia delante para sujetarlo—. Llévate el coche a mis caballerizas. Yo voy a volver andando a Grosvenor Square.

Y eso fue lo que hizo. Recorrió a pie el camino que había hasta la mansión de su padre. Algunas veces se tambaleó, pero siempre consiguió erguirse. Mantuvo la cabeza alta y la espalda recta, y miró a los ojos a todos aquellos con quienes se cruzaba. Quería que lo vieran, que vieran lo que le habían hecho los que se llamaban a sí mismos caballeros y damas, pensando que eran mejores que él, más civilizados. Que se rieran ahora, si podían. Y que lo recordaran, para que la próxima vez que vieran a Oliver Le Beau Blackthorn, o que se cruzaran en su camino, supieran que era mejor tener cuidado.

A cada paso que daba, los demás cruzaban rápidamente de acera para evitar verlo así, con la ropa rasgada y ensangrentada. Ninguno de ellos movió un dedo por ayudarlo, ya fueran conocidos o supuestos amigos. Y mientras sucedía eso, él iba dejando atrás su juventud, hasta que solo le quedó un pensamiento, una sola verdad.

Su dinero, su belleza física, su encanto, las amistades que creía que había cimentado en la escuela y en Londres, la supuesta aceptación que había conseguido... Al final, todo aquello no significaba nada.

Había sido un idiota, y se había dado cuenta. Joven, orgulloso e idiota. Había sido el hazmerreír de Mayfair, como le había dicho lady Madelyn.

El hijo mayor del marqués de Blackthorn, a los veintidós años, se había visto por fin a sí mismo tal y como lo veía el mundo. No como un hombre, ni como un amigo, sino como un bastardo, como el hijo ilegítimo de un marqués y una actriz. Un bastardo educado y rico, sí, pero bastardo de todos modos.

Siguió caminando con el corazón endurecido y con un solo pensamiento: haría lo que le había recomendado esa mocosa y se marcharía lejos. Muy lejos. Sin embargo, volvería.

Algún día.

Y cuando volviera, ¡ningún hombre se atrevería a reírse de él jamás!

CAPÍTULO 1

Lady Chelsea Mills-Beckman, siempre el epítome de la elegancia y el encanto, lanzó el libro de sermones directamente a la cabeza de su hermano, Thomas, que desde dos años antes era el décimo séptimo conde de Brean.

No tenía buena puntería, y el volumen pasó muy lejos de su objetivo, lo cual no mejoró el humor de Chelsea.

El conde se agachó para tomar el libro, inspeccionó el lomo para cerciorarse de que no se había dañado y lo dejó sobre su escritorio. Era un hombre de cuarenta años, bastante bien alimentado, y con un cutis rosado que siempre estaba a punto de brillar. Se creía guapo e inteligente, pero no era ninguna de las dos cosas. A Chelsea le parecía más un cerdo vestido con ropa muy cara.

—Es la palabra de Dios, Chelsea, que nos llega a través del bendito reverendo Francis Flotley. «El deber de una mujer es la obediencia, y su don más grande es la docilidad para aceptar la sabiduría superior de los hombres. Necesita una guía para su intelecto inferior, como las ovejas del rebaño; de lo contrario pierde el rumbo y puede perder la moralidad y convertirse en una prostituta en cuerpo y alma, que solo se merece el golpe del cayado».

Los hermanos llevaban encerrados en el estudio de Portland

Place poco más de un cuarto de hora, y aquella era la cuarta vez que Thomas citaba el libro de sermones, motivo por el que Chelsea se lo había quitado de las manos y se lo había arrojado a la cabeza.

—Que nos dirijan a las mujeres, que somos unas tontas sin cerebro, que nos lleven suavemente de la mano siempre y cuando obedezcamos, y que nos golpeen con el cayado si nos negamos a comportarnos como ovejas. Eso es lo que quiere decir. ¡Qué idioteces tan lamentables! –replicó, mientras trataba de dominar su respiración agitada—. Eres un loro, Thomas, y repites palabras que has aprendido, pero que no has tenido tiempo de comprender. ¿Y no te das cuenta, hermano mío, de que esas tonterías siempre las han escrito hombres? ¿Es eso lo siguiente que vas a hacer conmigo? ¿Pegarme? Recuerdo que antes eras muy bueno con el látigo, y no tenías inconveniente en utilizarlo contra alguien que no podía defenderse.

El conde se irguió rápidamente y alzó una mano, como si fuera a golpearla, pero entonces volvió a sentarse y forzó una sonrisa horrible de indulgencia.

—Claro que no, Chelsea. Pero acabas de demostrar que el reverendo tiene razón –dijo, uniendo las manos para adquirir un gesto de oración—. Las mujeres no tienen la misma capacidad intelectual que los hombres, ni tampoco poseen el necesario dominio de sí mismas para combatir esos estallidos groseros e indignantes. Pero te perdono, porque las cosas son como las ha dicho el reverendo, que nos trasmite la palabra de Dios tal y como le es transmitida a él.

—¿Es que Dios habla con ese hombre? Bueno, pues entonces, yo también tendré que tener una conversación con Dios para que Él le diga al reverendo que deje de intentar sobarme el pecho mientras finge que me bendice. Tal vez eso no sirva para fortalecer mi intelecto, pero sí servirá para ahorrarle al reverendo una patada en la espinilla.

El conde suspiró.

—Esas acusaciones difamatorias no te llevarán a ningún lado, Chelsea. Sé que solo quieres salirte con la tuya, y eso ya no es posible. Hemos pasado ese punto. Has tenido tus oportunidades. Tres temporadas sociales, y todavía estás soltera. Te vas a quedar para vestir santos. Papá fue muy indulgente contigo, y además, te perdiste una temporada mientras estábamos de luto por su muerte. Ahora estamos a mitad de otra temporada más, y hasta el momento has rechazado cuatro propuestas de matrimonio de cuatro caballeros de buena familia.

—Y la de un cazafortunas que te tenía completamente engañado –le recordó Chelsea, que se había puesto a pasearse de un lado a otro sin poder evitarlo.

Su hermano siempre había sido un idiota. Sin embargo, últimamente se había convertido en un santurrón que escondía sus miedos detrás de aquella nueva religiosidad, y eso no hacía más que empeorar la situación. A Chelsea le caía mejor cuando era solo estúpido.

—Como tú quieras, Chelsea, pero si tú no eliges marido, soy yo quien tiene que seleccionarte uno, igual que hice con nuestra hermana. Deberías sentirte inmensamente halagada por el hecho de que él se haya interesado en ti, sobre todo, cuando conoce de primera mano tu… tu tendencia a comportarte de manera inadecuada. No se me ocurre nadie mejor que el reverendo Flotley.

—Eres tú quien vuelve a abrir la boca, Thomas, pero siguen siendo las palabras de Francis Flotley las que salen por ella. A mí no se me ocurre nadie peor. Preferiría un barrendero a ponerme en manos de ese embaucador. Seré mayor de edad dentro de pocas semanas, Thomas, y no puedes obligarme a que me case con ese… ese personaje. Vamos, no frunzas el ceño. Un embaucador, ya que parece que tú no tienes un intelecto lo suficientemente superior como para saberlo, es una persona que engaña a otra para aprovecharse de ella. Algunas veces vende curas falsas, y en este caso, el reverendo te está vendiendo una salvación falsa. ¿De verdad crees que tiene línea de comunicación directa con Dios? Creo que los manicomios están llenos de gente que cree que Dios les habla. Podrías pedirle a cualquiera de ellos que interceda por ti sin tener que pagarles ni un penique, y yo podría seguir mi camino.

—¿Y adónde irías, Chelsea?

Su hermano estaba intentando mantener la compostura con todas sus fuerzas, algo que hacía siempre desde que había estado a punto de morir de un brote de paperas, dos años antes. Se las había contagiado uno de los hijos de Madelyn. Madelyn había tenido dos niñas antes de dar a luz a un heredero varón. Después de eso, su marido había accedido a dejarla en paz, así que había quedado libre para recuperar su figura, salir de compras todos los días a Bond Street y acostarse con cualquier hombre que no fuera su marido.

De cualquier modo, y dejando a un lado la progenie de Madelyn, Thomas se había convertido en un devoto creyente, y le había ofrecido a Dios todo tipo de sacrificios para agradecerle que le hubiera salvado de la posible muerte por paperas. Había sido el reverendo Francis Flotley quien le había transmitido todos aquellos mensajes del conde a Dios, en su nombre.

Desde la muerte de su padre, y desde que Thomas había estado tan cerca de la hora de la verdad, el conde había dejado de beber y de jugar. Además, había dejado a su amante, y por primera vez en su vida, le guardaba fidelidad a su esposa, que no estaba muy contenta con aquel cambio de situación. Llevaba trajes caros, pero negros y sin adornos. No perdía los estribos. Leía las oraciones en el salón todas las noches, a las diez, y se retiraba a las once.

Y seguía poniendo grandes cantidades de dinero en los bolsillos del reverendo Flotley, que en opinión de Chelsea, debía de haber decidido que casándose con la hermana pequeña del conde se garantizaba aquellos fondos de por vida, aunque Thomas tuviera una crisis de fe, o conociera a otra mujer de moralidad dudosa a la que quisiera mantener en algún alojamiento discreto.

—¿Que adónde iría? ¿Estás amenazándome con echarme a la calle, Thomas?

Él suspiró.

—No deseaba que las cosas llegaran a esto, pero Chelsea, tengo el control del dinero que te dejó mamá hasta que te cases. Tienes techo gracias a mi generosidad, y tienes comida y ropa gracias a que soy un hombre bueno e indulgente. Pero lo verdaderamente importante es que Francis y yo pensamos que tu alma está en peligro, Chelsea, debido a tu obcecación y a tus ideas modernas. Me temo que no me has dejado más remedio que tomar la decisión por ti. Las amonestaciones se leerán este mismo domingo en Brean, y el reverendo y tú os casaréis a finales de mes.

Chelsea sintió pánico e ira a la vez. Ganó la ira.

—¡Y un cuerno! ¿Crees que estuviste a punto de morir, y tu respuesta a eso es sacrificarme a mí? No, Thomas. No voy a hacerlo. Preferiría vivir debajo del Puente de Londres.

—No, Chelsea. Nos marchamos a Brean mañana por la mañana, donde estarás vigilada hasta la ceremonia.

A Chelsea se le formó un nudo en el estómago. ¿Vigilada? Su hermano había planeado tenerla prisionera hasta la boda.

—¿Es que me vas a encerrar? No puedes hacer eso, Thomas. ¡Thomas! ¡Mírame! Soy tu hermana, no tu posesión. No puedes hacer eso.

El conde tomó el libro de salmos, lo abrió y comenzó a leer, ignorándola.

Entonces, Chelsea se dio la vuelta y salió de la habitación.

Tenía la cabeza llena de posibilidades, y con un pensamiento en concreto, una idea que había surgido gracias a Thomas.

Cuando llegó al vestíbulo, le dijo al lacayo que prepararan su yegua. Corrió escaleras arriba, a su habitación, para ponerse el traje de montar, antes de que su hermano se diera cuenta de que una prisionera del mañana, cuando la habían advertido de aquel inminente encarcerlamiento, debería ser también una prisionera en el presente.

—Bueno, mientras estaba aquí tumbado, pensando, se me ha ocurrido una pregunta para ti. ¿Estás preparado? Demonios, ¿estás siquiera despierto?

Se oyó un gruñido ahogado, patético, desde algún lugar cercano, y Beau giró la cabeza sobre el cojín del sofá, con el consiguiente dolor en el cráneo. Entonces, vio a su hermano pequeño tendido en el sofá de enfrente, boca abajo, y todavía vestido con el traje de la noche anterior. Aunque parecía que había perdido uno de los zapatos.

—Un gruñido es suficiente, gracias. Puesto que estás listo, allá va. ¿Hasta qué punto puede emborracharse un caballero? –le preguntó Beau Blackthorn a Robin Goodfellow Blackthorn, a quien sus hermanos llamaban Puck afectuosamente.

—Excelente pregunta, Beau, excelente. Sin embargo, no estoy seguro de cuál es la respuesta.

Puck, que era otra víctima del amor que su madre sentía por Shakespeare, se quedó mirando fijamente la figurita de una bailarina que tenía seis... no ocho, brazos extendidos y doblados de una manera extraña. Por lo menos, eso esperaba él, porque si en realidad eran solo dos brazos, entonces estaba más borracho de lo que hubiera estado nunca ningún caballero.

—Supongo que un caballero puede estar tan borracho como una cuba. Igual que cualquier otro.

Beau observó la botella de vino medio vacía que tenía agarrada contra el pecho, y se dio cuenta de que ya no tenía ganas de beber más. Su estómago estaba empezando a amenazar con expulsar lo que ya había ingerido.

—¿Crees que nosotros todavía estamos borrachos? –le preguntó Puck con una sonrisa—. No deberíamos, porque veo que la luz entra por las ventanas, y además, el reloj de la repisa de la chimenea acaba de dar las doce. O tal vez, las once. Puede que haya perdido la cuenta. A lo mejor lo que pasa es que estamos muertos.

—Con el dolor de cabeza que tengo, eso sería lo mejor, pero no lo creo. Bueno, y volviendo al tema anterior, creo que los dos estamos borrachos, pero, ¿somos caballeros? ¿Puede un bastardo emborracharse tanto como un caballero?

—¿Vas a empezar a hablar otra vez sobre caballeros y bastardos? Creía que habíamos terminado con eso cuando comenzamos la tercera botella. Yo he comprobado que los bastardos pueden hacer las cosas igual que los caballeros –respondió Puck, mientras se incorporaba cuidadosamente para sentarse frente a frente con su hermano. Después se apartó el pelo de la cara y se lo sujetó detrás de las orejas—. ¿Has visto mi lazo? Si no me lo recojo, se me mete en los ojos.

—Puedo llamar a Sidney. Tiene tijeras, que es más de lo que se puede decir de tu ayuda de cámara.

—¡Blasfemia! Las mujeres no me lo perdonarían. Mi pelo es una parte considerable de mi encanto, ¿sabes? Si tengo que ser Puck, lo seré con todas las consecuencias. Un duendecillo, una criatura mágica del bosque.

—Y no demasiado listo.

—¡Ja! Eso lo dirás tú. Sin embargo, soy mucho más guapo y viril, y mucho más divertido. Soy el sueño de todas las doncellas, aunque yo no tenga demasiado tiempo para las doncellas. Exigen demasiadas atenciones, y cuando por fin consigues llevártelas a la cama, no saben lo que están haciendo. Es una pérdida de tiempo.

Beau también se había sentado, y dejó la botella de vino en el suelo, junto a la mesa que había entre los dos sofás, para poder masajearse mejor las sienes. Le dolía mucho la cabeza.

—¿Ya has terminado? Sinceramente, algunas veces me da la sensación de que no vas a madurar nunca. Cuando me marché eras un niño, y cuando volví te encontré más mayor, pero no más sabio.

Puck se encogió de hombros, sin ofenderse por lo que le había dicho su hermano.

—Lo que ocurre es que tú anhelas que los demás te acepten de una manera que no es posible. Nuestro hermano Jack le escupiría a la cara a cualquiera que lo llamara respetable. ¿Y yo? Yo me congratulo de sentir una total indiferencia al respecto. Tengo más dinero de lo que necesitarían diez hombres con gustos lujosos, gracias a nuestro adinerado padre. He recibido una educación privilegiada, y no aspiro a otra cosa que a ser feliz con mi destino. Y lo soy, hermano mío. Además, Jack y tú ya sois lo suficientemente serios para compensar la falta de seriedad del resto de la familia. Alguno tenía que divertirse un poco. A propósito, tienes muy mal aspecto. Tengo que recordar que no debo beber alcohol al llegar a tu edad.

Por fin, Beau sonrió.

—Solo tienes cuatro años menos que yo, y a los treinta, no es que esté con un pie en la tumba, precisamente –dijo él. Sin embargo, entonces se clavó las yemas de los dedos en la cabeza, a través de su pelo rubio y espeso—. Aunque en este momento, tal vez lo piense. No sé cuándo fue la última vez que me sentí así. Eres una mala influencia, hermano. ¿Cuándo vuelves a Francia?

—¿Solo hace unos días que llegué, y ya quieres echarme? Pues mira, tal vez decida quedarme en Londres. ¿No te gustaría? Nosotros dos, saliendo por aquí juntos, informando a los vecinos de que no solo hay un bastardo en la residencia, sino dos. Nunca podremos ser tres, porque Black Jack siempre guarda una distancia de más de quince kilómetros de la casa.

—Oh, sí que ha estado aquí. Altivo, gruñón, ceñudo y sarcástico. No deseo que vuelva. A ninguno de nosotros dos nos gustaría.

—Habría sido un gran marqués, si no tenemos en cuenta que tú eres el primogénito. Y si nuestra madre se hubiera dignado a casarse con nuestro padre, claro.

—Jack no aceptaría la legitimidad ni aunque se la entregaran en bandeja de plata. Le gusta ser un forajido.

Puck arqueó una ceja.

—Lo dices figurativamente, ¿no?

—Bueno, eso espero. Sin embargo, algunas veces me pregunto si es verdad. Vive demasiado bien para ser un hombre que rechaza la generosidad de nuestro padre. Yo también la rechazaría, si no fuera porque hago todo lo posible por ganarme la vida llevando las fincas y el patrimonio de los Blackthorn, mientras tú jugueteas y Black pone mala cara.

—Sí, lo admito. Yo prefiero pasarlo bien, y no me arrepiento de ello.

—Algún día madurarás. A todos nos sucede, más tarde o más temprano, de un modo u otro.

Beau se puso en pie con la intención de avisar a Sidney para que le preparara un baño caliente y poder librarse del mal olor de toda una noche bebiendo con Puck.

—¿Tiene suerte con las cartas? ¿O con los dados? —preguntó Puck.

—No lo sé. Yo no pregunto. Jack no es muy proclive a las confidencias. Ahora, vamos, hermanito. Los dos necesitamos lavarnos y dormir.

—Yo no. Estoy pensando en unos huevos revueltos y unas salchichas.

A Beau se le revolvió el estómago.

—Recuerdo cuando yo también podía beber durante toda una noche y después, por la mañana, me encontraba hambriento. Tienes razón, Puck. Tener treinta años es ser viejo.

—Ahora parece que quieres asustarme. ¿Qué es eso? ¿Han llamado a la puerta? ¿Acaso estoy a punto de conocer a uno de tus amigos de Londres?

—Conocidos, Puck. Yo no necesito amigos.

—Eso es una pena –respondió su hermano, cabeceando—. ¿Acaso no tuviste amigos durante la guerra?

—Eso era distinto. Los soldados son reales. La sociedad no.

—Los franceses son mucho más generosos. Para ellos, yo soy casi una mascota. Una mascota muy divertida, eso sí. Creo que el hecho de que mi nacimiento fuera ilegítimo les fascina. Y claro, como soy tan encantador... Ah, vuelven a llamar –dijo Puck, y se dirigió hacia el vestíbulo, donde ya se oían las voces de los criados—. Esto se pone interesante. Cualquiera pensaría que es un acreedor que viene a demandar el pago, pero tú eres demasiado rico como para eso, ¿no? Vamos a ver de quién se trata.

Beau iba a protestar, pero se rindió y siguió a su hermano. En el vestíbulo vieron a una mujer, cuyo rostro estaba en sombras debido al ala de su sombrero de montar. Wadsworth estaba discutiendo con ella.

—¿Wadsworth? ¿Qué sucede? –le preguntó Beau a su mayordomo, que había sido sargento del ejército de Su Majestad. Wadsworth se giró hacia él y estuvo a punto de saludarlo marcialmente.

—¡Señor! –exclamó el sirviente, situándose entre la mujer y su amo—. Aquí hay una dama que exige que la recibáis.

Estaba intentando que se marchara, es decir… Le estaba explicando que no estáis en casa.

—Bueno, pues parece que lo he fastidiado todo apareciendo por aquí. ¿O crees que accederá a marcharse ahora?

—Por supuesto que no –dijo la mujer, desde el otro lado de Wadsworth. Después, posó la mano enguantada sobre el codo del mayordomo, y el hombre que había amedrentado a media docena de franceses con su apariencia física y su voz de mando, blandiendo la espada ensangrentada de manera amenazante, fue apartado sin miramientos.

Entonces, la dama observó atentamente a los dos hombres que tenía frente a sí.

—¿Oliver Blackthorn? ¿Cuál de los dos es él? Y el otro debe de ser el señor Robin Goodfellow Blackthorn, porque tengo entendido que el tercer hermano es moreno y no rubio, como los otros dos. Qué nombre tan desafortunado, el de Robin Goodfellow. ¿Acaso no le caíais bien a vuestra madre? Oh, un momento, vos sois Oliver, ¿verdad? –dijo, señalando con el dedo a Beau—. Creo que reconozco esa expresión ceñuda, incluso después de todos estos años. Tenemos que hablar.

—Dios mío, qué belleza, aunque no pare de insultar –dijo Puck en voz baja—. Dile que no, que se equivoca, que yo soy tú. A menos que haya venido a informarte de que el bastardo ha engendrado otro bastardo, en cuyo caso estaré en la sala de desayunos, llenándome el estómago.

En realidad, Beau no lo estaba escuchando. Estaba demasiado ocupado estrujándose el cerebro para recordar dónde había visto aquellos ojos, de un color azul grisáceo, llenos de fuego, de inteligencia y de beligerancia, todo al mismo tiempo.

—Os acordáis de mí, ¿no? –preguntó de nuevo la joven, en tono de acusación—. Deberíais. Aparte de las paperas, vos sois en gran parte el motivo de que yo me encuentre en una situación tan desesperada. Pero no pasa nada, porque ahora vais a arreglarlo.

—Ha dicho paperas, ¿no? Sí, estoy seguro de que sí. Llevo unos cuantos años en el extranjero, hermano. ¿Acaso ahora impera en Inglaterra la costumbre de vestir elegantemente a los locos y dejarlos correr por ahí los días soleados?

—Márchate, Puck –le dijo Beau, e intentó aparentar sosiego, aunque por dentro estuviera más que agitado—. ¿Lady Chelsea Mills-Beckman? —preguntó. Estaba seguro de que no se equivocaba, aunque hacía siete largos años que no la veía.

Pero, ¿por qué estaba allí? ¿Y dónde estaba su doncella? Tal vez Puck tuviera razón, y si no se había escapado de un sanatorio mental, estaba a punto de entrar en él, a juzgar por el hecho de que hubiera atravesado sola la ciudad, a caballo, para ir a visitarlo precisamente a él.

—¿A qué debo el placer?

—Ah, así que me recordáis. Y no hay nada placentero en esto, para ninguno de los dos, os lo aseguro. Y ahora, a menos que tengáis la costumbre de entretener a vuestros sirvientes aireando los trapos sucios, lo mejor será que hablemos en privado. Os sugiero que entremos en el salón. Vos no —añadió ella, señalando a Puck con el dedo índice, al ver que él ya se había dado la vuelta para acompañarlos.

—Oh, sí, por supuesto. Ya has oído a la dama. Es a ti a quien quiere, hermano, no a mí. Yo me marcho, y que alguna divinidad se apiade de ti y te proteja en mi ausencia.

—Wadsworth —dijo Beau, sin dejar de mirar a Lady Chelsea—, lleva el té al salón dentro de diez minutos, por favor.

Lady Chelsea no se amedrentó.

—Wadsworth, lleva el mejor vino del señor Blackthorn y dos copas al salón rápidamente, por favor. Señor Blackthorn, seguidme.

Entonces, se dirigió hacia allí, y Wadsworth y Beau se quedaron mirándose el uno al otro, se encogieron de hombros e hicieron lo que les había dicho. Eso era lo mejor con las mujeres enfadadas. Por experiencia, Beau sabía que era más fácil seguirles la corriente hasta que uno pudiera hallar algún método de defensa, o una buena manera de escapar.

Y en aquel momento, Beau deseaba escapar. En cuanto había reconocido a lady Chelsea, el recuerdo de la última vez que la había visto se había abierto camino en su cabeza como una tromba y había acabado en seco con su ebriedad. Beau se encontraba sobrio, y no precisamente feliz de poder pensar con tanta claridad.

Su reunión con Puck le había dado la oportunidad de bajar la guardia y olvidar las defensas que había erigido tan cuidadosamente a su alrededor. Se habían reído y se habían emborrachado, y Beau se había dado cuenta de que hacía mucho tiempo que no se permitía ser joven y tonto.

Su hermano era la única persona con la que podía bromear sobre la ilegitimidad de su nacimiento y tomarse a la ligera el estigma con el que cargarían durante toda su vida.

Parecía que Puck aceptaba su suerte extremadamente bien, aunque había abordado problema desde una perspectiva completamente distinta.

Beau quería ganarse el respeto de los demás, aunque no pudiera ganarse su aceptación; Puck se había abierto paso en la alta sociedad francesa a base de encanto personal. ¿Y Jack? Parecía que Jack solo seguía sus propias leyes.

Pero, fuera cual fuera el camino que había elegido Beau, sabía que ya no era el mismo bobo que siete años antes. Había dejado atrás el pasado, salvo por un asunto que todavía estaba sin terminar, y que lo había llevado a Londres, y prefería que la puerta de aquella parte de su vida permaneciera cerrada.

Cerrada, y con lady Chelsea al otro lado.

—¿Señor?

Beau se volvió hacia Wadsworth.

—¿Sí?

—¿Vamos a hacer lo que nos ha ordenado, señor? –le preguntó el mayordomo, y después agitó suavemente la cabeza—. Parece un general, ¿verdad, señor?

—Pues sí, Wadsworth –respondió Beau, mientras por fin se encaminaba hacia el salón—. Eso es lo que parece, verdaderamente…

CAPÍTULO 2

No había cambiado en aquellos siete años. Sí, en realidad sí. Estaba más alto, y más musculoso. Todavía era arrogante, pero tenía más aplomo. Tenía las mejillas más delgadas y la mandíbula más definida. El día de aquella visita que le había hecho a su hermana, Oliver Blackthorn solo tenía un año más que ella en el presente, y claramente, durante el tiempo transcurrido debía de haber vivido una vida muy interesante.

Por muy tonto que fuera entonces, tan enamorado de Madelyn, tan incómodo con aquella ropa tan ridícula, y tan crédulo cuando ella le había tomado el pelo. Y tan vulnerable, cuando Thomas le dio de latigazos en la calle.

Chelsea había tenido pesadillas muchas veces con aquel horrible día. Y suponía que el señor Blackthorn también.

Sin embargo, con el paso de los años se había convertido en un hombre. La guerra lo había convertido en un hombre. Lo que le había ocurrido aquel día fatídico en Portland Place lo había convertido en un hombre. Entonces, él la había divertido. En aquel momento, sin embargo, verlo le encogía el estómago. Era tan grande, y tan masculino. Ya no era un muchacho tonto.

Tal vez hubiera actuado de una manera atolondrada al acudir a su mansión. No, tal vez no. Lo había hecho al tener en cuenta únicamente su situación y pensar que él aceptaría su idea sin pensarlo dos veces y creería que ella también lo estaba ayudando a él.

Sin embargo, ya no tenía remedio. Estaba allí, y era una mujer soltera en casa de un soltero. Seguramente, más de uno de sus conocidos la había visto llamando a la puerta, y además, su mozo y su caballo todavía estaban en la calle, esperando.

Ya no le quedaba otra opción que conseguir que el señor Blackthorn entendiera que no había vuelta atrás para ninguno de los dos. Y, aunque se sintiera temerosa e insegura de repente, no podía permitir que él notara su miedo.

—Tenéis muy mal aspecto –le dijo, cuando estuvieron en aquel salón tan lujosamente decorado. Comenzó a quitarse los guantes, rezando para que él no se diera cuenta de que le temblaban las manos—. Y no oléis precisamente a limpio. ¿Es este vuestro estado normal? Porque, si es así, yo no voy a cambiar de opinión, pero vos sí tendréis que cambiar de hábitos.

Él tomó una chaqueta que estaba colgada en el respaldo de una silla. Sin embargo, debió de pensarlo mejor, y permaneció ante ella en mangas de camisa.

—Lo lamento, pero no estoy de acuerdo con vos, lady Chelsea. No tengo por qué hacer nada que no quiera hacer. El hecho de ser bastardo tiene sus ventajas, además de sus inconvenientes.

Ella puso los ojos en blanco. De repente se sintió más cómoda. Tal vez no pareciera muy vulnerable, pero Oliver Blackthorn todavía llevaba la carga de su nacimiento sobre los hombros. Debía de ser un gran peso del que él preferiría deshacerse, seguro, si tenía la oportunidad.

—¿Todavía pensáis en ese asunto? Sí, eso parece. Por eso habéis estado arruinando lentamente a mi hermano.

Beau frunció el ceño como si no la entendiera, y eso enfadó a Chelsea. Sabía que él no era tonto.

—No tratéis de negarlo, señor Blackthorn. Habéis enviado a varias personas a conversar con Thomas durante este año, a hacerle sugerencias y a guiarlo por el camino equivocado, para despojarlo de nuestra fortuna familiar como si se la quitarais personalmente de los bolsillos. Está claro que mi hermano es idiota, pero yo no, señor.

—Ni tampoco sois una dama, paseándoos por Londres sin vuestra doncella y presentándoos sin invitación en la residencia de un hombre soltero. Claro que yo tampoco soy un caballero, y siento curiosidad. Vos podéis sentaros o permanecer en pie, no me importa, pero yo he pasado una noche terrible y ahora que parece que la mañana no va a ser mejor, voy a sentarme.

Chelsea miró con atención al único hombre que podía salvarla. Era rubio, y en aquel momento estaba despeinado y tenía barba de un día. Estaba muy guapo de aquella manera, aunque ella no debería pensar en esas cosas. En realidad, tenía aspecto de haber pasado toda la noche bebiendo, sin dormir.

Bien. Seguramente tenía un dolor de cabeza insoportable. Eso lo ponía en una situación más vulnerable.

—Sí, sentaos antes de caer al suelo, y permitidme que continúe. Durante este año, que ha coincidido con el regreso de Thomas a la vida social después de nuestro periodo de luto, y con vuestro regreso a Londres ahora que la guerra ha terminado, hemos sufrido unas calamidades financieras que pueden compararse a las Siete Plagas de Egipto.

Beau alzó una mano para silenciarla un momento, y después la posó sobre su regazo.

—Está bien. Creo que ahora mi cerebro ha conseguido entender algo. Vuestro hermano, la guerra, mi regreso después de una ausencia de siete años, y algo acerca de unas plagas. ¿Ha tenido algo que ver con las langostas? No me gustan los bichos. Pero no os preocupéis por mis sensibilidades, por favor. Podéis continuar.

—Eso pretendo. Vos sabéis cuáles son las langostas a las que me refiero. El señor Jonathan Milwick y su maravillosa invención que, con tan solo una pequeña aportación monetaria de mi hermano, podía revolucionar la manufactura de rapé. Aquel italiano tan encantador, Fanini, creo, que acababa de descubrir diamantes en Gales, y que podía convertir a Thomas en un hombre riquísimo.

Beau cerró los ojos y se frotó las sienes suavemente.

—No sé de qué estáis hablando.

—De todos modos, voy a continuar. Las diez mil libras que Thomas pensaba que iba a multiplicar por tres en los negocios, gracias al consejo de Henrick Glutton, que compartiría sus beneficios con Thomas en cuanto su barco, lleno de uvas con las que producir un vino increíblemente caro, llegara por el Támesis. Yo fui con Thomas al muelle a recibir al barco cuando arribó. ¿Ha olido alguna vez las uvas podridas, señor Blackthorn?

—Glutten –la corrigió él apagadamente.

—¡Ah! ¡Así pues, lo admitís!

—Yo no admito nada. Pero nadie puede llamarse Glutton. Solo estaba sugiriendo una alternativa. Disculpadme un momento, acabo de recordar que necesito una cosa.

Entonces, se agachó y recogió una botella que estaba en el suelo, y le dio varios tragos, como si estuviera en una taberna. Después la miró y sonrió. Chelsea tuvo ganas de tirarle de las orejas.

—¿Qué estabais diciendo?

—Iba a decir que… no os culpo por nada de eso. Thomas se merece todo lo que le habéis hecho, y más. Sin embargo, con esto último habéis cruzado el límite, porque ahora me habéis involucrado a mí en vuestra venganza, y eso no puedo tolerarlo. Sin embargo, he venido a ayudaros.

La botella se detuvo a medio camino de la boca de Blackthorn. Por fin, parecía que ella tenía toda su atención.

—Lo siento, pero no os comprendo. ¿Vos vais a ayudarme a mí? ¿En qué sentido, milady?

Chelsea se quedó callada hasta que Wadsworth, que había entrado con una bandeja de plata sobre la que había dos copas y un decantador de vino, la depositó sobre una mesa y volvió a salir.

—Ya sabéis –dijo entonces— que mi hermano se puso muy enfermo pocas semanas después de que muriera nuestro padre. Llegamos a pensar que pronto se reuniría con papá en el mausoleo de Brean.

—Había oído los rumores, sí –dijo Beau, que hizo caso omiso del decantador y volvió a dar otro trago de la botella—. ¿Me vais a acusar de eso también? ¿De la enfermedad de vuestro hermano, y quizá de la muerte de vuestro padre? Entonces, tengo poderes que no sabía que tuviera.

—Papá murió de una enfermedad respiratoria después de que lo sorprendiera cazando un chaparrón, así que dudo que vos tuvierais algo que ver con su muerte. Fue la progenie de Madelyn, que acudió a Brean para el funeral de mi padre, y que llevó consigo su pestilencia, quien estuvo a punto de acabar con Thomas justo cuando estaba en la gloria por haber heredado el título por fin. En eso tuvisteis una victoria, ¿no es así? Me refiero a Madelyn. El espantoso comportamiento de Thomas aquel día tuvo repercusiones para la idiota de mi hermana. Hubo que casarla rápidamente para evitar que toda la buena sociedad se quedara mirándole el vientre mientras contaban los meses con los dedos. ¿Os acordáis de lo que os gritó Thomas aquel día? Os dijo que os habíais aprovechado de la inocencia de mi hermana. Pobre Madelyn. La casaron rápidamente con un barón cualquiera, cuando ella había puesto las miras en un duque. Sin embargo, no pudo convencer a papá de que vos y ella no habíais... ya sabéis. Y el pobre barón ha tenido que vivir con ella desde entonces.

Tuvisteis suerte al escapar de ese destino, señor Blackthorn, lo creáis o no.

—¿Os parece que lo que ocurrió fue una muestra de fortuna? Vuestros recuerdos deben de ser muy diferentes a los míos.

—Todavía estáis furioso.

—La ira es una emoción inútil.

—Y la venganza es más deliciosa si se sirve fría. Thomas os humilló delante de todo el mundo, os dio de latigazos como si se negara a poneros las manos encima. La mujer a la que pensabais que amabais os demostró que no tenía corazón, y entre los dos, os enseñaron que sois lo que sois, y que la sociedad solo había estado divirtiéndose a vuestras expensas, y que nunca iba a aceptaros. Yo habría querido que murieran todos ellos.

—Gracias por ese resumen tan acertado. Quizá se me hubiera olvidado algún detalle.

—Vos no habéis olvidado absolutamente nada, o de lo contrario, yo no me vería cargando con Francis Flotley. Yo, que soy la única que no tuvo que ver con la debacle, que solo era una niña cuando ocurrió todo aquello. ¿Os parece justo? Porque a mí no. Y ahora, lo vais a arreglar.

—Habéis venido a ayudarme, y ahora se supone que soy yo quien debe arreglar algo. ¿De qué estáis hablando? ¿Y quién demonios es Francis Flotley?

—¿Admitís lo de Henrick Glutton y los demás? No podemos avanzar, señor Blackthorn, hasta que estéis dispuesto a ser sincero conmigo.

—Glutten –repitió él con un suspiro—. Y los otros. Y sí, está bien. Como parece que no os vais a marchar hasta que lo haga, admito que fue cosa mía. Oh, soy un malvado. Pero quisiera aclarar que mi intención no es arruinarlo por completo, sino solo incomodarlo y entristecerlo. Arruinarlo completamente sería demasiado rápido. Tal y como van las cosas, puedo mantener así la situación durante años.

—¿Por qué?

—Me parece que la respuesta es evidente. Porque me divierte, señorita. Es algo así como arrancarle las alas a una mosca, aunque comparar a vuestro hermano con una mosca es un insulto para el pobre insecto. Sin embargo, me ha sorprendido de una manera desagradable que me hayáis relacionado con la mala suerte de vuestro hermano, aunque seguramente no debería ser así, porque os recuerdo tal y como erais. Una mocosa insolente, que poseía una inteligencia más alta que la media.

—Entonces, también admitís que enviasteis a Francis Flotley.

—No. No sé quién es ese hombre.

Chelsea se apoyó en el respaldo de su asiento. Cuando había ido a aquella casa, estaba segura de que Blackthorn sí lo conocía, pero ahora lo dudaba.

—El reverendo Francis Flotley, el consejero espiritual de Thomas. El hombre que intercedió ante Dios por él para salvarlo de las paperas a cambio de la promesa de abandonar sus costumbres disipadas. Vos aprovechasteis la vulnerabilidad de Thomas para que ese hombre pudiera entrar en nuestra casa, para hacer que mi hermano pensara que tenía que abandonar la bebida, las mujeres y el juego para poder salvar su alma. Eso de controlar su mal genio, de poner la otra mejilla. Un hombre que fue capaz de dar de latigazos a otro en plena calle, reducido a las oraciones nocturnas y al agua de soda, haciendo penitencia por el crimen que cometió contra vos, aunque no se dé cuenta de ello. ¡Cómo debe de agradaros!

—Ah. El reverendo Francis Flotley. Sí, admito que estoy al tanto de la presencia del clérigo en vuestra casa —dijo el señor Blackthorn—. Pero no, lo siento. Yo no tengo nada que ver con eso. Ojalá fuera así, porque una vez fui el objeto del mal genio de vuestro hermano. Parece una venganza brillante.

Chelsea se desplomó en el sillón, como una muñeca a la que de repente hubieran sacado todo el relleno de algodón.

—Oh —dijo en voz baja, al ver que su última esperanza se desvanecía en la nada—. Estaba tan segura de... Era brillante, maquiavélico, ¿entendéis? Os he atribuido demasiados méritos. Perdonadme. Me marcho ya.

Se puso en pie y tomó sus guantes, y comenzó a ponérselos lentamente para darle tiempo a reflexionar sobre todo lo que le había contado. No podía dejar que se marchara. No era posible. Al menos, tenía que sentir curiosidad, y aunque ella no hubiera estado en lo cierto con respecto al reverendo Flotley, tal vez su plan todavía pudiera funcionar.

Sin embargo, Beau no se movió de su sitio, ni siquiera se levantó al ver que ella se había puesto de pie, y la ignoró como si ya se hubiera marchado. Tal vez no fuera el hombre que ella había imaginado. Tal vez fuera tan malo como su hermano, a su manera.

Sin embargo, sabía que no tenía más opciones, así que no perdió la esperanza ni siquiera cuando caminaba hacia el vestíbulo contando lentamente. «Uno. Dos. Tres: Cuatro. Oh, por el amor de Dios, he venido a proporcionarte la venganza perfecta, ¡idiota! ¿De verdad tiene importancia que tú no nos enviaras a Flotley? Cinco. Seis...».

—Un momento.

Chelsea cerró los ojos un instante, se tragó el miedo y se giró.

—¿Sí? ¿Por fin habéis despertado, señor Blackthorn? Os excuso debido a vuestra ebriedad, pero realmente no deberíais haberme dejado pasar del tres. Si hubiera llegado a nueve, hubiera tenido que revisar lo que opino de vos.

Beau se puso en pie, agitando la mano como si lo que ella había dicho no mereciera respuesta.

—¿Por qué habéis venido aquí sola? No ha sido únicamente para decirme que conocéis el juego que me traigo con vuestro hermano. Y me da la impresión de que tampoco es para ayudarme a mí, sino para ayudaros a vos misma. Esperad. No respondáis todavía. Sentaos y tomad un poco de vino, y yo iré a meter la cabeza en agua fría y a arreglarme un poco, por si se me aclara la mente.

—Sí, claro —dijo Chelsea—. Sin embargo, deberíamos marcharnos enseguida.

—¿Marcharnos? ¿Nosotros? Oh, de veras, ¿adónde, si me permitís que lo pregunte?

—Estáis perdiendo el tiempo, señor Blackthorn. Mi hermano no es precisamente un intelectual, pero tampoco es tonto del todo. Pronto se dará cuenta de lo que ha ocurrido y empezará a buscarme. Ah, y me permito sugeriros, aunque quizá ya sea un poco tarde, que ordenéis que lleven a mi caballo y a mi mozo a la parte trasera del edificio. Están en plena calle, delante de vuestra casa.

—Yo me encargo de eso —dijo el otro señor Blackthorn, que entraba por la puerta del salón en ese momento, con una loncha de beicon en la mano—. ¿Queréis que amordacemos al mozo, lady Chelsea, o basta con permitir que se siente en algún lugar tranquilo? Beau, hermano mío, está claro que me has ocultado muchas cosas. No tenía ni idea de que llevaras una vida tan interesante.

Beau gruñó algo que Chelsea no entendió, lo cual era mejor, seguramente, y salió hacia las escaleras. Comenzó a subirlas de dos en dos.

—Bien. Ya se ha ido. Así, nosotros dos podemos empezar a conocernos mejor, dado que parece que mi hermano y vos os proponéis cometer alguna travesura. ¿O solo sois vos? Parece que él está muy nervioso. Es por la edad, ¿comprendéis? Y porque ya no aguanta bien la bebida. La vejez es una maldición. Yo acabo de prometer, ante un plato de huevos revueltos, que nunca sucumbiré a ella.

—Mi montura, señor Blackthorn —dijo Chelsea, aunque

no pudo evitar sonreír, porque el señor Robin Goodfellow Blackthorn tenía la sonrisa más contagiosa del mundo, y mucho encanto—. Y, después de que hayáis solucionado ese detalle, pedid que ensillen el caballo de vuestro hermano y le hagan el equipaje de mano. Un carruaje sería muy lento, y además nos encontrarían enseguida. Tendremos que cabalgar por los callejones hasta que hayamos salido de Londres.

El hombre abrió la boca con la clara intención de preguntarle qué quería decir, pero ella señaló hacia el vestíbulo.

—Es un asunto de vida o muerte, señor Blackthorn, así que no hay tiempo para que yo aplauda vuestras bobadas. Marchad.

Y él se marchó.

Chelsea tomó un sorbito de vino.

No sirvió de nada. Todavía estaba temblando.

CAPÍTULO 3

Pese a la consternación de su ayuda de cámara, Beau se negó a perder el tiempo sentándose para que lo afeitara. Prefirió lavarse rápidamente, utilizar la pasta de dientes y peinarse mientras Sidney le ayudaba a ponerse una camisa blanca y unos pantalones de gamuza. Finalmente, el criado hizo un gesto de disgusto con las manos y se marchó del vestidor.

Beau todavía no podía creer que lady Chelsea Mills-Beckman, la hermana pequeña de su enemigo más acérrimo, estuviera en el piso de abajo, sentada en su salón. Sin su doncella, además, y ataviada con un traje de amazona rojo, a la espera de poder marcharse a algún sitio con él.

Lady Chelsea Mills-Beckman, que sabía cosas que no debería saber. Tan descarada e impertinente como era de niña... e insinuando que podía ayudarlo a vengarse de su propio hermano.

Y de paso, ayudarse a sí misma. Él sabía que no podía olvidar aquel detalle. El hecho de que las mujeres tuvieran razones ocultas para hacer algo era normal, y como aquella mujer era muy inteligente, él debía estar doblemente atento.

—Bueno, has mejorado algo —dijo Puck, que apareció en el vestidor y apoyó un hombro contra la cómoda, mientras observaba a su hermano—. He hecho un reconocimiento sobre el terreno a tu visita, la he interrogado despiadadamente para obtener información. Ella me ha informado de que, sea lo que sea lo que está pasando, es un asunto de vida o muerte. Y peor todavía, parece que es inmune a mis encantos, lo cual me habría llevado a la desesperación de no ser porque estoy encantado de que te haya elegido a ti para sus propósitos, y no a mí. Aunque estoy aquí para ayudar.

Beau tomó un pañuelo y se lo ató rápidamente al cuello.

—El entusiasmo con el que estás dispuesto a sacrificarte por ayudar a tu hermano me conmueve —respondió, y gruñó al darse cuenta de que se había apretado el pañuelo como si fuera el nudo del ahorcado.

—Es un placer. Sin tener en cuenta la tendencia femenina a hacer de todo un melodrama, ¿crees que tiene razón? Recuerdo que el hermano es un desgraciado. ¿Estás seguro de que deseas verte envuelto en lo que esté tramando esta muchacha?

—Está en mi casa, Puck.

—En nuestra casa, querrás decir. Pero, como yo también estoy aquí, creo que deberías informarme de lo que está pasando, porque también estoy metido en ello, aunque solo sea por asociación. Ella me ha ordenado que esconda a su caballo y a su mozo, y después, que le pida a Sidney que te haga un pequeño equipaje, porque os marcháis antes de una hora. Lo cual suscita una pregunta lógica: ¿Adónde vamos?

Beau se puso una chaqueta y se miró por última vez al espejo.

—No vamos a ninguna parte —respondió—. Yo soy el que se ha metido en este lío por pensar que era un gato que podía jugar con un ratón. Debería haberme olvidado de todo esto hace años, Puck. Pero por una vez, es una idiotez mía, y no tuya. Tú no estás metido en esto.

—¿Qué? ¿Y me vas a dejar aquí para que tenga que enfrentarme solo a la furia del hermano? No, de eso nada. Si no me marcho contigo, me iré a París. Allí hace mejor tiempo, y la comida es comestible. He estado a punto de partirme un diente con el beicon que ha preparado nuestro cocinero. Creo que deberíamos despedirlo.

Beau se giró hacia su hermano.

—Haces esto solo para molestarme, ¿verdad?

Puck se apartó de la cómoda.

—Sí, pero ahora lo dejo. Es muy fácil sacaros de vuestras casillas a Jack y a ti, y eso le quita toda la diversión. Estaba escuchando desde la terraza, ¿sabes? Y he oído casi todo lo que te decía lady Chelsea. ¿Has estado arruinando al conde en secreto? Yo diría que es brillante, salvo por el detalle de que ella se haya dado cuenta, así que no puedo concederte el mérito de la sutilidad. ¿Compararte con Maquiavelo? Difícilmente. Y ahora parece que lo que has hecho se ha vuelto contra ti.

—Eso no lo sabemos. No tiene por qué ser así, a menos que esta condenada mujer le haya dejado una nota a su hermano antes de escaparse. Porque se ha escapado, Puck, eso es evidente. Es lo que hacen las mujeres, sin preocuparse de que los demás no quieran convertirse en actores de sus melodramas.

—Sí, tienes razón —dijo Puck mientras seguía a su hermano hacia el estudio—. Lady Chelsea habría hecho mejor en acudir a mamá. Mamá adora los melodramas. Cuando la dejé para venir a la ciudad, estaba a punto de empezar una gira por el Distrito de los Lagos con su compañía. No tuve valor para decirle que ya está un poco talludita para seguir haciendo de Julieta, pero mientras papá financie sus obras, ella puede elegir los papeles que representa, y nadie puede negárselo. ¿Me estás escuchando? ¿Qué estás buscando en ese armario?

Beau se volvió hacia Puck con el estuche de madera de las pistolas de duelo. Después, abrió otra caja larga que tenía en una mesa auxiliar, y sacó la espada y el cinto que había llevado durante la guerra, y un cuchillo corto de aspecto letal, protegido en su funda.

—Ocúpate de que bajen esto, por favor. Seguramente no necesitaré la espada, pero no sé si querré usar el cuchillo.

Puck frunció el ceño mientras Beau le ponía las armas en los brazos, sin miramientos.

—¿De verdad? ¿Y no quieres que busque un cañón, de paso? ¿De verdad piensas que el hermano va a venir?

—Una vez me pilló desprevenido, Puck. Eso no va a volver a suceder. Y ahora márchate y prepárate para volver a París. Tal vez esto no sea nada, pero la chica sabe cosas que no debería haber deducido, y voy a creerla hasta que diga algo que me haga cambiar de opinión. Demonios, qué mañana. Si lo hubiera sabido anoche, no me habría puesto a beber vino tan alegremente contigo.

—Sí, claro, ahora échame la culpa a mí. Fue terrible que te agarrara por el cuello y te echara tres botellas al gaznate para celebrar tu cumpleaños.

—Si ahora me vas a decir que la mujer que está en el piso de abajo es un regalo de cumpleaños de los dioses, abstente, por favor.

Beau dejó allí plantado a su hermano y bajó al salón, donde encontró a lady Chelsea paseándose de un lado a otro, golpeándose la palma de la mano con los guantes.

Mirándola bien, era una mujer asombrosamente bella. Beau recordaba que de niña ya era una promesa de belleza, pero que él había pensado que no le hacía sombra a su hermana. En aquel momento, constató que se había equivocado.

Había visto a Madelyn un par de veces por Londres, desde que había vuelto de la guerra. Los años no la habían tratado bien. Tenía arrugas alrededor de la boca, y su pelo rubio, casi blanco, la envejecía en lugar de favorecerla. Parecía lo que era: una mujer altiva e infeliz.

Él se había enterado de que ella había tenido amantes durante aquellos años, pero que no había sido lo suficientemente discreta, y que su reputación y su posición en la alta sociedad se habían visto afectadas. Ella culpaba a Thomas por ello, y los dos hermanos no habían vuelto a hablarse desde la muerte de su padre. Seguramente también lo culpaba a él mismo, porque su desgracia había comenzado el día de El Incidente.

Sin embargo, a Beau no le habían causado satisfacción los problemas de Madelyn. Para él, todo aquello no era más que lo que se merecía por lo que había hecho.

Sin embargo, Thomas Mills-Beckam no había recibido su castigo, de ahí que el gato se hubiera dedicado a jugar con el ratón.

Y en aquel preciso instante, su hermana pequeña estaba en el salón de la mansión de su padre, llena de afirmaciones crípticas, como si fuera una fruta madura que había caído en sus manos para llevar a cabo la venganza contra el conde.

—Mi hermano me ha contado que vos le habéis asegurado que lo que está ocurriendo es muy grave. Un asunto de vida o muerte, creo que ha dicho. ¿O lo habéis dicho vos? Admito que he empezado a perder el hilo.

Ella se detuvo en seco y lo miró.

—Tenéis mejor aspecto. ¿Estáis sobrio ya?

—Creo que sí. Por lo menos, suficientemente sobrio como para querer dejar claro, nuevamente, que yo no conozco de nada a ese reverendo Flotley. No fui yo quien hizo que se lo presentaran a vuestro hermano, así que, si el resto de las cosas no os molestan, aparte del olor a uva podrida, tal vez queráis pensar mejor eso que creéis que podéis hacer por mí, y marcharos. Rápidamente.

—No puedo. Los dos sabemos que ya es demasiado tarde para eso —respondió Chelsea, y suspiró—. He quemado mis puentes al venir aquí abiertamente, y los vuestros también.

Lo lamento, pero no tenía otro remedio. Le dejé a mi hermano una nota explicándole que…

Beau se dio un puñetazo en la palma de la mano.

—¡Lo sabía! ¿Por qué las mujeres siempre tienen la necesidad de explicarse?

Ella irguió los hombros.

—Yo no me estaba explicando, hombre obtuso. Lo que ocurre es que no quería que Thomas descargara su ira con mi doncella, que me había ayudado a hacer el equipaje y me lo había entregado en la calle para que pudiera atarlo a la grupa del caballo sin que nadie se enterara de que me iba.

—Ah, claro. Ahora lo entiendo todo. De ese modo, vuestro hermano no la despedirá sin referencias, porque claramente, vos la obligasteis a obedeceros.

—Bueno —dijo Chelsea—. Eso no lo había pensado. Pero no le he dicho nada de mi destino en la nota. No soy tonta.

—Maravilloso. Decidme, señorita Genio, ¿le confiasteis vuestro destino a la doncella? Porque si yo fuera ella, intentaría salvar mi puesto de trabajo ayudando a mi amo.

Chelsea lo fulminó con la mirada.

—Estáis empezando a caerme mal.

—Me tomaré eso como un «sí» —dijo Beau, mirando con anhelo el decantador de vino—. ¿Cuánto tiempo creéis que tenemos antes de que vuestro hermano lo averigüe todo y venga aquí con una pistola exigiendo verme?

Chelsea miró el reloj que había sobre la repisa de la chimenea.

—Seguramente, deberíamos irnos ya.

—Claro. Ya. ¿Y adónde deberíamos irnos, milady? ¿Y por qué? ¿Por qué yo? ¿Por qué voy a recibir vuestra ayuda, y cómo voy a ayudaros yo a vos? Todavía no entiendo bien esos dos puntos.

—No tenemos tiempo para hablar de esto ahora.

Beau se cruzó de brazos.

—Si no lo tenemos, inventadlo.

—Solo si venís conmigo —dijo ella. Salió al vestíbulo y tomó el camino correcto hacia la parte trasera de la casa—. Vuestro hermano ha pedido que ensillaran vuestro caballo, y ambas monturas nos esperan en las caballerizas. Si nos mantenemos alejados de las vías principales, estoy segura de que podremos salir de Londres antes de que Thomas nos encuentre y os mate.

—Oh, esto mejora cada vez más —dijo Beau, mientras Puck se unía a ellos. Atravesaron una puerta y entraron en las dependencias de servicio de la mansión, y Beau continuó—: Estaba tan feliz, contemplando mi vida a través del fondo de una botella de vino, celebrando mi cumpleaños y la llegada de Francia de mi hermano, y al segundo siguiente me veo huyendo de la ira del hermano de una mujer cuya existencia no recordaba hace una hora.

Chelsea se volvió hacia él justo cuando entraban en la cocina.

—Callaos. He estado intentando explicaros la situación desde que llegué, pero vos no habéis dejado de interrumpirme. Ahora tenemos que marcharnos, a menos que seáis tan tonto de querer enfrentaros a Thomas cuando todavía estáis ebrio. Y de mal humor, también. Aunque creo que eso no va a cambiar cuando volváis a la sobriedad.

Puck se rió.

—Empieza a caerme bien.

Chelsea se apretó las mejillas con las manos y, aparentemente, contó en voz baja durante unos momentos. Después bajó las manos y exhaló un suspiro.

—Uno, mi hermano os causó un gran perjuicio hace siete años. Dos, es un hombre muy estúpido, y fácilmente manipulable, como ya habéis podido comprobar vos mismo, de ahí lo de las uvas podridas. Tres, justo después de que muriera nuestro padre, Thomas se puso muy enfermo y pensó que iba a morir antes de poder disfrutar del condado, una vez que por fin había heredado el título. Cuatro, Thomas cree de verdad que Francis Flotley llegó a su vida como un regalo de Dios. El mismo Dios a quien Thomas había hecho todo tipo de promesas si el buen Señor le permitía levantarse de su lecho de muerte. Cinco, Francis Flotley fue quien le transmitió personalmente todas esas promesas a Dios; sí, sé que esto es una locura, así que podéis dejar de mirarme con esa cara de petulancia, y ahora Thomas no solo es estúpido y fácilmente manipulable, sino que además piensa que va por el camino de la santidad, ¡y que está a cargo de mi alma, cosa que no es cierta! Siete...

—Creo que os habéis saltado el seis —apunto Puck—. Disculpad —añadió, cuando Chelsea le lanzó una mirada asesina.

—Seis —dijo ella, y prosiguió—: Como he decidido no casarme con ningún hombre que pueda parecerle apropiado a Thomas, él ha decidido llevarme a Brean mañana por la mañana, encerrarme y casarme con Francis Flotley en cuanto se hayan leído las amonestaciones. Lo hace para salvar mi alma, que por ser femenina, es inferior.

—Siete —la interrumpió Beau, alzando una mano—. Como vos sois lo suficientemente inteligente como para haber deducido que soy el responsable de las plagas de langosta que han asolado financieramente a vuestro hermano, no preguntes, Puck, solo escucha, habéis asumido de manera incorrecta que el reverendo es también una de mis intervenciones. Así pues, ocho, es culpa mía que os veáis atada a ese hombre. Por lo tanto, yo soy el responsable de salvaros de ese destino, lo cual, nueve, llevaré a cabo acompañándoos fuera de Londres mientras vuestro hermano nos persigue con idea de derramar mi sangre. Y a cambio de eso, diez, vos me ofrecéis algún tipo de favor. A todo lo cual, uno, pero no os preocupéis, porque mi lista es corta, digo que no. Gracias por concederme el honor de haber puesto mi cabeza bajo el hacha del verdugo, pero no.

—Tal vez no vuelva a beber —intervino Puck—. Vamos a ver, creo que realmente entiendo todo esto. Sin embargo, ¿qué puede ofrecerte lady Chelsea que te sirva de ayuda? Tendría que ser algo que te compensara por lo que te hizo su hermano para castigar tu audacia al ensuciar el blasón familiar yendo a pedirle la mano de su hermana, así que eso solo podría ser… Oh, oh. ¿Beau? ¿Sabes, siquiera, cómo se va a Escocia?

Beau miró a Chelsea, su cruz cuando tenía catorce años, y la fruta madura que había caído del cielo siete años después. La venganza perfecta contra Thomas Mills-Beckman y contra la alta sociedad de Londres, servida en bandeja de plata.

¿Sería capaz de hacerlo? ¿Podría? Él se había enorgullecido de ser un caballero en un mundo que se había empeñado en considerarlo alguien casi inhumano. Sí, él se estaba vengando de Brean, pero solo con el dinero.

Sin embargo, ¿fugarse con su hermana pequeña, y acostarse con ella? Eso no solo era despreciable, sino que sería equivalente a firmar su propia sentencia de muerte si los atrapaban antes de que la muchacha perdiera la virginidad. Si los alcanzaban después, la reputación de ella estaría dañada hasta tal punto que matarlo a él solo serviría para empeorar la situación.

Brean quedaría deshonrado. Toda la familia quedaría deshonrada.

Pero aquella sería una venganza ruin, algo que no estaba a su altura. Él nunca podría perdonar a Madelyn ni a Thomas Mills-Beckman, pero eso era debido a que no había podido perdonarse a sí mismo por su ceguera de juventud, ni por sus suposiciones erróneas acerca del funcionamiento del mundo real. Tal vez tuviera algunos amigos de verdad en los círculos más altos de la sociedad, pero aunque fuera rico y tuviera buena educación, aunque fuera afable y encantador, el hijo bastardo del marqués de Blackthorn nunca podría casarse con ninguna de sus hermanas.

—¿Beau? Te has quedado embobado mirándonos, y eso es un poco grosero —le dijo Puck, y lo sacó de su ensimismamiento—. ¿Qué vas a hacer?

Beau miró a lady Chelsea, que le devolvió la mirada mientras se mordía el labio.

—No —dijo—. No puedo hacerlo. Lo siento, pero alguien tiene que pensar en las consecuencias. Toda la sociedad os rechazaría, y vuestra familia os desheredaría. Tal vez todo esto pueda pareceros romántico, tal vez lo veáis como una aventura, pero...

—Siempre tiene la boca húmeda —dijo Chelsea en voz baja—. Dice que una mujer de rodillas es una mujer que sabe cuál es su sitio. Predica que las mujeres tenemos una mente inferior, y que debemos ser guiadas, dirigidas, o de lo contrario nos convertiremos en prostitutas a quienes debe tratarse con el cayado.

Puck tiró del brazo a su hermano y lo alejó un poco. Entonces, susurró:

—¿Qué cayado, hermano? ¿El bastón de la obediencia, o su propio bastón? Boca húmeda, peroratas religiosas absurdas, una muchacha tan deliciosa como ésta... Creo que los dos sabemos la respuesta. No es una bonita perspectiva. Demonios, Beau, no podemos dejar que suceda. No podemos permitir que vuelva con su hermano y con ese tal Flatley.

—Flotley —corrigió Beau distraídamente, mientras notaba que el destino lo agarraba por el cuello y apretaba los dedos.

—No importa. Ese hombre es un asqueroso, simple y llanamente. Si tú no te casas con ella, me casaré yo. Hay cosas peores que ser la esposa de un bastardo rico, guapísimo y encantador. Ése soy yo, claro. Tú eres solo rico y con algo de atractivo.

Beau miró a Chelsea, que estaba al otro lado del pasillo, y se dio cuenta de que se le había caído una lágrima por la mejilla. Una muchacha llorando, un hermano diciendo que se sacrificaría, el hermano de la chica, seguramente, de camino hacia Grosvenor Square armado hasta los dientes y acompañado por un nutrido grupo de sirvientes… Si la muchacha ya no estaba allí cuando llegara Brean, el conde no podría intentar nada, pero si la muchacha continuaba allí, seguramente Brean diría que la habían secuestrado, les pegaría un tiro a Puck y a él, y no sería juzgado. Después de todo, la gente conocía su historia, y creerían lo que dijera el aristócrata.

¿Y si era él quien le pegaba un tiro al conde? Iría al patíbulo, y seguramente, Puck también.

Y lady Chelsea tendría que casarse con el hombre que siempre tenía la boca húmeda.

Así pues, ¿qué hacía él allí, plantado como un idiota? Solo podía hacer una cosa, y era ir directamente a Gretna Green y pronunciar los votos matrimoniales sobre el primer yunque que encontrara.

—¡Al cuerno! —dijo. Tomó a Chelsea del codo y la hizo girar hacia la puerta de la cocina—. Puck, márchate de Londres ahora mismo, con nosotros. Toma el yate y deja que tu equipaje te siga hasta París. Seguramente Brean está a punto de olvidarse de la religión que encontró hace tan poco tiempo, y no quiero estar cerca cuando suceda. Necesito cinco minutos para darle instrucciones a Wadsworth, y después, nos iremos.

—Entonces, ¿vais a hacerlo? ¿Vais a casaros conmigo?

—O a morir en el intento, sí. No me habéis dejado otra opción.

Ella sonrió de tal manera que Beau estuvo a punto de desmayarse.

—Sí —dijo Chelsea con dulzura. Sus lágrimas habían desaparecido—. Lo sé. Huir solo sería una solución temporal. Sin embargo, el matrimonio no solo me liberará de Thomas, sino que dejará lívido a mi hermano. ¿Lo veis? Todo saldrá a la perfección.

—Entonces, ¿está todo resuelto? Pensaba que ella iba a objetar. He rezado por eso, le he pedido al Señor que interviniera y que guiara sus pasos por el camino correcto.

El conde de Brean alzó la mirada de los documentos que le había enviado el administrador de sus fincas. Llevaba leyéndolos más de una hora, sin entenderlos por completo. Decían algo sobre el rendimiento por hectárea, y sobre la necesidad de dejar en barbecho cuatro o cinco de los campos de cultivo durante el año siguiente, cosa que él no iba a permitir si eso tenía algún tipo de repercusión negativa en sus ingresos. Había hecho algunas inversiones fallidas últimamente. Con un gesto, le indicó al reverendo que se sentara.

—Protestó con su vehemencia habitual, pero entrará en razón —le dijo con algo de confianza. Después de todo, a Chelsea no se la había criado para vivir debajo de un puente. Además, no tenía recursos. Era él quien tenía la sartén por el mango.

—Tu hermana es muy terca, Thomas. También he rezado mucho por eso, y la única solución es guiarla con mano firme. Comenzaré con sus libros. Las mujeres no necesitan demasiada educación. Su intelecto es demasiado frágil como para entender ideas complejas. De hecho, me he tomado la libertad de elaborar una lista de lecturas apropiadas para su sensibilidad: libros sobre el comportamiento adecuado, y sobre la gestión eficiente del hogar. Y por supuesto, una buena selección de sermones.

—Bien… eh… Muy bien —dijo el conde—. Mi padre fue demasiado indulgente con ella. Le parecía divertido que quisiera aprender griego.

—Infieles —dijo el reverendo—. Con prácticas sexuales antinaturales.

Thomas se interesó mucho por aquello. Durante aquellos últimos años, su único conocimiento de las prácticas sexuales era que había tenido que acostarse con su esposa, y aunque a los demás no les pareciera antinatural, era terriblemente aburrido. Rezar estaba bien, pero no cuando la mujer que uno tenía debajo recitaba en voz alta «Oh, Señor, ¿cuándo va a terminar? ¿Cuándo va a terminar?»…

Todavía no había podido quitarse de la cabeza a su última querida, Eloise, que siempre estaba dispuesta a hacer todo lo que él quería. Le había costado muy caro, pero, ¿qué eran unas cuantas joyas a cambio de que ella lo ayudara a ponerse sus medias de seda y sus ligas? Aquello había sido muy divertido.

—¿De veras? —le preguntó a Flotley—. ¿Y qué prácticas eran esas?

Flotley ignoró la cuestión.

—Estoy seguro de que aceptará la situación con el tiempo. Cuando estemos casados. Una mujer debe obedecer a su marido.

—Si pronunciar unas cuantas promesas en la iglesia fuera lo único que se necesita para meter en vereda a una mujer, entonces Madelyn no estaría haciendo todo lo que se le antoja por Mayfair. Mi gran temor es que Chelsea se convierta en alguien como su hermana.

—Sí, conozco bien tus miedos. Su marido es débil. Yo no lo soy. ¿Es que dudas de mí, Thomas? ¿Acaso no te he mostrado el camino a ti?

El conde se quedó pensativo durante un momento.

—Ella arroja cosas.

—Bajo mi techo no lo hará, te lo aseguro. A propósito, Thomas, me habías prometido que me entregarías la escritura cuando Chelsea y yo estuviéramos comprometidos.

Tal vez el conde hubiera hallado la religión, pero eso no significaba que estuviera dispuesto a separarse de su dinero si no iba a recibir algo a cambio.

—Cuando estéis casados, Francis. Ese día te entregaré la escritura de propiedad de Rosemount Manor, tal y como te prometí.

—¿Y la dote? No la pido para mí, como sabes bien.

—El Refugio Flotley para Mujeres Descarriadas. Sí, ya lo sé. Eres un buen hombre, Francis.

El reverendo asintió con solemnidad.

—Las pondré de rodillas y haré que se arrepientan de sus pecados para que puedan salvar su alma.

El conde pensó en otros motivos por los que las prostitutas a quienes él había conocido se ponían de rodillas, pero aquel era un pensamiento perverso, y tenía que quitárselo de la cabeza. Francis era puro, y él seguía siendo un pecador.

—Como salvaste la mía, Francis, ¿verdad? —murmuró, y volvió la cabeza hacia la puerta, donde había aparecido el mayordomo, que los estaba mirando como si prefiriera estar en cualquier sitio menos en aquel.

—Siento muchísimo tener que molestar, milord, pero parece que lady Chelsea ha… desaparecido.

—¿Cómo? ¿Se ha desvanecido? No seas tonto, hombre.

—No, milord. Ella… Parece que se ha escapado. Ha dejado una nota.

—¿Qué? —gritó el conde, y se puso en pie de un salto, con los puños apretados—. ¡Maldita sea esa muchacha! Cuando la pille la voy a…

—¿Thomas? Siéntate, Thomas —dijo el reverendo en voz

baja, pero con autoridad—. La ira no sirve de nada, ni tampoco la violencia. Veamos esa nota, y después iremos en su busca. Recemos para que vuelva sana y salva al seno de su familia, y para que la guíe el Señor. Pero las cosas son como yo te he dicho, Thomas. Es una mujer, y por lo tanto, un ser obcecado. Te prometo que esta será su última rebelión. Yo guiaré sus pasos hacia el Todopoderoso, le mostraré cuáles son los errores de su sexo. Aprenderá cuál es el camino correcto.

—Todo eso está muy bien, Francis —respondió Brean, con cierta chispa de inteligencia—, pero primero tenemos que atraparla.

CAPÍTULO 4

Después de salir furtivamente de Londres, como si fueran ladrones, cabalgaron hacia el suroeste, puesto que Escocia estaba hacia norte. No era un plan brillante, pero con suerte, sería suficiente por el momento. No serviría de nada decirles a Puck y a Chelsea que realmente no sabía lo que podían hacer después, aparte de librarse de su hermano.

También tenía que haber algún modo de librarse de Chelsea, pero por desgracia, parecía que la inspiración lo había abandonado.

Habían dejado a Wadsworth encargado de retirar la aldaba de la puerta para indicar que el amo no estaba en casa, y de decirle a cualquier visitante que se empeñara en entrar que el señor Oliver Blackthorn se había ido, junto a una joven señorita, a acompañar hasta Dover al señor Robin Blackthorn, que partía hacia Francia.

De hecho, el carruaje de Beau había salido hacia el sureste por la carretera de Dover. El cochero tenía instrucciones de avanzar lo más rápidamente posible, sin detenerse. Seguramente, el conde y su grupo alcanzarían al carruaje vacío a la altura de Rochester, pero para entonces Beau, Puck y lady Chelsea estarían a las afueras de Guildford, a unos sesenta y cinco kilómetros de distancia.

A Beau le parecía una distracción brillante.

No se había parado a pensar en si Chelsea montaba bien a caballo; se había limitado a ponerla sin contemplaciones sobre la silla y a decirle que se agarrara con fuerza y que no se quejara. De lo contrario, él sentiría una fuerte tentación de dejarla abandonada a su suerte.

Y varias horas después, Beau tenía que admitir que Chelsea no se había quejado ni una sola vez.

Aunque no podía decirse lo mismo de Puck.

—Sigo sin ver las ventajas de tener el barco de la familia en Brighton —iba diciendo en aquel momento, por tercera vez—. ¿Quién va a Brighton, salvo el gordo del príncipe y las gordas de sus damas de compañía? ¿Minaretes? ¿Cómo se le ocurrió la idea a ese hombre? ¿Minaretes? ¿Qué tienen de malo las torres tradicionales inglesas? Ah, ahí hay otra señal que indica el camino a Hove. Como seguramente no querréis continuar más hacia el sur antes de volver hacia el norte, me imagino que nos separamos aquí.

—Gracias a Dios misericordioso —dijo Beau, mientras los tres se detenían en el cruce y observaban el poste. Brighton estaba al sur, y Blackdown Hills, una de las fincas más pequeñas de su padre, al oeste. Aquel era un buen lugar para pasar la noche y meditar—. Aunque, por supuesto, te echaremos de menos.

—Yo no —dijo Chelsea, que se había puesto de pie a medias sobre los estribos, y se estaba frotando el trasero sin demasiada discreción—. Una fuga matrimonial no es apropiada si el novio se lleva a su hermano, y además, el hermano canta.

—Ah, mi futura cuñada, yo soy famoso por mi preciosa voz.

—A mí no me parece que tengas una bonita voz. Estoy segura de que, si alguien te ha hecho alguna vez un cumplido por tu buena voz, es solo porque quería ser amable —replicó

Chelsea, y volvió a sentarse con un gesto de dolor. Se giró hacia Beau y le preguntó—: No habrás cambiado de opinión, ¿verdad? Él puede encontrar el Canal solo, sin nuestra ayuda.

—No estoy muy seguro —respondió Beau, que había estado pensando en un plan alternativo durante las dos horas anteriores, desde que habían parado unos minutos para comer algo en una posada y se había dado cuenta de que Chelsea subía de mala gana, de nuevo, al caballo—. Montas muy bien, Chelsea, pero no sé si podrás llegar a Escocia a caballo. He pensado que tal vez dejemos a Puck cuando lleguemos a Brighton, y viajemos en el barco.

—¿Cómo? ¿Atravesar el Canal, rodear Cornualles, salir a mar abierto y navegar hasta Escocia? Tardaríais muchísimo —dijo Puck—. Entiendo que quieras conocer a tu prometida, Beau, pero, ¿confinaros juntos en el espacio reducido de un barco? Te apuesto lo que quieras a que antes de llegar a Escocia os habréis asesinado el uno al otro.

—Tiene razón —dijo Chelsea, asintiendo—. No estoy segura de que me guste esa idea. Yo estaré perfectamente en cuanto encuentres un carruaje para nosotros dos. Porque estás pensando en alquilar un carruaje, ¿verdad?

—Tenía planeado pasarme todo el día tumbado en un sofá, curándome este dolor de cabeza que no se me va. En vez de eso, vos, señora, habéis vuelto del revés mi vida entera en menos de un segundo. Pero, para responder a tu pregunta, no, no había pensado en alquilar un coche.

—Entonces, te sugiero que lo pienses ahora mismo –replicó Chelsea—. De veras. Yo solo tuve unos minutos para idear mi plan, así que, lógicamente, no estaba completo en algunas cosas. Pero tú has tenido horas para hacerlo, así que ya deberías haber desechado la idea de ir a Escocia a caballo, bajo las tormentas de primavera.

—Es cierto, Beau –dijo Puck, y se puso la mano junto al

oído—. Esta es la carretera principal hacia Brighton, ¿no? No hemos tomado un camino secundario porque no teníamos que preocuparnos de que nos persiguieran, ¿verdad? Porque eso no suena como un carruaje que se dirige a toda velocidad hacia nosotros. Hemos oído muchos de esos.

Beau, que no estaba precisamente contento desde que había visto a lady Chelsea Mills-Beckman, abrió la boca para decirle a su hermano que sabía perfectamente en qué carretera estaban. Sin embargo, las palabras se ahogaron a medio camino, y rápidamente, se inclinó hacia delante, agarró las bridas del caballo de Chelsea y la llevó hacia los árboles. Puck dirigió a su caballo hacia el otro lado de la carretera.

—¿Qué demonios estás…?

Chelsea no pudo decir nada más, porque él la apeó del caballo sin miramientos y los arrojó a los dos al suelo.

—Tenías que ir vestida de rojo –murmuró entre dientes, mientras se tendía sobre ella para ocultar en lo posible su traje de amazona y agarraba con una mano las bridas de los dos caballos para que no se movieran—. Estate quieta, demonios.

Ya sentía las vibraciones en la tierra, y por el modo en que Chelsea abrió sus magníficos ojos, Beau se dio cuenta de que ella también.

Unos caballos, por lo menos doce, se aproximaban rápidamente. Se habían cruzado con otros viajeros por el camino, pero aquello era distinto; era como el avance de una pequeña tropa de soldados. Si olisqueaba el aire, casi podía percibir el olor a persecución. Se imaginaba a la caballería cargando por la ladera de una colina, hacia la batalla.

Beau alzó ligeramente la cabeza y miró a través de la hierba y los arbustos, con la esperanza de no divisar ni la más mínima señal de su hermano. Y no la vio. Lo que sí vio, unos diez segundos más tarde, fue a una docena de jinetes, cuatro de los cuales vestían el uniforme de los Brean, pasando por delante de ellos al galope.

—¿Cómo es posible que lo supiera? –se preguntó Beau, mientras Chelsea lo miraba, con las mejillas ruborizadas.

—Creo que te lo puedo explicar, y perdona que no se me haya ocurrido antes –dijo ella, empujándolo por los hombros—. Thomas te odia, sobre todo desde que empezó a perder dinero mientras que tú, que para él eres claramente inferior, tienes una fortuna inmensa. Lo he oído hablar con el reverendo Flotley durante horas sobre ti, porque para él representas el único pecado que no puede expiar con oraciones. ¡Cómo te detesta! ¡Cómo envidia el dinero de tu padre, y todas esas fincas que el marqués tiene pensado dejaros en herencia a tus hermanos y a ti! La mansión de Grosvenor Square. La casa de campo de Escocia, la casa de París. El palco de Covent Garden.

—El barco fondeado en Brighton –añadió Beau, sacudiendo la cabeza, y maldiciéndose por su estupidez—. Seguramente, ha enviado a sus hombres a todas las propiedades de mi padre. Maldita sea.

—Sí, bueno –continuó Chelsea, sin dejar de empujarlo—. Y ahora que ya está todo explicado…

Beau la miró a la cara una vez más, y se dio cuenta, entonces, de que su cuerpo estaba debajo de él.

—Solo pretendía ocultar tu vestido rojo –le explicó, sin moverse—. ¿Estás bien? ¿Te estoy aplastando? Parece que estás incómoda.

—Estoy bien. Es que… nunca había estado tan cerca de un hombre.

—¿De veras? –preguntó él, sonriendo… y sin moverse.

—Oh, no seas tan petulante. No he dicho que me guste. Y ahora, apártate.

—Ah, veo que os estáis conociendo mejor –dijo Puck, desde arriba—. Bien hecho.

Beau se apartó de Chelsea y se puso en pie, y después la ayudó a levantarse a ella también.

—No puedes ir a Brighton –le dijo a su hermano, innecesariamente—. Y yo tampoco puedo llevar a Chelsea a Blackdown, demonios.

Puck se sentó en el tocón de un árbol y se quitó el sombrero para sacudirle el polvo de la carretera.

—¿Sabes, Beau? Yo siempre os he tomado como ejemplo a Jack y a ti. Los hermanos mayores, aquellos a quienes yo debía acudir en busca de ayuda y consejo. Seguramente, no debería haberlo hecho. Tú no eres más listo que yo, y Jack, mucho menos. ¿Puedo hacerte una sugerencia?

—No –ladró Beau.

—Sí, por favor –dijo Chelsea al mismo tiempo.

—Mi voto sirve para el desempate, y yo voto que sí –dijo Puck alegremente—. Volvamos a Grosvenor Square. Cuando lleguemos ya será de noche, y nadie nos verá si nos metemos por los mismos callejones por los que hemos salido de Londres. Una buena cena, camas cómodas y Wadsworth, con sus compañeros, haciendo guardia. Sí, es una idea brillante.

—Es cierto –dijo Chelsea, tirándole de la manga a Beau—. Thomas ha enviado a todo el mundo a buscarnos, y estoy segura de que él mismo dirige a uno de los grupos. Nadie pensará que hemos vuelto tan pronto. Además, tal vez yo pueda meterme a escondidas a casa y recoger algo más de ropa. Los sirvientes no soportan a Thomas, pero a mí sí. Estoy segura de que me ayudarán. Además, quiero pedirle disculpas a Beatrice, si es que la han castigado por mi culpa.

—Debería haber permitido que te metieras en la boca del lobo, Puck, y haberos enviado a los dos a Gretna Green mientras yo me quedaba enfrentándome a Brean. Estáis hechos el uno para el otro, porque a los dos os falta un tornillo. ¿Volver a Londres? ¿Entrar en la casa de la que acabas de escaparte?

–le preguntó Beau a Chelsea, y se frotó la frente—. Nunca me voy a librar de este dolor de cabeza, ¿verdad?

—No seas tan severo –le dijo Puck—. Mi parte del plan es brillante.

—Sí, es cierto –dijo Chelsea, asintiendo y sonriendo a Puck—. Después de todo, ¿quién busca dos veces en el mismo sitio, cuando no has encontrado lo que buscabas la primera vez? Eso sería inútil, ¿no?

—¿Beau? ¿Lo has oído? ¿Beau? Son casi las cinco, y deberíamos estar en carreteras conocidas antes de que anochezca. Porque tenías razón al decir que yo no puedo continuar hasta Brighton, y serías tonto si te llevaras a Chelsea a Blackdown. ¿A qué otro lugar nos sugieres que vayamos?

—Te lo contestaría –le espetó Beau con amargura—, pero se supone que hay una dama presente. Está bien, vamos.

—Todavía no entiendo por qué tengo que involucrarme yo –dijo Madelyn mientras se quitaba los guantes y se los arrojaba a la sirvienta—. Por el amor de Dios, Thomas, ve a buscarla. Ve con tu nueva conciencia, esa mole, que es como un cuervo negro gigante. Tienes que saber adónde ha ido. Y yo sé por qué. ¿Quieres casarla con esa cosa? ¿No tuviste suficiente con destrozarme la vida a mí?

—Creo que eso lo conseguiste tú sola, Madelyn –dijo Thomas, aunque se retiró hacia la chimenea antes de hacerlo.

Lady Madelyn se sentó en uno de los sofás y dio un manotazo a la doncella, que intentaba tomar su abrigo para llevárselo.

—¿Quieres marcharte? —le ordenó desabridamente—. Yo decido si quiero quitarme la ropa o no, y no quiero.

—Por lo cual, tienes mi gratitud eterna, querida hermana –le dijo el conde—. Y, si pudiéramos evitar que la dejes caer cada vez que te apetece como hacen los árboles con sus hojas cada otoño, consideraría que mis plegarias han obtenido respuesta.

—¿Plegarias? Me caías mejor cuando eras un descreído, querido hermano, aunque ni siquiera entonces me gustabas mucho. No ibas a morirte, ¿sabes? Ninguno de mis hijos se ha muerto. Ese hombre te ha dado gato por liebre. ¿Cuánto se te han aligerado los bolsillos desde que ese cuervo negro apareció en tu vida prometiéndote la salvación?

El reverendo Flotley le hizo una reverencia al conde.

—Debería retirarme, milord. Esto es un asunto familiar, y no desearía entrometerme, puesto que yo no soy un miembro de la familia.

—No, pero casi, en cuanto consigamos encontrar a Chelsea y quitársela a ese bastardo arrogante.

—Sí, sí, Thomas, ¿y quién es ese bastardo? Supongo que algún oficial con una sonrisa encantadora y los bolsillos vacíos. Eso sería posible, por parte de la boba de mi hermana. Una juega con los que no son buen partido si le apetece, pero nunca se casa con ellos. ¿Lo conozco?

Thomas se alejó de la chimenea y sintió cierta satisfacción. No había mencionado el nombre en la nota que le había enviado a su hermana porque quería ver cuál era su reacción al conocer la noticia. Tendría que hacer penitencia por aquel pequeño pecado, pero disfrutaría del momento.

—El bastardo es Beau Blackthorn. Parece que nuestra hermana se ha aliado con nuestro viejo enemigo.

Madelyn se puso en pie de un salto.

—¡Esa idiota! ¿Y qué haces tú aquí de brazos cruzados, sin moverte?

—Nada más lejos de la realidad, hermana. He enviado jinetes a todos los lugares que se me han ocurrido, pero todavía no he recibido noticias. Ahora tengo intención de presentarme directamente ante el marqués y exigirle que me devuelva a Chelsea, o que me diga adónde la ha llevado su hijo bastardo.

—No hay ninguna duda, Thomas. Se han marchado a Gretna Green. Es evidente. ¿Cómo ha podido hacernos esto? ¡Seremos el hazmerreír de los de nuestra clase!

El reverendo Flotley, que se había quedado allí, después de todo, avanzó hacia ella y le tendió las manos como si quisiera consolarla.

—Vamos, milady, debéis conservar la calma. Tenemos a la justicia de nuestra parte, y la justicia prevalecerá.

—Si la justicia prevaleciera, bufón piadoso, yo sería duquesa —le espetó ella, fulminándolo con la mirada—. Pero tienes razón, Thomas. Como cualquier animal, seguramente Blackthorn irá primero a su guarida para sentirse seguro, y desde allí partirá hacia Escocia. Lo que yo me pregunto es, ¿por qué estás aquí?

—Tenía la esperanza de recuperarla y volver rápidamente a casa. Pero ahora debemos ir en su busca, antes de que esto llegue demasiado lejos. Y para eso te necesito, Madelyn. Cuando la tengamos, necesitará una acompañante femenina, por si alguien nos ve. Ahora que entiendes la gravedad de la situación, ¿querrás acompañarnos?

—¿Acompañaros? ¿El cuervo también va? ¿En mi carruaje?

—En el mío, y deberíamos salir en menos de una hora. Francis es el prometido de Chelsea, Madelyn –le recordó el conde a su hermana—. La encontraremos, la traeremos a Londres y nos marcharemos inmediatamente a Brean para que se casen, aunque tenga que atarla. Pero tendremos que pasar, como mínimo, una noche en la carretera. Así que trae un baúl pequeño, Madelyn, y ven dentro de menos de una hora. Lo digo en serio. No tenemos tiempo para nada más.

Madelyn se quedó pensativa durante unos instantes, y después asintió. Con una condición.

—Nada de oraciones. ¡No quiero oír ni un solo rezo!

—Conversaré con el Señor en silencio, milady —dijo Flotley—. Y rezaré por vuestra alma inmortal.

—Rezad por el alma de Blackthorn, reverendo —replicó Madelyn—. ¿Creéis que conocéis a mi hermano, y que se ha convertido en un hombre de bien? Entonces sois un idiota. Yo lo conozco mucho mejor. ¿Thomas? Vas a matar a Blackthorn, ¿verdad? Pégale un tiro como el bastardo que es. Tienes todo el derecho, puesto que ha secuestrado a nuestra hermana. ¡Thomas! ¡Respóndeme!

El conde miró a su consejero espiritual, con una expresión constreñida y la cara de color morado.

—Francis dice que debemos poner la otra mejilla, y perdonar al pecador.

—Francis es un idiota, Thomas, y tú te has convertido en un cobarde que se esconde detrás de la religión —le dijo Madelyn, que ya iba hacia el vestíbulo—. Muy bien, llévame hasta él. Yo haré lo que tú debiste hacer hace siete años, y que no hiciste porque no eres lo suficientemente hombre.

Salió dando un portazo, seguida por su doncella.

El conde tomó una figura de porcelana y la lanzó contra la repisa de mármol de la chimenea. Después se giró hacia Flotley con los puños apretados y la respiración entrecortada.

—Por Dios, Francis, soy el peor de los pecadores. ¡Y que Dios me castigue, porque quiero ver muerto a ese hombre! Lo deseo con todas mis fuerzas. Le daré de latigazos, por mucho que tú me hayas obligado a confesarme por lo que le hice cuando osó pedir la mano de Madelyn. Entonces quería fustigarlo, y ahora también. ¡Quiero arrancarle el hígado! Y lo haré, frente a su padre, si es necesario. ¿Me oyes? Soy un pecador. Eso es lo que era, y es lo que soy, por mucho que tú digas que Dios quiere que mejore, y por muchas promesas que yo le haya hecho. ¡Ya no me importa un cuerno!

Durante unos minutos, el silencio reinó en la estancia. El

conde se dejó caer en una silla y apoyó la cabeza en las manos. ¿Sentía remordimientos por su estallido? ¿Se sentía culpable por sus deseos violentos? O tal vez sintiera alivio, porque después de dos largos años de temor a Dios, había vuelto a encomendarse al demonio, con quien sentía mucha más afinidad.

—El Señor dijo «La venganza es mía» —le recordó en voz baja Flotley. Sin embargo, se dio cuenta de que su discípulo personal estaba experimentando una crisis de fe, que podía terminar con la expulsión de su consejero espiritual a la calle con los bolsillos vacíos. Así pues, añadió—: Pero creo que hay algunos escritos, en el Antiguo Testamento, que pueden aplicarse a este caso. Te los encontraré.

CAPÍTULO 5

Chelsea apoyó la cabeza sobre la pequeña almohada que le había dado la doncella y dejó que el agua caliente le relajara los músculos doloridos.

La mansión de Beau de Grosvenor Square era moderna y maravillosa. Ninguna de las bañeras de Portland Place, ni de Brean, eran tan grandes, ni estaban ancladas al suelo en una habitación especial al efecto, como aquella. No era necesario llevarla al dormitorio de quien iba a bañarse ni situarla delante de la chimenea, ni obligar a los sirvientes a cargar con cubos y cubos de agua que salpicaban por todas partes.

Aquella bañera tenía, incluso, tuberías en uno de los extremos, y palancas que, cuando se giraban, dejaban caer dentro el agua de las tuberías. Aquello le había causado tanto asombro a Chelsea que las había girado una y otra vez, y había estado a punto de hacer que el agua se desbordara de la bañera.

Aunque a ella no le importaba; era absolutamente maravilloso el hecho de estar sumergida en montañas de burbujas que le hacían cosquillas en la nariz.

Le resultaba difícil de creer que pocas horas antes estuviera enfrentándose a la idea de tener que casarse con Francis

Flotley. Secuestrada, encerrada bajo llave y convertida en una de las promesas retorcidas que le había hecho Thomas a su Señor Todopoderoso.

Sin embargo, durante esas pocas horas, ella misma se había salvado, había frustrado a Thomas, había conocido a dos tontos y se había convertido en la prometida de uno de ellos.

Tenía la sensación de que el señor Robin Goodfellow Blackthorn y ella se apreciaban más, pero era el señor Oliver Le Beau Blackthorn quien más merecía el honor de... bueno, de restregarle la cara por el fango a Thomas.

No importaba con quién se casara, excluyendo a los hombres con la boca húmeda y a todos los que aprobara Thomas. El matrimonio solo era una cuestión social, y a nadie le importaba de verdad si la gente que iba a casarse se quería o no. El matrimonio era un intercambio de un título por una dote, o al revés, un deber para procrear y mantener en la familia tierras y fortuna, y que no fueran a parar a manos de algún pariente. Los sentimientos no tenían nada que ver.

Ella lo sabía porque era una estudiosa de la Historia. Solo había que preguntarle a Josefina si su Bonaparte la había querido de verdad cuando la había sustituido por un vientre más joven. Los miembros de la realeza se llevaban la peor parte, porque eran vendidos por territorios o por alianzas militares, o simplemente, porque así lo había decretado un rey o un príncipe, y cuando esos hombres se cansaban de sus mujeres, muchas veces habían utilizado el método de la decapitación para librarse de ellas.

¡Al menos, ella no tendría que pasar por eso!

Solo podía esperar que aquel hombre se diera cuenta de lo muy agradecido que tenía que estarle por haber pensado en él y en su venganza en primer lugar.

Pero lo dudaba mucho.

—Los hombres pueden ser muy obtusos —murmuró, y sopló un poco de espuma que había tomado en la palma de la mano.

—¿Milady? ¿Deseabais algo?

Chelsea sonrió a la doncella, que acababa de añadir un tronco a la chimenea que había en aquella maravillosa sala de baños.

—No, gracias, Prudence. Solo estaba recordándome que las mujeres somos superiores a los hombres en intelecto y entendimiento. ¿A ti no te lo parece?

—Si eso significa que mi hermano Henry es tonto, entonces sí, milady, sí me lo parece. Una vez intentó ordeñar a una vaca por detrás, y por eso solo tiene dos dientes, y por eso también lo trajimos a Londres a trabajar cuando nos lo ofreció el señor Beau, para alejarlo de las vacas en lo posible. Pobre Henry, ni siquiera son los dientes delanteros. Os dejaré para que toméis vuestro baño, milady –dijo Prudence, y con una reverencia, salió de la habitación.

Chelsea tuvo la esperanza de que la doncella no hubiera notado que le temblaban los hombros de la risa. Tal vez estuviera muy cansada. Tal vez aquel día hubiera sufrido más tensión de la que pensaba. La discusión con Thomas, los momentos de pánico, la huida a Grosvenor Square. Convencer a Oliver Le Beau Blackthorn de que era un hombre afortunado, salvo si Thomas y sus lacayos aparecían y lo estrangulaban, en cuyo caso sería un hombre con poca fortuna y muy muerto. Tres horas en un caballo, cabalgando sin tregua para alejarse de Londres. Tres horas más para volver…

Fuera cual fuera el motivo, de repente Chelsea no podía dejar de reírse al pensar en el pobre Henry y sus dos dientes. Se rió tanto que inhaló algunas burbujas por la nariz, y entonces, se rió todavía más.

—Y yo que le he asegurado a Puck que no te has fugado de un manicomio. ¿O es que la espuma te hace cosquillas?

Esa segunda posibilidad es interesante. ¿Dónde te hace cosquillas, exactamente?

Chelsea tomó aire bruscamente en mitad de una carcajada al oír aquella voz, y se giró rápidamente hacia Beau, que estaba a unos dos metros de la bañera. La rapidez del movimiento hizo que se resbalara hacia abajo, y se hundió en el agua. Ciegamente, se agarró a ambos bordes de la tina y volvió a salir a la superficie jadeando y sacándose el agua jabonosa de los ojos, con un deseo ardiente de asesinar a aquel hombre y también de volver a hundirse en el agua.

—¡Monstruo! ¡Sal de aquí! Estoy en mi baño.

—En realidad, estás en mi baño –puntualizó Beau, en el preciso instante en que ella se daba cuenta de que él iba vestido con un bata de color granate, que dejaba desnudos su pecho y sus piernas. Además, iba descalzo.

Ella había visto alguna vez a Thomas vestido de aquella manera, cuando su hermano estaba convaleciente de las paperas. Sin embargo, Thomas parecía un bobo, porque tenía unas piernas blancas y delgadas, y una barriga prominente. Beau no se parecía en nada a él. Tenía las piernas bronceadas, aunque ella no sabía cómo había podido conseguir aquella hazaña, y las pantorrillas musculosas. Tenía un suave vello rubio en el pecho; su cintura, marcada por el cinturón de la bata, era notablemente estrecha, y su estómago, notablemente plano.

Chelsea no entendía por qué tenía que afectarle alguno de aquellos detalles, pero le afectaban. Y no sabía, tampoco, en qué sentido le afectaban. Apartó la mirada rápidamente.

—Ordené que te instalaran en la habitación de la esposa de mi padre, que es contigua a la suya. Como ellos llevan más de una década sin venir a la ciudad, me he apropiado de la habitación de mi padre, sobre todo por la bañera. ¿O es que creías que tenemos una como ésta en todos los dormitorios? ¿Tenías pensado pasarte toda la noche ahí?

En realidad, ella no había pensado nada, pero no iba a decírselo. Prudence la había llevado hasta allí, y ella había seguido a la doncella medio dormida y agotada, deseando darse un buen baño.

—Me quedaré en la bañera todo el tiempo que tú estés ahí. ¡Sal de aquí!

En vez de hacer lo que ella le había pedido, aquel hombre miserable tomó una de las sillas que había junto a la pared, la acercó a la bañera y se sentó, como si hubiera decidido quedarse allí.

—No. Creo que, como dice el dicho, te tengo exactamente donde quiero, Chelsea.

—Bueno, pues tú no estás donde quiero yo –dijo ella, mientras buscaba a tientas la esponja, que se había ido al fondo. Sin embargo, cuando se movía, las burbujas explotaban. Cuando respiraba, las burbujas explotaban. A menos que estuviera muy, muy quieta, las burbujas explotaban.

Se habría puesto a gritar, pero sabía que con eso solo conseguiría darle una satisfacción. Le habría suplicado, pero seguramente él también estaba esperando eso. Aunque se muriera allí mismo, no iba a permitir que él supiera lo mortificada, lo asustada y lo vulnerable que se sentía en aquel momento.

Él le había lanzado el guante, eso era lo que había hecho. Era un hombre insufrible. Pero ella iba a confundirlo negándose a recogerlo. Se comportaría como si estuviera completamente acostumbrada a tener hombres en su habitación mientras se bañaba.

Como si no le importara en absoluto que él estuviera allí, aunque fueran a casarse, porque solo sentía indiferencia. Él solo era un medio para conseguir un objetivo, y nada más.

—No creo que te haya dado permiso para que te tomes tantas confianzas.

—No, y sin embargo, aquí estoy. Yo tampoco te invité a

mi casa, ni a que te entrometieras en mi vida ni en mis asuntos. Y, sin embargo, aquí estás. A propósito, ya no me duele la cabeza. Tal vez empiece a disfrutar de todo esto, por mucho que me cueste creerlo. ¿Se está enfriando el agua? Pues aprieta de nuevo el grifo y saldrá más agua caliente, a menos que ya la hayas gastado toda, cosa que probablemente has hecho. No es magia, Chelsea, es mecánica. Hay explicaciones y planos detallados guardados en algún lugar de la casa. Recuerdo que te gusta leer. Puedo buscarlos y dártelos, si quieres.

Chelsea estaba sumergida hasta las orejas en el agua, y le resultaba difícil entender lo que él le estaba diciendo, lo cual, seguramente, era positivo, dado que tenía una sonrisa petulante, y no debía de estar diciendo nada agradable.

—Avísame cuando termines de comportarte como un idiota –le dijo, y a causa de las burbujas que se le estaban metiendo en el oído, tuvo que hacer el gesto poco elegante de meterse el dedo por la oreja para rascarse—. No me asusto con facilidad, ¿sabías? Si hubieras intentado hacer semejante tontería con otra mujer, seguramente se habría desmayado al instante, y se habría ahogado. Sin embargo, yo estoy hecha de otra pasta, Oliver.

Entonces, Chelsea se giró ligeramente hacia él, justo a tiempo para verlo estremecerse un poco.

—Beau, por favor. O señor Blackthorn, si quieres. Nadie me llama Oliver.

—Te llamaré algo peor si no te marchas –le advirtió ella—, Oliver.

—A los catorce eras una mimada insoportable. Ahora resultas cómica. Y, como creo que ya te he mencionado, parece que te tengo donde quiero en este momento.

—¿En tu bañera? No eres un caballero, Oliver.

—Sí, creo que eso ya lo aclaramos hace siete años. Si fuera un caballero, ahora sería tu cuñado, ¿no? Pero necesitamos hablar, y como no puedes huir si no te gusta el sesgo que toma la conversación, repito que te tengo donde quiero. Lo cual es una novedad en el corto periodo que ha transcurrido desde que te conozco.

—Quieres que me vaya, ¿no? Estamos otra vez en Londres, y ahora quieres librarte de mí, después de haber llegado a la conclusión de que Thomas es demasiado para ti, y de que te encontrará y te matará. Vas a llevarme a Portland Place otra vez, y dejarme indefensa ante mi destino.

—En realidad, iba a sugerirte que te acostaras pronto, porque me gustaría salir de Londres otra vez mañana, en cuanto amanezca. Sin embargo, si estás tan deseosa de escuchar los sermones de la boca siempre húmeda, sí, puedo hacer que te lleven a casa. Nadie puede decir con absoluta certeza que has estado aquí.

Ella se quedó mirándolo fijamente, como si quisiera vislumbrar una prueba de que él le estaba mintiendo.

—¿De verdad? ¿No vas a incumplir tu promesa?

—¿Qué promesa? No recuerdo haber hecho ninguna, Chelsea. Sin embargo, no, no voy a llevarte a Portland Place. No mandaría allí ni a un perro, a menos que estuviera rabioso. En realidad, he venido a ofrecerte una tercera alternativa.

Chelsea se mordió el labio.

—¿Vas a mandarme a un convento?

—¿Estarías dispuesta a ir?

Ella miró al techo con resignación.

—¿Te parezco el tipo de persona que estaría bien en un convento?

Él sonrió, y la sonrisa le iluminó los maravillosos ojos azules.

—Creo que podrías fundar tu propia orden. Las Hermanas de la Asunción Ridícula, por ejemplo. No, Chelsea, no te voy a someter a los planes de tu hermano, ni tampoco te voy a mandar con unas pobres mujeres que no se merecen que alguien como tú ponga a prueba su fe. Estaba pensando en que podríamos permanecer aquí, en Londres, y comprar una licencia especial. Cuando tu hermano vuelva de perseguirnos por media Inglaterra, podríamos presentarle nuestro matrimonio como un hecho consumado.

—¿Puedes conseguirlo? Tendrías que pedírselo al Obispo de Canterbury, ¿no es así? Y aunque pagaras el doble del precio normal, ¿crees que él autorizaría un matrimonio entre... Bueno, ya sabes.

—Una aristócrata y un bastardo —dijo Beau sin paños calientes—. Eso es un posible problema. Y ahí es donde está el peligro. Si nos lo niegan, seguiríamos aquí cuando tu hermano volviera.

—La otra posibilidad es huir a Gretna Green perseguidos por mi hermano y sus sirvientes. Admito que he sentido mucho miedo hoy cuando he visto a sus hombres en la carretera. Preferiría salir para Escocia lo antes posible. ¿Eso es todo? Porque debo insistir en que salgas de aquí ahora mismo. Tenerme atrapada, en tu baño, ya no es nada divertido.

Él se puso en pie y colocó la silla contra la pared.

—Podría serlo —dijo. En aquella posición, veía por encima del borde de la bañera, y enarcó una ceja ante el espectáculo—. O lo sería, dentro de unos minutos. Por lo menos, ahora ya estás completamente comprometida. De hecho, podría reunirme contigo en la bañera para terminar lo que hemos empezado.

—Me caías mejor cuando eras joven y nervioso —le dijo Chelsea, cruzándose de brazos, sin querer mirar hacia abajo por miedo a saber lo que él estaba viendo en realidad.

—Joven, nervioso y tonto, querrás decir. Y seguramente, también te caía mejor cuando estaba borracho y tenía un dolor de cabeza de mil demonios. En cuanto a mí, me caías mejor cuando… No; la verdad es que no recuerdo ningún momento en que me cayeras bien. Sin embargo, esto ya no tiene vuelta atrás para ninguno de los dos, así que saquemos lo mejor de la situación, ¿no te parece?

—No creo que el hecho de que me acoses en esta bañera sea sacar lo mejor de la situación.

Él arqueó la ceja de nuevo.

—Ah, creía que esa burbuja no iba a explotar nunca. Una buena recompensa para un hombre paciente. Muy bonita, Chelsea. Muy bonita. Vaya, creo que incluso es posible que pase por alto tus muchos defectos.

Chelsea jadeó y se sumergió rápidamente. Cuando emergió otra vez, apartándose el pelo de la cara, él ya no estaba.

No sabía exactamente qué era lo que acababa de ocurrir. Seguramente, la fatiga le había embotado la inteligencia. Sin embargo, había una cosa bien clara: si aquello había sido un desafío para ver quién de los dos era más fuerte, él había ganado la primera batalla.

—Pero una batalla no es la guerra —se recordó Chelsea en voz baja.

Después tomó la esponja y continuó con su baño.

—Ah, aquí estás —dijo Puck mientras se sentaba frente a su hermano, que estaba repantigado en una butaca, con una copa de coñac entre los dedos—. Pensaba que renunciarías al alcohol durante una temporada.

—Si voy a casarme con esa muchacha, tal vez me compre mi propio viñedo —gruñó Beau—. Aunque supongo que todo esto es culpa mía. ¿En qué demonios estaba pensando para jugar al gato y al ratón con Brean? Y, peor todavía, ¿cómo lo ha sabido ella? Es como si le hubiera entregado personalmente la munición que podía utilizar para dispararme.

—Te pareces a mamá. Eres un poco melodramático, hermano mío, y estás a punto de sobreactuar. Es como si pensaras que el mundo se va a acabar. ¿Acaso no puedes considerar todo esto como una gran aventura? Yo lo haría.

—¿Y a mí qué me importa? Tú eres idiota. ¿A mí qué me importa lo que pienses?

Puck se echó a reír.

—Puede que sea el más pequeño de los tres, pero he crecido desde la última vez que nos vimos, justo antes de que te marcharas a la guerra para olvidar la tristeza de la humillación a la que te sometió Brean, por no mencionar la paliza que te dio. ¡Por Dios, estabas hecho un desastre! Creo que te has comportado con mucha mesura. Yo no me habría conformado con causarle solo la ruina económica. Entonces, ¿es que no tienes valor para vengarte de verdad, o es que lady Chelsea no te resulta atractiva?

Beau miró a su hermano mientras buscaba una respuesta que no delatara las verdaderas dudas que estaba teniendo desde que se había encontrado, inesperadamente, tendido sobre Chelsea, y había visto el rubor de sus mejillas incluso mientras ella declaraba que no le gustaba tenerlo tan cerca.

El encuentro de unas horas antes, junto a la bañera, y el efecto que había tenido en él, tampoco iba a mencionárselos a su hermano.

—No, lady Chelsea será una buena esposa —dijo por fin—. He hablado con ella hace un rato, y le he aclarado ciertas cosas. Por lo menos ahora los dos entendemos quién lleva las riendas de esta pequeña aventura.

«Y no soy yo».

—Entonces, le has puesto unas cuantas normas, ¿no? Bien hecho.

Beau se movió en la silla con cierta incomodidad. Si hubiera explotado una sola burbuja más, seguramente le habría prometido la luna a Chelsea. Dios Santo, cuánto lo excitaba.

—Sí, bueno, gracias. ¿Cuándo te marchas?

—Al amanecer. He venido a verte para despedirme. Tu mensajero ya habrá llegado a Brighton con tus instrucciones para que el capitán lleve el barco a Hove. Yo me reuniré con él allí. Siento mucho tener que marcharme. Había pensado en quedarme en Londres por lo menos dos meses, ¿sabes? Quería ver a Jack, y mamá quería que me quedara hasta que ella haya terminado su gira y vuelva a casa. ¿Estás seguro de que tengo que irme?

—Ya hemos hablado de esto. No quiero que corras riesgos innecesarios. Brean sabe cuáles son nuestras propiedades, y habrá enviado gente a todas ellas. Seguramente, él mismo está de camino al norte después de descubrir que no hemos ido a Dover. Espero que no nos crucemos con él en alguna parte del camino.

Puck se golpeó los muslos con las palmas de las manos y se puso en pie.

—Muy bien. Entonces, volveré para el bautizo.

A Beau casi se le cayó la copa de coñac.

—¿Cómo?

—Tienes que acostarte con ella, o Brean exigirá la nulidad del matrimonio. Y, como prueba, no hay nada mejor que un bebé en brazos. De lo contrario, él podría conseguir que anularan el matrimonio, por eso de que es conde, y tú eres el… ¿sabes Beau? La palabra «bastardo» no suena bien ni siquiera en francés. Ah, pero, ¿tener a la hija de un conde de cuñada? Eso me gusta. Sé bueno con ella, hermano. Tal vez nosotros no ascendamos socialmente con esta alianza, pero ella va a descender, y mucho. Me pregunto si se ha dado cuenta de hasta qué punto.

CAPÍTULO 6

Chelsea bajó a desayunar a las cinco de la mañana, casi tambaleándose por lo temprano de la hora, y en el comedor encontró a Beau, ya vestido para el viaje y sentado a la cabecera de la mesa. Tenía aspecto de sentirse incluso peor que ella. Estaba concentrado en la lectura de una carta, y no parecía muy satisfecho con su contenido.

—No, por favor, no te levantes porque yo haya llegado –le dijo. No estaba en su mejor momento al amanecer, y no había sentido precisamente simpatía por él al ver su rostro ceñudo—. Después de todo, no podemos ser más informales de lo que fuimos anoche.

Él alzó la vista, como si se sorprendiera de verla allí.

—¿Qué?

Ella tomó un plato de la mesa auxiliar y se sirvió una buena ración de huevos revueltos, una loncha de jamón, una manzana y dos tostadas. Si iba a salir de viaje con aquel hombre, lo mejor sería que se llenara bien el estómago.

—¿Ocurre algo? –le preguntó mientras se sentaba—. Tienes una cara más seria de lo normal.

Beau plegó la hoja de papel y la puso junto a su plato, donde había otras cartas.

—Es que… ah… estaba leyendo el correo de ayer, que

llegó después de que hubiéramos salido de viaje a ninguna parte.

—No es verdad. Hicimos un círculo precioso. Pensándolo bien, podríamos habernos escondido los tres en la buhardilla hasta que Thomas se hubiera ido.

Beau no sonrió. No puso mala cara. Siguió allí sentado, tamborileando con los dedos sobre la carta.

—Oh, por el amor de Dios, es evidente que sucede algo, y no puedo soportar los secretos, así que cuéntamelo. Y para que lo tengas en cuenta en el futuro, tampoco puedo soportar que alguien tamborilee con los dedos.

Él se miró la mano y cesó de moverla.

—Si ayer te hubiera echado a la calle, ¿tenías alguna solución alternativa para tu problema? Algo como pedirle a tu hermano que no te obligara a casarte con ese hombre de la boca húmeda a cambio de entregarle mi cabeza en bandeja de plata, diciéndole que…

—¿Que tú te habías estado divirtiendo con él? Si esa hubiera sido la única manera de escapar de Flotley, sí, tal vez lo hubiera hecho. Pero conozco a Thomas, y sé que solo habría conseguido posponer lo inevitable, y para entonces tú estarías muerto, o en la cárcel, y ¿qué sería de mí? Me habría quedado sin ninguna opción. Así que aquí estamos.

—Si –dijo Beau, y la miró de una manera extraña—. Aquí estamos. ¿No te parece que tengo suerte? Un bastardo que ha sido chantajeado para que se case con una aristócrata. Cualquiera pensaría que es el mundo al revés. Seguramente, debería sentirme halagado. Pero que conste, Chelsea, que no me siento halagado.

Chelsea apartó la mirada. No deseaba que él se diera cuenta de lo nerviosa que se sentía. Porque no era frágil. Era una mujer muy decidida, y aunque él entrara en su baño diez veces al día, ella no se dejaría amedrentar con sus ridículas exhibiciones de poder, su demostración poco sutil de que la tenía a su merced.

En realidad, no había pensado en nada, más allá de escapar de Portland Place antes de que su hermano la encerrara en su habitación. Y, como había averiguado ante su repentina confusión y asombro mientras estaba tendida en el suelo, con el cuerpo de su futuro marido tan cerca, había más cosas en aquella fuga que el hecho de escapar de los planes de Thomas. Había otras consecuencias.

—De todo esto podríamos echarle la culpa a Madelyn, ¿sabes? Si ella no hubiera pensado en divertirse contigo hace tantos años, y después, si sus niños no le hubieran contagiado las paperas a Thomas, y no hubieran estado a punto de matarlo, mi hermano no habría decidido contratar a Francis Flotley como consejero espiritual. Aunque también podríamos culparte a ti. Sé que eras joven, y que Madelyn era muy guapa, y seguramente te ofreció sus favores de modo que tú pensaste que podrías cortejarla. Sin embargo, Oliver, ¿cómo pudiste ser tan ingenuo? Intenté advertírtelo, pero tú estabas ciego de amor. Y con aquel chaleco ridículo, y con la chaqueta que no te dejaba respirar, y menos defenderte. Tú no eres completamente inocente en esto, ¿no crees?

Él permaneció en silencio durante unos instantes, y Chelsea lo miró disimuladamente, preguntándose si no habría ido demasiado lejos. Entonces, pensó que no. Ella no había entrado en su baño mientras sus burbujas explotaban, ¿no? No, no lo había hecho, así que todavía no habían empatado, y podía atormentarlo verbalmente durante todo el camino hacia Gretna Green, sin sentirse compensada del todo.

—A mí me gustaba aquel chaleco. Pensaba que era un buen diseño. Pero mirando atrás, sí, bueno, la chaqueta era demasiado ajustada. No podía levantar los brazos por encima de los hombros. Aunque a decir verdad, no había ido a Portland Place pensando que tendría que defenderme.

Chelsea apoyó el codo en la mesa, y la barbilla en la palma de la mano.

—¿Y por qué te gustaba aquel chaleco? La tela brillaba demasiado, y las rayas horizontales eran muy feas. Parecías un abejorro. Y entonces, yo conseguí que tiraras el ramo de flores al jardín… —dijo ella, y se tapó la sonrisa con la mano—. Oh, lo siento, pero tienes que reconocer que fue muy ingenioso decirte que Madelyn odiaba las flores. Te quedaste horrorizado. Todo acabó de un modo horrible, pero durante un rato fue muy divertido. Tenemos un pasado, Oliver, nos guste o no.

—Sí, supongo que sí. Aunque todavía está en el aire la cuestión de si tendremos futuro. Y me temo que voy a tener que exponerte todavía más al peligro de camino a Gretna Green. No puedo evitarlo. Tenemos que detenernos en Blackthorn. La esposa de mi padre ha muerto.

Chelsea se quedó helada, y miró la carta plegada antes de clavar los ojos en el rostro de Beau.

—Oh, yo… lo siento… —murmuró, y se quedó callada sin saber qué decir. ¿Debía darle el pésame al hijo de la amante de un hombre cuya esposa acababa de fallecer?—. Es muy triste.

—Sí, lo es. Abigail era una buena persona. Mi madre va a sufrir mucho cuando lo sepa. Mi padre ya ha enviado a un mensajero con el aviso, y yo he hecho lo mismo con Puck, para que se dé la vuelta antes de llegar a París. Solo Dios sabe por dónde andará Jack; dudo que nadie más sepa dónde encontrarlo. Sin embargo, parece que él siempre lo sabe todo, así que no me sorprendería que apareciera.

—Entiendo –dijo Chelsea, mirando su plato, aunque en realidad no veía nada. ¿Se daba cuenta aquel hombre de lo que estaba diciendo? ¿Su madre, la amante del marqués, iba a sufrir cuando supiera que la esposa del hombre había muerto? Aquello era muy extraño. Y también lo era la idea de que los bastardos Blackthorn acudieran al funeral de la esposa de su padre.

—Ellas... me refiero a tu madre y a la marquesa... ¿eran amigas?

Beau se echó a reír, y Chelsea se dio cuenta de que no se reía lo suficiente, y de que cuando lo hacía, era por cosas muy raras.

—Creo que debería explicártelo.

—Sí. Creo que sí –dijo ella, y dejó el tenedor en el plato. Había perdido el apetito por completo.

Beau se puso en pie.

—Vamos a viajar en mi carruaje. Saldremos dentro de cinco minutos, y... te contaré la historia por el camino.

—Entonces, ¿hay una historia? Es lógico que la haya –dijo Chelsea, y ella también se levantó—. Pero, de verdad, ni siquiera me imagino cuál puede ser.

—No te preocupes. Casi nadie podría imaginárselo.

Diez minutos más tarde, con la protección de una niebla espesa y muy oportuna, y con el interior del carruaje a oscuras, debido a que llevaban las persianas bajadas para ocultar a los ocupantes, el silencio de la madrugada de Mayfair se vio alterado por una voz femenina que se alzó de pura sorpresa.

—¿Que es qué?

—Cuánto me reconforta saber que entiendes lo que es una huida clandestina –ironizó Beau, que iba sentado frente a Chelsea.

Ella cerró los ojos y se pellizcó el puente de la nariz. Y contó hasta diez, porque estaba claro que él no iba a hablar de nuevo sin que ella lo presionara.

Respiró profundamente e hizo un esfuerzo para recuperar la compostura.

—De acuerdo, ya estoy mejor. Pero tienes que admitir que es lógico que me haya sorprendido. ¿La esposa de tu padre era la hermana de tu madre? ¿La esposa de tu padre es tu tía? No, lo siento. No lo comprendo.

—Eso es porque no conoces a mi familia. A nosotros nos parece muy lógico.

—Muy lógico –repitió ella, cabeceando—. Yo no veo muy lógico ese arreglo. Ni tampoco me parece cómodo para los que están involucrados en él. Una, la esposa, y otra, la amante, y los hijos corriendo libremente por la finca. Me imagino que haríais eso. Creo que yo nunca podría aspirar a alcanzar tal nivel de civilización.

El cochero dio tres golpes en el techo del carruaje, y después aceleró el paso repentinamente, dándoles a entender que habían salido de Londres. Todo ocurrió muy rápidamente, y Beau, que iba en sentido contrario a la marcha, se vio impulsado hacia delante y estuvo a punto de aterrizar en el regazo de Chelsea. Se salvó apoyando las manos a ambos lados de ella.

—Disculpa. Normalmente no soy tan torpe.

Chelsea intentó hablar sin respirar.

—¿De veras? Dime, ¿cómo de torpe eres normalmente?

—Tengo reputación de no ser torpe en absoluto. De hecho, en muchas áreas se me considera bastante… habilidoso.

Chelsea puso los ojos en blanco al oír una tontería tan descarada, pero no pudo evitar que se le acelerara el corazón.

—Supongo que debo sentirme impresionada al oír que mi futuro marido es… bueno, sea lo que sea lo que quieres insinuar. Con bastante torpeza, por cierto.

Él se sentó a su lado.

—No me extraña que tu hermano se haya refugiado en la religión. Con una hermana como tú, cualquiera se deprimiría y comenzaría a buscar la salvación desesperadamente –

dijo, y subió ligeramente la persiana para dejar entrar la primera luz del día. Después se volvió a mirarla y le preguntó—: ¿No estás impresionada en absoluto?

—Vi el chaleco, ¿o es que no te acuerdas? Tal vez tu aspecto haya cambiado con los años, gracias a Dios, pero yo sé quién eres. La gente no cambia tanto. Solo aprenden a esconderse mejor. Por eso sé que el nuevo Thomas sigue siendo igual. Lleva su devoción como una capa con la que se oculta, pero puede quitársela con facilidad.

—Lo tendré en cuenta.

—Si tienes pensado sobrevivir hasta que estemos casados, sí, debes tenerlo en cuenta. Y Francis Flotley es como mi hermano, pero peor. Por lo menos, Thomas piensa que está haciendo la obra de Dios. El reverendo es piadoso por dinero.

Beau la tomó suavemente de la barbilla e hizo que girara el rostro para mirarla bien. Algo que a ella le pareció extraño.

—Ya no eres una niña, ¿verdad? De hecho, estoy empezando a preocuparme por si eres más sabia que yo –dijo, y la soltó—. Pero entonces, recuerdo que piensas que eres brillante por haberte atado a un bastardo, y me relajo de nuevo.

«Pero si él me mira de esa manera o me toca, ya no pienso que sea inteligente». Chelsea tosió contra su guante, para no admitir que tenía dudas.

No había pensado que él pudiera ser tan masculino. Había seguido viéndolo como el joven ingenuo a quien había conocido siete años antes, alguien a quien sería fácil manipular.

Sin embargo, el hombre que iba sentado a su lado era cualquier cosa menos manipulable.

Y peor todavía, parecía que se sentía atraído por ella. Tal vez eso les sucedía con más facilidad a los hombres, pero para ella no era fácil sentir atracción por alguien. Durante las temporadas sociales que había pasado en Londres, nunca se había sentido afectada por ningún hombre, y había terminado por pensar que los cosquilleos en el estómago y los besos robados a la luz de la luna estaban bien para una novela romántica, pero no tenían equivalente en la vida real.

Sin embargo, cuando aquel hombre la había mirado con el ceño fruncido, se había reído de ella y la había tolerado a duras penas... De repente, había sentido interés, había sentido curiosidad, había sentido incluso ganas de oír sus insultos.

Tal vez ella fuera una de aquellas personas superficiales que solo querían lo que no podían tener, o lo que no debían tener. Aquella era una idea muy poco reconfortante...

Chelsea se apartó de la cabeza aquellas cosas y volvió a la conversación sobre la extraña revelación que le había hecho Beau: que la marquesa era su tía, y por lo tanto, hermana de la amante de su marido.

—¿Podemos seguir hablando de tu tía? Parece que nos apartamos constantemente de ese tema, lo cual me da a entender que tal vez esto no sea tan lógico como tú pretendes que crea.

Él le tomó la mano, de manera amistosa. O por lo menos, eso fue lo que se dijo Chelsea.

—Veamos, ¿por dónde puedo empezar? Ah, ya sé. Érase una vez...

—Si no quieres hablar en serio... —protestó ella, y tiró de la mano para zafarse.

—Hablo en serio –replicó él—. O por lo menos, con toda la seriedad de la que soy capaz. Vamos, no pongas esa cara. Érase una vez... Lo siento. Hace unos treinta años, mi madre, que se llama Adelaide, era la hija infeliz de un noble rural. Tenía un padre, una madre y una hermana llamada Abigail. Todos vivían infelizmente en una casa solariega destartalada a unos ocho kilómetros de Blackthorn. Un día, un joven muy apuesto se acercó por el camino montado en un alazán blanco y... Me estás apretando mucho la mano, Chelsea.

—Y da gracias a que no te golpeo la cabeza con el bolso. He dicho que quería conocer la historia, no que me contaras un cuento de hadas.

—Te lo estoy contando tal y como me lo ha contado mi madre muchas veces. Lo sé de memoria. Es casi romántico, en vez de extraño y sórdido. ¿Puedo continuar?

—Por favor.

—Gracias. Bueno, ¿por dónde iba?

—Por el alazán blanco.

—Ah, sí. Por el alazán blanco que cojeaba, motivo por el que el joven se detuvo en la casa. Llegó hasta las caballerizas, y allí se encontró con una joven muy bella. Era un ser delicado, casi como si perteneciera al cielo, o alguna otra esfera celestial. En una palabra, era como salida de un cuento de hadas. Ella se acercó corriendo, no por él, sino porque sintió consternación al ver al caballo herido.

—Tu madre.

—No. Mi tía. Y muy cerca iba mi madre, sí. Y, mientras que la hermana pequeña era etérea y delicada, la hermana mayor fue la que entendió el peligro y apartó a Abigail antes de que el caballo, que se había asustado, la pisoteara. El animal se había encabritado al oír sus gritos.

Entonces, Beau sonrió a Chelsea.

—Creo que lo que mi madre intentaba decirnos, sin utilizar esas palabras, era que Abigail salió corriendo hacia el caballo gritando como una loca.

—Seguramente –dijo Chelsea, que se sentía fascinada aunque no quisiera—. ¿Y qué pasó después?

—Como ya te he dicho, el caballo se encabritó. El joven cayó al suelo, y se quedó aturdido a los pies de ambas muchachas. Una de ellas, mi madre, agarró rápidamente la brida del caballo para que no pisoteara a su jinete, y la otra se desmayó.

—Oh, Dios mío. ¿Sobrevivió el caballo?

—Sí. Y mi madre, mi tía y mi padre. Más o menos. Te ahorraré los detalles del romance, pero mi padre y mi madre se enamoraron, y mi padre le pidió que se casara con él, pero ella lo rechazó.

Chelsea abrió unos ojos como platos.

—¿Y entonces él se encogió de hombros y decidió que una valía tanto como la otra, y se casó con tu tía?

—No. Mi padre se quedó destrozado, porque amaba de verdad a Adelaide. Sin embargo, ella tenía una profunda vocación de actriz, y quería viajar por el país con su grupo teatral y actuar, algún día, en Covent Garden. Estaba, y sigue estando, completamente dedicada a su arte. Sabía que un hombre que iba a convertirse en el marqués de Blackthorn no podía casarse con una actriz, pero eso no significaba que no quisiera mucho a su Cyril. Estoy citando sus palabras, por cierto.

El carruaje dio un bandazo debido a una piedra del camino, e instintivamente, él extendió el brazo para colocarlo a la altura del pecho de Chelsea e impedir que se cayera. Ella, también por instinto, se agarró a su brazo hasta que se dio cuenta de que le estaba apretando la mano contra el pecho, y él tenía la palma sobre uno de sus senos... Y ella le estaba ayudando al sujetarlo contra sí.

—Vaya, esto sí que es interesante –murmuró Beau, que claramente lo encontraba muy divertido. Y no movía la mano. No lo hizo ni siquiera cuando ella bajó la suya hasta el regazo.

—Quítala –le dijo en voz baja.

—Oh, sí, por supuesto. ¿Te refieres a mi mano, o a tu chaqueta?

—Voy a contar hasta...

—No, otra vez no –dijo él, y apartó la mano rápidamente—. Sabes que ha sido algo accidental.

—Durante los tres primeros segundos sí. Después ha sido algo deliberado. No eres un caballero, Oliver Blackthorn.

—De nuevo, has señalado algo evidente. Además, te diría que no me gusta que me llamen Oliver, pero seguramente ese es el motivo por el que lo estás haciendo, así que no diré nada. Sin embargo, te pido disculpas. Aunque en realidad, vamos a casarnos, acuérdate.

—Puede ser, Oliver. Pero creo que no deberíamos anticiparnos a nuestros votos.

—Por si acaso cambias de opinión.

—Por si acaso cambian las circunstancias. Tal vez Thomas se dé cuenta de que se equivocó al exigirme que me casara con Flotley, y ahora esté de camino a Gretna Green para disculparse. Tal vez tú no tengas que sacrificarte. Sé que todo esto fue idea mía, pero ahora estoy empezando a darme cuenta de que te he puesto en una situación terrible…

—Pero también debes tener en cuenta que si Thomas nos alcanza antes de que lleguemos a Gretna Green y podamos casarnos ante el yunque, y me pega un tiro en el corazón, tal vez encontrara un obstáculo para sus planes en el hecho de que tú le presentaras a un bastardo dentro de nueve meses.

—No puedo creer que estemos teniendo esta conversación.

—Y yo no puedo creer que esté camino de Escocia para casarme con la hermana de mi enemigo. De nuevo, me disculpo. No me había dado cuenta de que ayer estuve recorriendo a escondidas toda Inglaterra, y arriesgando mi vida, a propósito, aunque estoy seguro de que a ti solo te parece algo secundario.

—Oh, déjalo ya. Si estás tan preocupado, solo tienes que decirle al cochero que se dé la vuelta y me lleve a Portland Place. Diré que tomé una diligencia pública ayer, y que después, cuando se me acabó el dinero de bolsillo, decidí volver. Thomas aceptará esa explicación, porque él siempre cree lo que quiere creer. Seguramente, estar casada con Francis Flotley no será peor que estar casada con un mártir. Aunque he de decir que tú no eres precisamente un mártir estoico, ¿no te parece?

Beau se quedó callado durante tanto tiempo que Chelsea llegó a pensar que iba a seguir sus indicaciones e iba a llevarla de nuevo a Londres. Estuvo a punto de echarse a llorar, pero se contuvo. No debería haberse puesto tan remilgada por el hecho de que él la hubiera tocado inocentemente... y no tan inocentemente. Después de todo, Beau se estaba sacrificando por ella, aunque ella lo estuviera chantajeando. Y por lo menos, no tenía la boca siempre húmeda...

—Así que, aunque estaban enamorados, y sabían que no podrían separarse –continuó Beau por fin, como si aquel incómodo interludio no hubiera tenido lugar—, se dieron cuenta de que no podían casarse. Sin embargo, Cyril también sabía que no tendría un solo momento de sosiego si Adelaide se dedicaba a ir de gira por toda Inglaterra sin más protección que la de un grupo de actores que llevaban mallas y que seguramente echarían a correr entre gritos a la primera señal de peligro. Al final llegaron a un acuerdo. Cyril financiaría la aventura de Adelaide en los escenarios, y se casaría con Abigail, que de otro modo nunca se habría casado.

—¿Por qué no se habría casado nunca? Tú me has dicho que era muy bella.

—Sí, lo era. Muy bella, pero también de salud muy delicada. Y buena, y dulce, y amable. Siempre fue una niña. Algunas personas dirían que Abigail era una simple, pero eso es por maldad o por equivocación, no sabría decir cuál de las dos cosas. Adelaide solo seguía en su casa por Abigail, ya que sus padres eran bastante mayores y su padre, en concreto, no tenía ninguna paciencia con su hija pequeña. Mi madre necesitaba ver establecida a su hermana, y eso significaba que tenía que casarla y alejarla del control de su padre, que a menudo amenazaba con llevar a Abigail a un hospital mental, cuando ella cometía pequeños errores. Y algunos más grandes, también, como incendiar accidentalmente la casa. En tres ocasiones.

—La verdad es que esto es un cuento de hadas, pero con un final triste, teniendo en cuenta que tus hermanos y tú sois bastardos por lo que hicieron juntos tu padre y ella. Es decir, por lo que planearon —añadió rápidamente Chelsea, al ver que Beau se echaba a reír—. Por el bien de su hermana, lo cual es loable en cierto sentido, podían considerarlos... ¡Oh, ya está bien! Ya sabes lo que quiero decir.

Beau se puso serio y asintió.

—Sí, te entiendo. Pero así fue nuestra vida, y es la única vida que conocimos, así que tenía sentido para nosotros. Mi padre no volvió a Londres, porque no quería arriesgarse a no estar en la finca durante alguna de las paradas de mi madre. Nunca más puso un pie en la mansión de Grosvenor Square después de conocer a Adelaide, salvo una vez, hace diez años, cuando tuvo que llevar allí a Abigail para que la viera un médico. Por supuesto, era imposible presentar a Abigail en sociedad. Era demasiado frágil.

—Has dicho que tenía una salud delicada. ¿Por eso ha muerto? ¿Enfermó de repente?

—Según la nota de mi padre, murió mientras dormía, plácidamente. Gracias a Dios. Pero volvamos al cuento de hadas. Mi padre instaló a mi madre en una casa de labor de la finca. Mi madre se empeñó en que fuera una casa de labor de verdad, con un tejado de paja y cabritos por el jardín. Mis hermanos y yo nos criamos corriendo por toda la finca, como los amados sobrinos de Abigail. En realidad, a menudo teníamos que cuidarla y estar con ella, porque mi tía adoraba jugar y bailar en el césped, y esas cosas. Para nosotros era como una hermana. Una hermanita feliz, adorada, bellísima y pura, que tal vez envejeciera, pero que nunca llegó a crecer.

—Y ahora ha muerto. Lo siento muchísimo, Oliver, y

siento haberme puesto difícil en esta situación. Y lo que más siento de todo es que nunca llegaré a conocerla.

Todo podía esperar. Thomas, Francis Flotley, la fuga y sus consecuencias. Nada de eso tenía importancia en aquel momento. Iban hacia el hogar de Beau a despedirse de un ser querido. Chelsea posó la cabeza sobre su hombro y se acurrucó contra él con la esperanza de poder consolarlo.

El carruaje siguió avanzando hacia Blackthorn.

CAPÍTULO 7

Beau se despertó cuando el coche tomó la curva y entró en el camino privado de la finca. Él conocía la sensación de entrar en aquel camino, y el sonido que se producía cuando las ruedas giraban sobre la suave superficie. No tuvo que abrir la persiana ni mirar hacia la casa para ver las luces encendidas en medio de la oscuridad. Su alma lo sentía. Estaba a punto de llegar a casa.

Al lugar al que pertenecía.

Su cuerpo se relajó. Ya no necesitaba mantener la misma fachada que mantenía en Londres. Allí, en aquella parte del mundo tan pequeña y tan especial, a nadie le preocupaba el estado civil de su madre cuando había concebido a sus tres hijos. Allí, a los treinta años, él seguía siendo el señorito Beau, y Puck seguía siendo el señorito Puck. Era raro, pero varios años antes, los sirvientes habían comenzado a llamar a Jack señor Blackthorn. Jack, que era el mediano, y a quienes ellos llamaban Black Jack.

Beau se preguntó si Jack sabía que Abigail había muerto. Su hermano desaparecía durante meses, y se marchaba a hacer cosas que solo él sabía. Sin embargo, volvía a aparecer cuando era necesario, y algunas veces, cuando los demás solo deseaban que volviera a marcharse.

Puck había sido el peor, y siempre había sido el favorito de Abigail. Bailaba con ella, componía canciones tontas para que se riera y leía para ella cuando estaba enferma y postrada en la cama. Ninguno de los tres pensaba en Abigail como en la compañera de su padre. Su madre era su verdadera mujer, y cualquiera podía darse cuenta.

Sin embargo, su madre estaba a menudo lejos de casa, siguiendo sus sueños de gloria. Nunca llegó a actuar en Londres ni en Covent Garden, pero solo era feliz sobre las tablas. Cuando regresaba a Blackthorn, estaba eufórica, los abrazaba, lloraba de alegría, los besaba a todos, les contaba historias de sus éxitos y de las grandes ovaciones que recibía al salir a saludar al público.

Pero, tal y como Beau le había contado a Chelsea, nunca se quedaba en la mansión. Prefería su pequeña casita, donde podía hacer de jardinera y de cocinera. Juraba que solo quería la vida sencilla de una personal normal para poder descansar en cuerpo y alma.

Una vez, Puck comentó que cuando su madre volvía a casa, siempre era como la mañana de Navidad. Su padre sonreía todo el tiempo, todos se reían, y sus tres hijos solo querían estar a su lado y darle su afecto, que ella, claramente, correspondía.

Sus niños la querían, y su marido, el marqués, la adoraba.

Pero pasaban unas semanas, e incluso un verano glorioso en una ocasión, y todos comenzaban a notar las señales de inquietud. Entonces, su madre se marchaba de nuevo y dejaba a sus admiradores con abrazos, lágrimas y besos... pero siempre los dejaba.

Y, a medida que crecían, sus hijos comenzaron a dejar de sentir aquel amor ciego por ella. Era difícil querer a alguien en quien no podían confiar porque no era una presencia constante en su vida, y el hecho de saber que su madre anteponía el amor que sentía por los escenarios al amor que sentía por ellos hizo que los tres comenzaran a proteger su corazón cada vez que ella estaba en la finca.

Beau entendía que su padre la quisiera. Sin embargo, él nunca permitiría que su esposa lo diera todo por sentado, que estuviera feliz con él y sin él. Que abandonara a sus hijos.

Aquella era precisamente la razón por la que sus padres no se habían casado. La libertad era lo más importante para ella.

«Yo no aceptaré nada de eso», se dijo, mientras Chelsea, que se había quedado dormida poco después de que volvieran al carruaje, tras una cena mediocre en una posada perdida en el bosque, seguía apoyada en su hombro. «Mi esposa será mi esposa en todos los sentidos. No habrá medias tintas, y no habrá hijos bastardos que tengan que pagar el precio del egoísmo de su madre».

Él le pediría lealtad a Chelsea, no porque ella le debiera nada, sino porque el matrimonio era importante. Cualquier bastardo podría decirlo con conocimiento de causa.

El carruaje comenzó a aminorar la marcha, y eso significaba que habían llegado al final del camino de kilómetro y medio que llevaba al centro de Blackthorn. Debían de ser, más o menos, las diez de la noche, pero Beau sabía que todas las luces de la casa estarían encendidas tras las ventanas, porque su padre sabía que sus tres hijos acudirían a casa rápidamente en cuanto recibieran la noticia del fallecimiento de su esposa.

Puck, que habría podido viajar a caballo y campo a través, ya estaría en la casa. Jack podría estar en cualquier parte, pero al final, aparecería.

—Chelsea —le dijo Beau al oído, suavemente, intentando hacer caso omiso del dulce perfume que emitía su pelo rubio.

Un poco antes se lo había soltado, porque las horquillas le daban dolor de cabeza, y él había tenido que aparentar indiferencia mientras veía cómo aquellos mechones espesos de cabello dorado le caían por los hombros.

Había estado ignorando sus ojos desde el principio. Había ignorado su forma rasgada y exótica, y su nariz respingona, que parecía la de un hada. Sus ojos no eran ni azules, ni grises, sino del color de un estanque claro en un día soleado de invierno. Había ignorado su forma de mirarlo a veces, como interrogativamente, y otras veces, con algo que podía ser admiración, y otras, con agitación. A él le gustaba mucho cómo le brillaban entonces. Y cómo se le habían llenado de lágrimas cuando le había contado la historia de Abigail.

Había pasado las últimas horas ignorando la manera en que su cuerpo se adaptaba perfectamente al de él contra su costado, y el sonido suave y constante de su respiración.

Se había concentrado en el problema que le había ocasionado, en vez de pensar en su sonrisa, en sus regañinas, en sus insultos, y en su valentía.

Recordó quién era ella: la hermana de su enemigo, la hermana de su primer y único amor. Y recordó lo malvado que era el primero, y lo voluble que era la segunda.

Lady Chelsea Mills-Beckman era, con mucho, su venganza perfecta.

—Chelsea —repitió—. Vamos, despierta.

—No. No quiero —murmuró ella en tono de somnolencia.

—Ah, es una pena.

—Pues sí —insistió Chelsea, y se acurrucó más contra él. Claramente, todavía no estaba despierta como para darse cuenta de lo que estaba haciendo. A menos que sí se diera cuenta, pero él no quería pensar eso. No quería pensar que confiaba en él hasta aquel punto. Además, prefería que ella fuera lo que él quería que fuera, y lo que él quería que fuera era... era... Demonios. No lo sabía.

Lo intentó con otra táctica.

—Ya has refutado la noción de que los únicos que duermen profundamente son aquellos que tienen la conciencia tranquila —dijo—. A no ser que no te moleste en absoluto el hecho de haber comprometido a un hombre inocente.

Eso fue bastante.

—¿Inocente?

Chelsea se incorporó y se alejó de él mientras se apartaba el pelo de la cara.

—Bueno, ahora sí que estoy despierta. Inocente. Dudo que tú hayas sido inocente, Oliver, desde que llevabas tirantes. ¡Oh, maldito pelo! Se me ha enredado en uno de tus botones. ¡Ay! ¡Estate quieto!

—Vamos, deja que te ayude —dijo él, mientras ella comenzaba a manipular los botones de su chaqueta con la cabeza agachada bajo la barbilla de Beau, intentando ver en la oscuridad. Él le tocó las manos, y ella alzó la vista hacia su cara, con los ojos ardiendo.

—Basta. Es culpa tuya. Solo vas a conseguir empeorarlo.

—Oh, no estoy seguro de eso —repuso Beau—. Parece que la araña ha conseguido enredarme en su tela.

—¿Qué dices? ¿Es que vuelves a estar borracho? Solo has tomado una jarra de cerveza en la posada. Lo sé porque te he observado. ¿Acaso has estado bebiendo de una botella que tenías escondida en el coche mientras yo estaba dormida? No quiero casarme con un borrachín —dijo ella, mientras agachaba la cabeza y tiraba del pelo como si pudiera desenredarse por pura fuerza bruta.

—Vamos, vamos, ten cuidado. Estate quieta. Estos botones me costaron muy caros, ¿sabes?

Él se apoyó contra el respaldo del asiento y apretó la barbilla contra su pecho para poder mirar hacia el botón en el que se le había enredado el pelo a Chelsea. De ese modo, quedó a pocos centímetros del rostro de ella, porque parecía que se le había enredado más cabello en aquel botón.

—¿Cómo demonios has conseguido esto? Estate quieta. Voy a tener que quitarme la chaqueta.

—No puedes quitarte la chaqueta, obtuso. Yo estoy unida a ella.

—¿Se te ocurre una sugerencia mejor?

En aquel momento se detuvo el coche, y la portezuela se abrió. La luz de las antorchas del jardín entró en el interior del carruaje.

Hubo un silencio corto e incómodo, seguido por la voz de Puck, que decía:

—Ah, ya veo que os estáis conociendo mejor. Bien hecho, hermano.

Chelsea gritó, tiró de la cabeza hacia arriba, y volvió a gritar de nuevo, mucho más fuerte. Su pelo se soltó por fin, aunque dejara varios mechones rubios atrás, enredados en el botón, mientras ella caía al suelo del coche sin ceremonias.

—No has visto nada de esto, Puck —le advirtió Beau a su hermano, mientras ayudaba a Chelsea a sentarse de nuevo en el asiento.

—¿De veras? ¿Estás seguro? Porque yo juraría que sí lo he visto. ¿Nada de nada?

—Nada en absoluto —confirmó Beau,mientras Chelsea se arreglaba el pelo y se frotaba los lugares del cráneo donde había sufrido más tirones.

—¿Será nuestro pequeño secreto?

—No hay ningún secreto, bobo —protestó Chelsea, que se estaba alisando el traje de amazona, cosa que seguramente no ayudó a que Puck cambiara de opinión sobre lo que acababa de ver—. Se me ha enredado el pelo en uno de los botones de Oliver, y estábamos intentando desenredar el mechón.

Puck alzó las manos.

—Oh, no, por favor, no me expliques nada más. Prefiero disfrutar del momento. De hecho, se me ha grabado a fuego en la mente.

—¿Has terminado? —le preguntó Beau, que estaba a punto de echarse a reír, pero también a punto de darle un puñetazo en los dientes a su hermano.

Puck suspiró.

—Sí, supongo que sí. Sin embargo, tengo que decirte que acabo de conocer una nueva faceta tuya, hermano. Hasta el momento solo te veía como un viejo ligeramente ceremonioso. ¡Y no lo eres!

—Tu hermano se ha hecho una idea equivocada. Tienes que explicárselo —dijo Chelsea, mientras Beau daba una patada a la escalerilla para desplegarla, y bajaba del carruaje. Después se dio la vuelta para ofrecerle la mano a Chelsea.

—No, no es necesario —dijo mientras ella posaba la mano izquierda en su antebrazo, y ambos se dirigían hacia la puerta principal de la casa, que permanecía abierta. Ella llevaba el pelo suelto como si fuera una nube de oro alrededor de la cara, y por los hombros, brillando a la luz de las antorchas. Ciertamente, parecía que había estado haciendo lo que Puck había insinuado con tanta picardía—. Creo que prefiero disfrutar del momento, simplemente —dijo Beau.

Chelsea se detuvo en seco, se giró y le dio una patada en el tobillo con la bota de montar.

—Y yo disfrutaré de este —dijo mientras Puck se tronchaba de risa ante la mirada de los asombrados lacayos.

Decir que entró en una casa de duelo en unas circunstancias más bien extrañas no era suficiente para narrar la historia de la presentación de lady Chelsea Mills-Beckman ante la familia a la que había conocido en tan extrañas circunstancias.

De hecho, aquello era lo más diferente a una casa de luto que hubiera visto nunca.

Había flores de colores por todas partes, en jarrones y en vasijas. Había varios tiestos con palmeras y cintas blancas atadas en las hojas, alineados por todo el vestíbulo. Ninguno de los espejos estaba tapado con sábanas, y no había crepé negro en ninguna parte. Todas las lámparas estaban encendidas.

La habitación en la que la instalaron rápidamente tenía una decoración similar, y la fragancia de las flores lo inundaba todo. Le asignaron una doncella llamada Edith, y la muchacha llevaba una flor en la cofia.

Aunque no era posible pasar por alto el hecho de que tenía los ojos enrojecidos, e hinchados, como si llevara un buen rato llorando.

—¿Edith? —preguntó Chelsea, mientras le preparaban el baño. Una serie de criados llevaban cubos de agua caliente que vertían en una bañera, bañera que estaba decorada con flores pintadas, pero sin calidad profesional, desafortunadamente—. Los criados llevan flores en el ojal de la chaqueta. Hay flores por todas partes. ¿Puedo preguntar por qué?

Edith se sacó un pañuelo del bolsillo y se sonó la nariz ruidosamente.

—Es por la señorita Abigail, madame. Adoraba las flores. Ella misma las pintó en la bañera cuando su señoría le dijo que lo lamentaba mucho, pero que no le gustaba que pintara el piano y que no debía hacerlo más —explicó con la voz temblorosa, y rompió a llorar.

Chelsea no sabía qué decir ni qué hacer. Claramente, la doncella estaba desconsolada. Los lacayos también tenían una expresión de tristeza mientras llenaban la bañera, y al llegar, el mayordomo había saludado a Beau estrechándole las manos primero, y después con un fuerte abrazo, diciéndole:

—Se nos ha ido, señorito Beau. Nuestro sol nos ha dejado y se ha ido a otro lugar…

Chelsea se había sentido incómoda al verlo, porque no estaba acostumbrada a aquellas muestras de emoción. Sabía que aquel no era su hogar, que no era parte de la familia, y no había llegado a conocer a la marquesa.

Y no entendía a aquella gente. Sí, le habían contado que la marquesa era distinta a los demás, una persona muy especial, pero no sabía que hubiera sido tan querida. Chelsea no tenía mucha experiencia con aquel sentimiento, teniendo en cuenta que su mayor fuente de cariño había sido su gato Twiddles cuando vivía en Brean. Sus padres la ignoraban, a su hermano se le olvidaba su nombre a menudo y Madelyn la había odiado siempre.

Tenía sus libros. Gracias a Dios por los libros, y por su imaginación.

Sin embargo, ningún libro podía haberla preparado para aquello, y su imaginación nunca había llegado tan lejos.

—Edith —dijo cuando la doncella consiguió controlar el llanto—, puedo bañarme sola perfectamente. Si deshaces mi equipaje y dejas las cosas sobre la cama, yo me las arreglaré, y tú puedes… Bueno, ¿no querrías echarte un rato?

La doncella abrió unos ojos como platos.

—¿Y dejar a la señorita sin ayuda? ¡Nunca, *madame*! Su señoría se enorgullece de la hospitalidad de esta casa, aunque no podemos ofrecerla a menudo, porque no se celebran grandes fiestas, ni nada de eso. Oh, él lo intentó hace años, cuando llegó la señorita Abigail. Sin embargo, mi madre me contó que la gente venía a reírse, y que cuando el señorito Beau y sus hermanos empezaron a crecer, la gente hablaba mal de ellos. El señorito Beau puso algunos ojos morados, según mi madre, y entonces, todos nos dejaron en paz. Ah, y aquí estoy yo, sin dejar de parlotear. Lo siento, señorita. La queríamos mucho.

Durante aquel largo discurso, Chelsea había llevado a Edith hasta un diván y la había sentado allí. Después se había situado junto a la doncella y le estaba dando palmaditas en el dorso de la mano, algo que no debía de parecerle fuera de lugar a la muchacha. Qué raro. O tal vez no. La marquesa, según Beau, había sido una niña con un cuerpo de mujer. Seguramente no sabía que existiera la jerarquía de los criados y los amos. Ella habría sido amiga de los sirvientes. ¡Qué bonito! Tal vez lo extraño fuera el resto del mundo. Después de todo, ¿por qué había que vestir de negro, tapar los espejos y hablar en voz baja, y ocultar la pena si uno estaba triste?

Era mucho mejor adornar la casa con flores y llorar, y contar historias. Era una manera mucho más adecuada de recordar a alguien.

—Edith, no quiero que te preocupes por esto, pero se me está enfriando el agua del baño, y tengo que aprovecharla ahora, porque no hay nada que desee más que lavarme esta masa de pelo.

—Y qué pelo tan bonito, milady —dijo Edith, que de repente se dio unas palmadas en los muslos y se puso en pie, toda eficiencia—. Tardaremos un buen rato en secárselo ante el fuego, así que será mejor que empecemos ya.

Chelsea sonrió y se puso en pie.

—¡Qué buena idea, Edith! Y, mientras estamos ocupadas, tú puedes contarme más cosas sobre la señorita Abigail, y de la gente de Blackthorn. ¿Podrías hacerlo?

—Oh, claro que sí —respondió la doncella, mientras

Chelsea le entregaba la chaqueta de su traje—. Según mi madre, lo que mejor hago en este mundo es hablar.

—¡Maravilloso! Porque lo que yo hago mejor es escuchar, y todo el mundo lo dice. Empecemos por el señorito Beau…

CAPÍTULO 8

Beau estaba esperando a los pies de la escalera a la mañana siguiente, cuando bajó Chelsea. Se había situado allí media hora antes, después de ver a Edith entrando en el dormitorio, con el traje de amazona rojo que Chelsea había vestido durante los dos días anteriores, limpio y planchado.

Mientras estaba allí plantado, evitando las miradas de confusión de los sirvientes y fingiendo una indiferencia que no sentía, se preguntaba qué iban a hacer con el guardarropa de Chelsea. O con su falta de guardarropa, más bien.

Aquella misma mañana, su ayuda de cámara, Sidney, había llegado a Blackthorn con su equipaje, que consistía en tres enormes baúles. Por supuesto, su criado y el equipaje no iban a viajar con Chelsea y con él hasta Escocia, porque tendrían que ir por carreteras secundarias y alojarse en posadas humildes; sin embargo, aunque ellos fueran a caballo, Sidney los seguiría en el carruaje con los tres baúles. Cuando se hubieran casado, Beau quería volver a Londres con todas las comodidades.

Tres grandes baúles. Una bolsa de viaje hecha a toda prisa para Chelsea, y solo un vestido, aquel traje de amazona rojo que llevaba día tras día.

No. No era justo, ni tampoco práctico. Sin embargo, ¿qué podía hacer él?

—Pero claro, ¿quién se entretendría en ir de compras cuando está en plena fuga para casarse, con el hermano enfurecido de la novia pisándole los talones? —se preguntó en voz baja.

—¿Señorito Beau? ¿Queríais algo?

—No, John, gracias —le dijo Beau al lacayo—. Solo estaba pensando en voz alta. Miró hacia arriba, y se dio cuenta de que Chelsea iba a percatarse de que él la esperaba allí. Estaba a punto de darse la vuelta cuando la vio aparecer junto a la barandilla—. Ah, por fin.

John miró hacia arriba, se encogió de hombros y volvió a sus quehaceres.

—Buenos días, Chelsea —dijo Beau, con la mano extendida hacia ella, y advirtió que llevaba una flor blanca prendida en la chaqueta. Tragó saliva, porque era la misma flor que él llevaba en el ojal.

—¿Ha bajado ya su señoría? —preguntó ella, ignorando su mano, y dirigiéndose hacia el comedor sin equivocarse. Seguramente, Edith le había dicho dónde estaba, pero de todos modos, parecía que sabía siempre adónde iba, y lo hacía con garbo—. Me gustaría darle el pésame, y también agradecerle su hospitalidad.

Beau la siguió.

—Mi padre está en la casita, esperando a mi madre. Pero Puck está en el comedor, o al menos ahí estaba la última vez que lo vi, desayunando. Bueno, ¿y adónde vas tú ahora? —le preguntó cuando ella se dirigió hacia un pasillo que estaba en dirección contraria al comedor.

—Edith me dijo que hay un retrato de la difunta marquesa en la sala de música. Quiero verlo.

—¿Y por qué te ha dicho eso?

—Es evidente. Porque yo se lo he preguntado, por eso. Le he preguntado muchas cosas. Estuvimos hablando hasta la medianoche. Ahora lo sé todo sobre ti. ¿Te importa?

—¿E importa si me importa? —preguntó él mientras giraban a la izquierda, y después a la derecha, y entraban en la sala de música. Beau pensó que había tenido perros de caza con un sentido de la orientación menos perfecto.

Él había estado evitando la sala de música durante toda la mañana, porque quería ir a ver el retrato y sentir la presencia de Abigail en la casa, pero sabía que solo sentiría más tristeza si lo hacía. Las flores y aquellas palmeras absurdas ayudaban, pero Abigail ya no estaba, y él nunca volvería a ver su sonrisa, ni a oír su risa inocente, ni a maravillarse viendo el mundo a través de sus ojos. Había sido una mujer única, especial e irreemplazable.

—Oh, Dios mío —susurró Chelsea al entrar en la habitación, mirando el enorme retrato que había colgado sobre la chimenea. Avanzó lentamente con la mirada fija en el cuadro—. Oh, vaya. Parece un ángel.

Beau sonrió.

—Tal vez eso sea el efecto de las alas que quiso que le pintaran, aunque ella decía que eran alas de hada —comentó suavemente—. Recuerdo el momento en que lo pintaron. Mi padre tuvo que pagarle el doble de lo normal al pintor, porque Abigail solo posaba durante unos minutos antes de decidir que quería estar en otro lugar. Puck la sobornaba con ciruelas confitadas si se quedaba sentada mientras él contaba hasta quinientos, pero casi nunca funcionaba del todo. Sobre todo, porque Puck no tenía más que siete años, y se perdía siempre en el cuatrocientos diez. Se me había olvidado esa historia.

Chelsea apoyó la cabeza en su hombro y le rodeó la cintura con un brazo.

—Tenía una belleza etérea, delicada, casi frágil. Y sin embargo, tenía la mente abierta y la felicidad de una niña. Tu madre estaba en lo cierto, Oliver. Confinar a Abigail en una institución mental habría sido un desastre para ella. Y sin embargo... ¿por qué no se casó tu madre con tu padre y trajo aquí a Abigail?

Beau posó el brazo sobre los hombros de Chelsea y la acarició distraídamente mientras los dos observaban a Abigail sin poder apartar la vista del retrato. Casi parecía que estaba viva, y que iba a salir del cuadro.

—Se te olvidan las ambiciones de mi madre —respondió—. Yo nací en Irlanda, ¿sabes? Porque ella estaba actuando allí aquel verano. Mi padre ni siquiera sabía que estaba embarazada de mí. No se lo dijo porque él la habría obligado a quedarse y a casarse con él. Cuando volvió, él ya estaba casado con Abigail.

—Y tus hermanos y tú fuisteis hijos bastardos. Tú podías haber sido el heredero de tu padre. Podías haber heredado el título, esta finca, la mansión de Mayfair y todo lo demás. Habrías podido casarte con Madelyn, aunque yo diría que en eso tuviste suerte. Sin embargo, tu madre te privó de todo eso. ¿Podrás perdonárselo alguna vez?

—¿Y qué es lo que tengo que perdonar? —preguntó Beau, y al mirarla, se sorprendió de ver su propio dolor reflejado en sus ojos grises, y posiblemente, algo de ira también. Pero no lástima, lo cual era maravilloso, porque Beau no quería que nadie sintiera lástima por él—. Mi vida es mi vida. Lo que no puedo cambiar de ella prefiero ignorarlo. Podía haber crecido en la pobreza, sin tener qué comer. Sin embargo me crié aquí, en la mansión de mi padre. Recibí una buena educación, ropa y comida, y disfruté de muchos privilegios.

—Sí, pero nada de esto es tuyo, y debería serlo. Yo estaría furiosa por ese motivo. Claro que seguramente, soy muy egoísta.

Chelsea bajó el brazo e hizo ademán de alejarse de él. Sin embargo, a Beau le gustaba que estuviera donde estaba, así que la agarró por la cintura y la giró hacia sí.

—¿Sabes, Chelsea, que tú estás renunciando a todo lo que tienes al casarte con un bastardo? Yo nunca gocé de la aprobación de la alta sociedad, pero tú sí. Ellos van a considerar que tu gesto es una bofetada colectiva, algo mucho peor que las circunstancias en las que yo nací. Me preguntas si he perdonado a mi madre. ¿Te has preguntado si nuestros hijos nos perdonarán a alguno de los dos?

—¿Nuestros hijos? —preguntó ella con desconcierto, como si no lo entendiera—. Yo... En realidad no había pensado en eso. Es decir, en cómo van a sentirse. No pertenecerán a un mundo ni al otro, ¿verdad?

Él le acarició la punta de la nariz con el dedo índice.

—No has pensado en nada de esto, ¿verdad? Tal vez el hecho de haber tenido que parar aquí es una segunda oportunidad que te ha brindado el destino para que reflexiones sobre tus planes. Podríamos inventarnos la historia de que tuviste que irte al campo a un funeral, algo que casi es cierto. Creo que tu hermano estaría de acuerdo en apoyar esa versión de los hechos.

—Desde que te conocí, Oliver, has estado intentando librarte de mí. Cuando no me estás mirando como si quisieras besarme, claro. ¿Es eso porque te recuerdo a Madelyn?

—Por favor, no me eches en cara ese antiguo error —dijo él con tirantez—. Y tú no te pareces en nada a ella.

—Oh, claro que sí. Ella es rubia, y yo también. Las dos tenemos la barbilla de los Brean. Y nuestros ojos son...

—Completamente distintos. Es cierto que tu hermana tiene unos ojos muy bonitos, pero son fríos y no tienen vida.

Chelsea lo miró con una súbita timidez. Él no sabía que ella pudiera sentir algo así.

—¿Y los míos? —preguntó.

—Los tuyos... son diferentes a cualquier cosa que yo haya visto. Son grises, y al momento siguiente son azules, o verdes. Son... como joyas transparentes y brillantes. Me fascinan. Y muestran todas tus emociones.

—Ah —susurró ella, y bajó la cabeza para ocultar sus ojos—. No lo sabía. Gracias por decírmelo. No es que quisiera que me hicieras cumplidos, porque eso sería superficial, pero me agrada saber que... Bueno, que te has fijado. Que no me ves solo como a la hermana de Madelyn, o como tu oportunidad de vengarte de Thomas. No digo que no tengas derecho a querer vengarte de nosotros, o del mundo entero por...

Él le alzó la barbilla y la besó, y de ese modo, terminó con aquel parloteo nervioso. Sabía que después iba a arrepentirse de haber sido impulsivo, pero en aquel momento, parecía que era lo más lógico.

Sin embargo, Beau no se esperaba cómo iba a ser su propia respuesta al hecho de sentir el contacto con los labios de Chelsea. Había esquivado la inocencia durante toda su vida, tal vez porque pensaba que no se la merecía, tal vez porque no tenía interés en ella. Nunca se había preguntado el porqué.

Tal vez otra mujer se habría apartado de él, o tal vez se habría derretido contra su pecho de una manera provocativa.

Chelsea no hizo ninguna de las dos cosas. Permaneció quieta, con la cabeza inclinada hacia Beau, con los ojos cerrados, de manera que él no pudiera leerle el pensamiento ni saber lo que había en su alma en aquel momento.

Así que Beau la estrechó contra sí, acabó con la distancia física que había entre sus cuerpos, con la intención de atraparla más, pero quien acabó atrapado fue él, de una manera que lo agitó por dentro. La deseaba.

Deseaba su inocencia. Deseaba ser el primer hombre que estuviera con ella. Quería ser él quien la despertara. Siempre había creído que estaba por encima de aquellas cosas, pero no era cierto. En dos días, aquella muchacha se había convertido en mucho más que una molestia, o en un medio de conseguir un fin. En algo mucho más importante que una venganza.

Él la deseaba.

—Dios mío, Beau, esta casa tiene treinta dormitorios. En el carruaje, ¿y ahora en la sala de música? ¿Qué será lo próximo? ¿Las caballerizas? Podrías avisar, por lo menos. Yo soy un hombre sensible.

Beau interrumpió el beso y se colocó delante de Chelsea, como si quisiera proteger su reputación. Con algo de retraso, en realidad.

—Son veintiséis habitaciones, ¿y qué demonios estás haciendo tú aquí?

—Diría que he venido a atormentarte, pero señalar lo evidente es muy aburrido, sobre todo teniendo en cuenta que es lo que llevo haciendo toda la vida. Buenos días, Chelsea.

—Puck —dijo ella, saliendo de detrás de Beau—. De hermana pequeña a hermano pequeño, te diré que admiro tu capacidad de resultar molesto para tus hermanos mayores. Sin embargo, no eres tan divertido como crees. Todos tenemos que madurar algún día.

Puck se encogió de hombros.

—Creo que te acaban de poner en tu sitio, hermanito. Y me alegro de haber sido testigo de ello —dijo Beau.

—Bueno, supongo que, si te sientes agradado por ello, ha merecido la pena. Pero he venido a avisarte de que mamá ya está en la casita, y que está en la cámara del hielo.

—En la cámara… Oh —murmuró Chelsea, y se giró a mirar el retrato, y después, hacia Puck y Beau nuevamente—. ¿Habéis estado allí vosotros? Yo no lo haría. El velatorio de mis padres se dispuso en el salón de Brean. En ambas ocasiones era invierno. De todos modos, la muerte no es algo demasiado digno. Mi mayor recuerdo del funeral de mi madre es que pensaba en si iba a incorporarse de repente. Solo tenía diez años —dijo a modo de explicación—. Oh, lo siento mucho. No debería decir estas cosas, ¿verdad?

—No pasa nada —dijo Puck—. ¿Verdad, Beau?

—Debería haberte ahogado en tu cuna cuando todavía tenía la oportunidad —le dijo Beau calmadamente, y después miró a Chelsea. Ella se estaba mordiendo el labio, y parecía que estaba disgustada.

—¿No te gusta pensar en un difunto de cuerpo presente?

—No, creo que no me gusta. Siento mucho que exhiban así a un muerto. Me parece algo morboso.

—Estoy totalmente de acuerdo. Yo no voy a ir a mirar, Beau —dijo Puck—. ¿Y tú?

Beau negó con la cabeza, pensando en lo mucho que le gustaría volver a besar a Chelsea. Era una persona rara, muy franca, y tenía muchas facetas.

—Creo que yo también prefiero recordar a Abigail tal y como la vi por última vez. Entonces, ¿el funeral será esta tarde, Puck? Le dije a papá que Chelsea y yo debíamos ponernos en camino enseguida, pero si no se celebrara hasta mañana, supongo que podríamos arriesgarnos. Después de todo, el conde ya estuvo aquí ayer.

—¿Thomas estuvo aquí? —preguntó Chelsea con una expresión de temor—. Oh, no. Justo cuando la marquesa acababa de morir. Pobre señor marqués. Estoy segura de que mi hermano se comportó de una manera detestable. Tendré que pedir disculpas rápidamente. ¿Fue muy horrible?

Beau la tomó de la mano sin darse cuenta, y los tres se dirigieron hacia el comedor.

—No fue agradable —le dijo—. Mi padre negó que supiera algo del asunto, por supuesto, porque no sabía nada, y al final, ellos se marcharon.

—¿Ellos? ¿Mi hermano vino con sus sirvientes?

—Vino acompañado de cinco jinetes, sí, y del reverendo Francis Flotley, que no quería marcharse hasta que hubiera podido decir unas oraciones ante el cuerpo presente de Abigail, cosa a la que el marqués se negó en redondo. A papá no le pareció un hombre verdaderamente santo.

—El marqués es muy inteligente, y Francis Flotley es un cerdo —declaró Chelsea, mientras se sentaba a la mesa del desayuno y tomaba el tenedor—. No debería tener hambre después de haberme enterado de todo esto, pero parece que mi estómago no tiene escrúpulos. Supongo que me he acostumbrado a estas nuevas circunstancias.

—Entonces, te sugiero que comas rápidamente —le dijo Beau, que estaba tomando la taza de café que le ofrecía uno de los criados—. Porque parece que Madelyn también viaja con tu hermano.

A ella se le cayó el tenedor sobre el plato de porcelana.

—¿Madelyn? Dios Santo, no. ¿Por qué?

—Yo puedo responder a esa pregunta —intervino Puck, tomando una tostada—. Si el conde te va a rescatar, Chelsea, tiene que hacerlo discretamente, y tú tienes que ser vista en compañía femenina. Por lo tanto, lo más lógico era que viniera con tu hermana. Esto tiene una consecuencia positiva: si hay una mujer, es que viajan en carruaje, y si viajan en carruaje, avanzan más lentamente. Además, el conde informó a papá de que iban camino de Escocia para rescatarte. Y para estrangular a Beau, creo que dijo.

—Pero si Madelyn odia los viajes. Siempre piensa que va a olvidar algo sin lo que no puede vivir, y por eso se lo lleva todo. Detesta la comida de las posadas, así que siempre viaja con su cocinera y con provisiones. Solo puede dormir en sus sábanas perfumadas. Mi padre siempre decía que tiene la vejiga de una mosca, y si viaja durante más de dos horas, se marea mucho. No puedo creer que haya accedido a ir a Escocia.

—Todo esto suena muy prometedor, Beau —dijo Puck—. Parece que la hermana va a retrasar mucho el avance del conde.

Beau asintió.

—Viajando a caballo, ligeros de equipaje, podremos adelantarlos, incluso con este retraso.

—¿Retraso? ¿Retraso? ¿Así es como ves la muerte de mi hermana, Beau? ¿Como un retraso? «¡Tener un hijo desagradecido es más acerado que el colmillo de una serpiente!».

Beau y Puck se pusieron en pie, con una actitud casi marcial, como el mismo duque de Wellington se hubiera dignado a entrar en el comedor de oficiales.

«Así que esta es la mujer que antepuso su libertad al hombre a quien dice amar, y al futuro de sus propios hijos. No parece tan malvada».

Chelsea estaba sentada, en silencio, en una de las butacas del salón. En parte lamentaba haberse perdido el desayuno, pero también se sentía fascinada por la mujer que, en aquel momento, estaba recibiendo el homenaje de sus hombres. De sus admiradores.

Adelaide era tan bella como su hermana, y tenía la misma cualidad etérea y casi sobrenatural. Sin embargo, estaba claro que ella no llevaba alas.

Iba vestida de negro de pies a cabeza, y llevaba un velo que se había apartado cuando Beau las había presentado. Ella había escrutado a Chelsea con sus enormes ojos azules y fríos, mientras que sus labios formaban palabras amables de saludo.

Chelsea se había dado cuenta, inmediatamente, de que estaba siendo evaluada y catalogada como amiga o enemiga, como admiradora o competidora. Casi podía oír el movimiento de los engranajes del cerebro de aquella mujer.

Decidió que no le caía demasiado bien Adelaide Claridge.

Sin embargo, parecía que para su amante y para sus hijos, era ella quien ponía las estrellas en el cielo.

El marqués estaba sentado a su lado, agarrándole la mano, con los ojos llenos de lágrimas, mientras ella hablaba sobre su adorada Abigail. Beau estaba de pie, junto a la chimenea, observándola como si estuviera obnubilado, y Puck estaba sentado a los pies de su madre, como un cachorrito obediente.

La reina y su corte. Su público.

Chelsea se sintió incómoda.

Por lo menos, todos la ignoraban, cosa de agradecer, así que tuvo oportunidad de analizar la escena y hacerse una idea clara de las cosas.

Puck y Beau se parecían a su madre en el color de piel, de pelo y de ojos, pero tenían los rasgos de su padre. Una bellísima madre rubia y un padre guapo y rico... No era de extrañar que los dos hijos fueran tan atractivos físicamente.

Aunque en opinión de Chelsea, mientras Puck era el sueño de cualquier debutante, era Beau quien había sacado lo mejor de sus dos progenitores. Y parecía que su personalidad era similar a la de su madre, aunque Chelsea pensó que tal vez a él no le gustara oír aquello. Beau tenía algo de la inflexibilidad de Adelaide.

Porque el marqués era bondadoso, y había recibido de buen grado a Chelsea en un momento tan triste como aquél, pero no tenía ni la más mínima fortaleza en lo referente al trato con su amante. Todo eran «Sí, querida», «No, mi amor» y «Lo que tú creas más conveniente, Adelaide».

Cuando la mujer abandonó los recuerdos de su hermana y comenzó a narrar sus triunfos recientes en los escenarios de Tewkesbury y Chepstow, Chelsea percibió con claridad dos cosas: la alegría de Adelaide, y la desesperación del marqués. Si aquel hombre había albergado la esperanza de que Adelaide dejara la actuación ahora que su hermana había fallecido, la había perdido a los diez segundos de que ella abriera la boca.

Chelsea no quería ver nada más de aquello.

—Disculpadme —dijo en una ocasión en la que Adelaide hizo una pausa para tomar aire, y se puso en pie—. Todos habéis sido muy amables conmigo, pero creo que ahora debo respetar la intimidad familiar.

Adelaide le tendió la mano, y Chelsea no tuvo más remedio que tomarla.

—¡Qué momento tan triste para conocernos! —dijo la madre de Beau—. Espero que podamos charlar más tarde. Tenemos mucho de lo que hablar, ahora que vas a ser mi hija. Inmediatamente después de que le tome el pelo a mi hijo por haberse fugado contigo, aunque es algo muy romántico e inesperado en él.

—Mamá, por favor —murmuró Beau.

Ella le soltó la mano a Chelsea y se giró hacia el marqués.

—Dios Santo, Cyril, puede que pronto seamos abuelos. Oh, soy demasiado joven para eso. Chelsea, querida, dime que todavía no estás encinta, por favor.

Chelsea notó que le ardían las mejillas, pero conservó la sonrisa. Se preguntó si debía hacerle una reverencia a aquella mujer; después de todo, ella tenía un rango más alto, pero lo hizo, porque pensó que seguramente Adelaide era una mujer que tenía en cuenta aquellos detalles.

—Mamá, me parece que ya es suficiente —dijo Beau, alejándose de la chimenea—. También creo que tú no has tenido oportunidad de desayunar, Chelsea. Vamos a ver si podemos remediarlo. Nos veremos en la capilla a las dos —añadió, para todos los demás.

Ella asintió y no puso objeciones, porque pensaba que él también estaba impaciente por salir de aquel salón. Cuando estaban en el vestíbulo, se volvió hacia él.

—Oliver, yo...

—Shh. No digas nada todavía —le pidió Beau. Después le dio unas cuantas indicaciones a uno de los criados, y la guió hacia la salida.

Una vez fuera, la miró con una expresión sombría.

—Antes la adoraba, ¿sabes? Puck reconoce lo que es, pero

prefiere fingir que no se ha dado cuenta. ¿Y Jack? Bueno, Jack lleva años sin verla ni hablar con ella.

—Pero tú eres el mayor. Eres hijo del marqués, aunque no vayas a heredar el título. ¿Y tienes la sensación de que debes dar ejemplo, Oliver, de algún modo?

Caminaron por el césped, dirigiéndose hacia las caballerizas mientras él seguía hablando.

—Mi padre la ama, y tengo que respetar eso. Para él sería doloroso saber que yo no creo que mi madre sea el dechado de virtudes que él ha tenido en un pedestal durante todos estos años. Maldita sea, ¿cómo lo has sabido?

—Solo he observado, y lo he deducido. Ella lo sabe, ¿no?

—Espero que no. ¿De qué iba a servir que lo supiera? No podemos cambiar nada. Una vez me dijo que tenía suerte de ser bastardo, que los tres teníamos suerte de serlo, porque así nunca tendríamos que preguntarnos si las mujeres a las que amábamos nos habían elegido por nosotros mismos y no por nuestra riqueza y nuestros títulos. En realidad, me lo dijo cuando todavía me estaba recuperando de las heridas que me había causado tu hermano. Creo que pensaba que eso iba a consolarme.

—Bueno, pues es una estupidez —dijo Chelsea con enfado—. ¿Quieres saber lo que pienso, Oliver?

—Me imagino que voy a oírlo quiera a o no, así que, por favor, ilústrame.

Chelsea se ruborizó de nuevo.

—No puedo evitarlo. Digo lo que pienso, y algunas veces, incluso antes de pensarlo bien.

—«¿Es que no sabes que soy una mujer?» —citó Beau—. «Cuando pienso, debo hablar». Lo siento. Crecí escuchando ensayar a mi madre, ayudándola a memorizar diferentes partes de las obras. Ella dice que Shakespeare siempre tiene respuesta para todo.

—¿También tiene respuesta para el egoísmo? —preguntó ella impulsivamente—. Oh, discúlpame. No tengo derecho a decir nada. Pero me parece que tu madre lo manipula todo y a todos para que se adapte a lo que ella quiere. Me pregunto cómo se las arregla para tener tan embelesado a tu padre, incluso después de tantos años.

—Seguramente, ella misma te lo explicaría si se lo preguntaras, pero vosotras, las mujeres, tenéis todas las ventajas de todos modos, así que preferiría que no lo hicieras.

—Oh, pero yo no me refería a… Quiero decir que no iba a usar lo que ella me dijera… Es decir, que… Eres un grosero, ¿lo sabías, Oliver?

—Creo que me lo han dicho alguna vez, sí, y muy a menudo durante estos últimos días. ¿Te gustaría saber algo más sobre el paso de tu hermano por Blackthorn?

Chelsea negó con la cabeza.

—Creo que me conformo con saber que los tres están confinados en un carruaje, viajando hacia Escocia, y espero que se maten los unos a los otros. Pero, ¿puedo preguntarte otra cosa?

—Si digo que no, ¿te vas a aguantar?

—No creo, no. Lo que quiero saber es por qué tienes el apellido Blackthorn. El apellido de la familia de tu padre es Woodeword, y me habéis presentado a tu madre como Adelaide Claridge. Blackthorn es un lugar, un título. Sin embargo, tus hermanos y tú lo tenéis de apellido.

Ya habían llegado a las caballerizas, donde les esperaba una preciosa calesa.

—Deja que te ayude a subir —le dijo Beau—. Vamos al pueblo. Está en las tierras de Blackthorn, así que no nos vamos a exponer demasiado.

—¿Ya no hay comida en la cocina? —preguntó Chelsea. Estaba segura de que, si no comía algo, su estómago comenzaría a rugir de hambre.

Beau se echó a reír y rodeó el vehículo para subir y tomar las riendas.

—Podemos parar en la primera posada si estás tan hambrienta, pero quería que compráramos algo de ropa para ti. A menos que quieras seguir con ese traje de montar durante las dos semanas próximas.

—Ah —dijo ella, y se agarró al borde del asiento mientras salían del patio de las caballerizas—. Es todo un detalle por tu parte. ¿De verdad crees que habrá algo adecuado en el pueblo?

—Dudo que desees llevar la ropa que encontremos a Almacks, aunque ya no volverán a invitarte, en realidad. Pero seguramente podremos hacernos con algo interesante. Y fue porque nadie le dijo que no podía hacerlo.

—¿Disculpa?

—Me has preguntado por qué nos apellidamos Blackthorn. Mi madre nos dio ese apellido.

—Porque nadie le dijo que no podía hacerlo —repitió Chelsea—. Bueno, es lógico. Dudo que alguien le diga lo que puede o no puede hacer, y si alguien lo intentara, no creo que ella prestara demasiada atención. ¿Sabes, Oliver? Entre la condición de bastardo y todo lo que conlleva, por no mencionar todo lo que has perdido por su causa, y tu madre encantadora pero absolutamente egoísta, y también tu padre, que está como obnubilado, me sorprende que tú hayas salido tan cabal. Pensándolo bien, al recordar a todos los pretendientes que he tenido durante estos años, y descartando al espantoso Francis Flotley, no está tan mal casarse contigo.

Él la miró durante un instante, y después echó la cabeza hacia atrás y soltó una carcajada.

A ella le gustaba mucho su risa.

Madelyn iba sentada en el carruaje, junto a su hermano, sin mirar a Francis Flotley, que viajaba frente a ellos, en el sentido contrario a la marcha.

—No puedo creer que me hayas hecho esto,Thomas. Me dijiste que para estas alturas ya tendríamos a Chelsea, y que estaríamos de vuelta en Londres. Sabes que no puedo hacer todo el viaje hasta Escocia así. Una sola doncella, y solo tres mudas de ropa. Sin mis propias sábanas. Dios Santo, ¿acaso esperas que duerma en las sábanas de otra persona?

—Por lo que he oído decir, eso no será una experiencia nueva para ti, Madelyn.Y eso, después de haber vuelto a casa llorando después de su noche de bodas, diciendo que ninguna mujer debería soportar tales indignidades.

La doncella de Madelyn, que iba sentada junto al reverendo, y que se había visto obligada a compartir el coche con su ama por las circunstancias, cerró los ojos y fingió que estaba dormida.Y sorda.

—Después de que me casaras con ese zafio torpe, ¿qué esperabas? A propósito, fue tu mujer la que me explicó que los maridos rara vez son muy competentes con sus propias esposas, sino que son mucho mejores con las esposas de otros –le dijo Madelyn con una sonrisa—. Mientras vas ahí sentado,Thomas, puedes intentar deducir cómo lo sabe ella. O mejor aún, reza para que tu heredero, si alguna vez eres capaz de engendrar alguno, nazca con la maldición de ese gancho que llamas nariz, y con esas orejas tan horribles.

—No,Thomas –dijo el reverendo Flotley en voz baja, y después de un momento, el conde bajó la mano de nuevo a su regazo—. Las mujeres siempre provocan la violencia en los hombres. Son la causa de los males del mundo. Hemos hablado mucho de esto. Es el esposo de milady quien es débil. Ella tiene que recibir enseñanzas, y aprender cuál es su lugar.

—¡Aprender cuál es mi lugar! ¡Vaya, don nadie insolente! ¿Y tú lo escuchas,Thomas? ¿Llevas dos años haciéndole caso? Dejaste la bebida y el juego.Ya no vas al teatro ni a las carreras, y solo vistes de negro.Ya no tienes amantes... Oh, sí, eso también lo sé. ¿Y todo esto porque se lo prometiste a Dios? ¿Te pidió Dios que le hicieras esas promesas? ¿O le pidió a este hombre de la boca húmeda que te diera el mensaje de cuál es su idea del camino a la salvación? ¿Nunca te has preguntado por qué, si ese mensaje era tan importante, no te lo transmitió directamente el Señor? ¿Y ahora, esta criatura tiene la frescura de decirme a mí que soy la causa de los males del mundo? Thomas, has perdido el juicio.

—Thomas –intervino el reverendo—, recuerda las muchas maneras en que una mujer puede tentarte para que cometas un pecado.

Madelyn echó la cabeza hacia atrás y se rio.

—¿Tentarlo? Dios mío, mi hermano y los de su calaña fueron quienes inventaron el pecado. Las mujeres no tuvimos nada que ver con eso.

—Ya está bien, Madelyn –dijo Thomas por fin, sacando fuerzas de flaqueza. Aquello era una prueba para su nueva fe, para el nuevo camino que estaba recorriendo. Se enfrentaría a ella, y la vencería. De algún modo—. Rezaré por ti.

—Ah, sí, hazlo. Reza por mí, Thomas. Reza por que encontremos mañana mismo a Chelsea. Y reza por que haya cerca una posada decente para hacer noche, porque si tengo que pasar una hora más en este maldito coche, pasaré toda la noche inventándome nuevas maneras de atormentarte.

CAPÍTULO 9

Después de asistir al sencillo funeral de Abigail, Beau y Chelsea cabalgaron en silencio durante dos horas, por caminos secundarios que él había recorrido durante toda su vida, por si acaso Thomas había dejado a alguno de sus hombres vigilando la entrada de la finca.

Beau se preguntaba si no estaba tomando demasiadas precauciones. Con un buen coche, caballos de recambio en algunos establos del camino y parando solo a comer y a descansar, Chelsea y él podrían estar en la herrería de Gretna Green en cuestión de días. Incluso podrían adelantar al conde y a su hermana por el camino. Eso sería muy divertido.

O él podría morir, y Chelsea sería confiada en Brean y se vería obligada a casarse con el reverendo de la boca húmeda; eso no parecía tan divertido. Él no era un cobarde, y estaba dispuesto a enfrentarse a Thomas Mills Beckman si era necesario, pero Chelsea era otra cosa. Si su hermano no la valoraba, alguien tendría que hacerlo, y parecía que para bien o para mal, él era su protector.

Quinientos catorce kilómetros desde el centro de Londres a Gretna Green. Menos desde Blackthorn, pero no mucho. No estaba seguro de que avanzaran más rápidamente a caballo, pero sí de que el viaje sería más seguro. La idea de tener que dejar la yegua de Chelsea y a su caballo, Pegasus, en algún punto del trayecto, le molestaba, pero Puck conocía la ruta, y después de un rápido regreso a Londres para comprarle ropa adecuada a Chelsea, los seguiría para poner orden, como decía él.

Puck, y dos carruajes bien cargados, recorrerían también la Gran Carretera del Norte, y lo único que encontraría cualquier supuesto perseguidor en el interior de aquellos coches sería a su hermano en el primero, y en el segundo, sus baúles y a Sidney y a Edith, que estaba encantada de verse incluida en aquella aventura.

—Estás muy callada –dijo Beau en aquel momento, aunque sabía que él tampoco había hablado demasiado—. ¿Estás pensando en diferentes modos de asesinarme por haberme empeñado en ir a caballo hasta Escocia?

Ella le lanzó una sonrisa quc sorprendió e inquietó a la vez.

—Oh, no, en absoluto. Nunca he ido a ningún sitio, aparte de Londres, claro. Pero eso es todo. Aquí, en el campo, todo es tan fresco y tan bello... No creo que me importara que tardáramos semanas en llegar al lugar al que vamos. ¿Vamos a tardar semanas?

—A este paso, meses. Pero pronto mejorarán las carreteras, de verdad. Y tu hermano nos lleva un día de ventaja, y estará llevando a los caballos al límite, probablemente, lo cual es muy considerado por su parte. No tendremos que estar mirando hacia atrás constantemente, preocupándonos por si nos alcanza. Yo diría que es un plan brillante, pero en realidad este no era el plan. Y hemos empezado mucho más tarde de lo que yo pensaba. Pronto tendremos que parar a cenar, y tal vez a pasar la noche en algún sitio.

—Ha sido un funeral muy bonito –le dijo Chelsea—. Habéis contado unas historias maravillosas sobre la marquesa, pero ¿por qué estaba todo el mundo tan disgustado cuando entramos en la iglesia? Parecía que tu madre estaba a punto de estallar, como diría mi doncella, antes de que tu padre le susurrara algo al oído.

«Seguramente le prometió algo a cambio de que no montara una escena, como trajes nuevos para su grupo de teatro», pensó Beau, aunque sabía que estaba siendo malo. Su madre tenía derecho a estar triste.

—¿Has visto la rosa roja que había sobre el féretro?

—Sí, sí la vi. Había muchas flores, pero esa estaba atada con un lazo negro. Era lo único negro que había, aparte del vestido de tu madre. ¿Estabais disgustados por una flor?

—No, no por la flor, sino por lo que significaba. Esa rosa era de Jack. Estuvo aquí, seguramente en mitad de la noche, conociéndolo.

Chelsea tiró de las riendas de la yegua debido a la sorpresa, y tuvo que gobernar al animal rápidamente... cosa que hizo con competencia y firmeza. Estaba claro que era una buena amazona, algo que Beau ya había comprobado durante su primera huida de Londres.

—¿Quieres decir que tu hermano ha estado en la finca, e incluso en la capilla de la familia, y no saludó a nadie, ni le dio el pésame a tu padre, sino que se volvió a marchar sin que lo vieran?

—Sí, ese es un buen resumen. También diría que mi hermano es un burro, pero cada uno de nosotros se enfrenta a su manera a nuestras circunstancias. Creo que yo he conseguido reconciliarme con mi suerte, sobre todo porque me pasé varios años luchando en el continente, y ahora estoy satisfecho llevando una vida tranquila, ocupándome del patrimonio de mi padre y yendo de visita, ocasionalmente, a Londres.

—Y atormentando a mi hermano.

—No he dicho que no me divierta de vez en cuando —

apuntó Beau, mientras ella miraba al cielo con resignación—. De cualquier modo, Puck saca provecho de su estatus de bastardo, lo juro. En cuanto Napoleón estuvo de nuevo en su celda, Puck y su asignación trimestral se marcharon a París donde, según él, es el niño mimado de la alta sociedad. Ahora estaba en Inglaterra solo por casualidad, y volverá a Francia muy pronto. Él da a entender a todo el mundo que solo es un gandul, un tonto y un inútil, pero da la casualidad de que yo sé que trabaja para nuestro gobierno en secreto.

—Oh, me alegro. Me cae muy bien, y no me gustaría pensar que solo es un lechuguino. ¿Pero qué hace para el gobierno? La guerra ya ha terminado, y Bonaparte está otra vez prisionero.

—Me temo que siempre habrá bonapartistas. Recuerda que se las arreglaron para liberarlo una vez, y nadie creía que eso pudiera suceder. Pero estoy de acuerdo en que, en algún momento, Puck tendrá que volver a casa para quedarse. Nuestro padre le entregó a mi hermano la escritura de propiedad de una de las fincas que no está vinculada legalmente al título justo antes de que fuera a verme a Grosvenor Square. Puck está muy disgustado.

—¿Por qué?

La calzada de tierra pasaba a ser de piedra compactada, y así, podrían incrementar el ritmo para llegar antes de que anocheciera al pueblo que Beau había elegido para pernoctar. Al día siguiente cabalgarían más y hablarían menos, pero él no era capaz de sentir urgencia en aquel momento, sabiendo que el conde ya estaba recorriendo a toda velocidad la Gran Carretera del Norte.

—No estoy seguro del motivo. También era mi cumpleaños, y pasamos más tiempo bebiendo para celebrarlo que hablando de nuestra vida. Puck me contó que papá quería que yo fuera a Blackthorn antes de hacer la ruta de inspección en las demás fincas, lo cual era mi intención antes de que me avisara de la muerte de Abigail, y antes de que cierta señorita apareciera en mi salón, me reprendiera por varias cosas y me propusiera el matrimonio.

Chelsea se encogió de hombros; claramente, sus tomaduras de pelo no le producían vergüenza.

—Si es así como quieres ver las cosas, no voy a discutir contigo. Sin embargo, deja que te recuerde que sin las uvas podridas yo nunca habría pensado en ti, y mucho menos te hubiera propuesto nada. Con lo cual, tú no eres completamente inocente en esto, Oliver.

—Y asumiré mi castigo como un hombre —repuso él, observándola con atención para ver cómo asimilaba ella su respuesta. Después, se puso serio—. Antes hablé en privado unos momentos con mi padre para preguntarle qué era lo que quería decirme.

—¿Y no vas a contármelo? Porque ya sabes que no te voy a dejar en paz hasta que lo hagas. Detesto los secretos.

—¿De veras? En ese caso, aquí tienes más cosas que detestar, porque mi padre no me lo dijo. Lo que me dijo es que siempre se había prometido a sí mismo que, cuando yo cumpliera treinta años, me contaría algo que iba a cambiar mi vida, aunque yo no podía decirle a mi madre que lo sabía, ni tomarle demasiado odio a él. Sin embargo, ahora que Abigail ha muerto, ese asunto ha cobrado aún más importancia. Y sobre todo teniendo en cuenta que tú y yo nos vamos a casar por conveniencia. Mi madre está completamente en contra, ¿sabes? Y no solo porque sea demasiado joven como para ser abuela. De todos modos, ahora mi padre piensa que tal vez no me lo diga hasta dentro de un año, porque esta no es la ocasión idónea, y además todavía tiene que convencer a mi madre. ¿Qué te parece? ¿Es lo suficientemente exasperante?

—Desde luego. ¿Y tú solo le dijiste que te parecía bien, que no tienes prisa por saber algo que él tiene que decirte desde hace treinta años? Por Dios Oliver, tal vez es cierto que no eres más que un tipo aburrido, tal y como dice Puck. Aparte de lo de las uvas podridas, claro. Quiero decir que… ¿Ni siquiera sientes curiosidad?

Sí, la sentía. Y no la sentía, a la vez.

—¿Y qué importa eso? Abigail ha muerto, mi madre va a quedarse en Blackthorn varias semanas, supongo, y después la vida volverá a ser como antes. Ah, y por si acaso tu cabecita ya ha llegado al año que viene, cuando terminemos el luto, y estás pensando que tal vez Adelaide acceda a casarse con su Cyril, permite que te recuerde que en Inglaterra no está permitido que un hombre se case con la hermana de su difunta esposa.

—¡No! ¿Me estás diciendo que alguien redactó una ley con respecto a esa posibilidad? ¿Qué tipo de persona es la que piensa en esas cosas, y le dedica tiempo y energía a interferir en la vida de los demás de ese modo, haciendo una ley como esa?

Beau soltó una carcajada.

—Seguramente, las mismas mentes brillantes que elaboraron la Ley de Matrimonio hace tantos años, y convirtieron Gretna Green y otros muchos pueblos de la frontera de Escocia en escenario de más bodas inglesas de las que se celebran en las iglesias de Londres. Parece que la carretera está vacía, Chelsea. Vamos a acelerar durante un rato, ¿de acuerdo?

Chelsea se metió en la bañera vieja y desconchada de su habitación. Se sentía agradecida de que hubiera terminado otro día más. Tenía todo el cuerpo dolorido, incluso en lugares que no sabía que poseyera.

Durante aquellas tres jornadas, se habían levantado temprano, habían tomado un desayuno rápido y habían cabalgado hasta el mediodía. Y después habían vuelto a cabalgar, algunas veces campo a través, y otras, atreviéndose a avanzar durante kilómetros por la Gran Carretera del Norte, hasta que ella no había sido capaz de reaccionar con la necesaria rapidez cuando uno de los carruajes del correo había pasado a su lado como un bólido y había estado a punto de atropellarla.

Beau había sido tan amable cuando le había gritado…

Ella no había encontrado ropa adecuada en ninguno de los pueblecitos que habían atravesado por el camino, y menos algo que pudiera servirle de traje de montar, así que el día que llegaran a Escocia y se casaran sería el día que le daría órdenes a alguien para que se llevara aquel traje y lo quemara en el hogar de la cocina.

—Querías ver el campo —se dijo, mientras tomaba un trapo que haría las veces de esponja y metía un pie en el agua templada de la bañera—. Y ahora que lo has visto, tal vez no quieras volver a verlo nunca más, por lo menos, no desde el lomo de un caballo.

Ni siquiera conocía el nombre de aquel pueblo, que se parecía mucho al último por el que habían pasado, y al anterior, y al anterior.

El viaje no estaba resultando tan romántico como hubiera podido parecer en teoría. La mayoría de la comida no era comestible, las sábanas estaban húmedas y aquel día los había sorprendido un chaparrón que les había obligado a hacer aquella parada, que no tenían planeada, en aquella posada decrépita y alejada.

¡Y él estaba de tan buen humor, pese a todo! A algunos hombres debía de deleitarles el hecho de ver a una mujer con el sombrero calado, y el ala colgando por delante de los ojos. Si Beau la hubiera llamado «buena chica» una vez más, ella habría terminado por zarandearlo.

Los hombres eran como niños. Seguramente, él había estado retrasando la búsqueda de posada a propósito, y pasando por todos los charcos de barro que podía.

Sin embargo, había algo sobre aquel viaje tan poco ortodoxo que a Chelsea le estaba gustando mucho: estaba conociendo a Beau lejos de Londres, lejos de sus extraños padres, lejos de lo que muchos llamarían las ventajas de la civilización.

Para empezar, tenía una voz muy bonita. Ella todavía no estaba muy segura de algunas de las palabras que él había usado al cantarle, y estaba segura de que las había alterado de alguna manera para proteger su sensibilidad, o algo por el estilo, pero habían pasado más de una hora cantando juntos durante uno de los descansos de la marcha.

Y cuando él le había cantado una canción tradicional inglesa, lo había hecho con tanta delicadeza y tanta tristeza que ella había tenido que pestañear para contener las lágrimas, y que él no se diera cuenta de lo mucho que le había afectado.

Algunas veces habían cabalgado en silencio, pero nunca había sido un silencio embarazoso, sino un silencio cómodo, como si se hiciera mucho tiempo que se conocían. No habían sentido la necesidad de mantener una conversación por pura cortesía.

Aunque habrían podido tener una conversación muy interesante acerca de cuándo iba Beau a dejar de mirarla de aquella manera y hacer algo al respecto. Sin embargo, seguramente aquel no era el tipo de pregunta que ella debía hacer.

Beau le había permitido tomar una jarra de cerveza entera en una de las posadas en las que habían parado a pernoctar, y ella había dormido más profundamente que nunca en toda su vida. Se había despertado solo cuando él había llamado con el puño en la puerta y le había informado de que ya era hora de que todas las dormilonas del mundo se levantaran y se pusieran en marcha.

Y, en cada una de las posadas, él había pedido una bañera de agua caliente expresamente para ella, por muy tarde que llegaran.

Chelsea había decidido que «bastardo» era una palabra que solo se refería a una persona cuyos padres no estaban casados, y no era una descripción del hombre en sí mismo. Ella había oído a Thomas muchas veces atribuirles a los bastardos acciones deshonrosas, pero eso era algo tan incorrecto como decir que su hermano era un caballero solo porque sus padres hubieran pronunciado los votos matrimoniales delante de algunos testigos. En cualquier caso, el hijo no era más que el resultado de esa unión, y era una persona que no estaba en situación de dictar los términos de su nacimiento.

—Me cae bien –dijo Chelsea, como si estuviera informando de ello a la pastilla de jabón amarillento con la que estaba intentando sacar espuma para lavarse—. Al principio me resultó suficiente que me sirviera para frustrar los planes de Thomas y que no me disgustara tanto como Francis Flotley; pero esto es mucho mejor. Y creo que yo también le gusto a él, o por lo menos, parece que me tolera bastante bien. Además, si se piensa con detenimiento, su familia, aunque sea extraña, no es ni peor ni mejor que la mía, que también es extraña. Seguramente, nosotros dos somos los más cuerdos de ambas partes. Y a los dos podría irnos mucho peor. O mucho mejor si él dejara de ser tan caballeroso.

Alguien llamó a la puerta y Chelsea se sobresaltó. El jabón se le cayó de las manos con el respingo, y las salpicaduras de agua se le metieron en un ojo, así que estaba pestañeando con fuerza cuando miró hacia la puerta y preguntó:

—¿Sí? ¿Quién está ahí?

—Soy yo, señora Claridge, vuestro esposo –dijo Beau, en voz muy alta, desde el otro lado.

Ella siguió frotándose el ojo, que le escocía bastante, y giró la cabeza hacia la entrada, como si pudiera verlo.

—¿Qué has dicho?

—No te levantes si ya estabas acostada, querida. Tengo llave.

—¿Cómo? No, no en… Oh, Dios mío –dijo ella mientras se abría la puerta y Beau entraba en la habitación, al mismo tiempo que ella tomaba una toalla diminuta que había dejado allí la criada de la posada, se la colocaba encima y volvía a hundirse en el agua.

—De veras, Oliver, otra vez no…

Él se había detenido junto a la puerta, se había girado hacia un lado y estaba fingiendo que desviaba la mirada. Sin embargo, la habitación era pequeña, y Beau era alto, y la bañera era muy baja, y no había ni una sola burbuja. Si ella apartaba la toalla, tal vez él se diera la vuelta y… No, no podía dejar vislumbrar lo impaciente que se sentía. Aquel asunto de tener que aparentar que era una dama tenía sus inconvenientes.

—Voy a contar hasta cinco, Oliver. No, hasta tres. Nada más que tres. Y tú habrás salido de la habitación.

—No puedo creer que todavía estés ahí. Tardas más en bañarte que ninguna otra mujer que yo conozca.

Ah, así que estaba un poco azorado. Bueno, al menos uno de los dos lo estaba.

—¿De veras? ¿Así que tienes la vocación de interrumpir a las mujeres mientras se bañan? ¿No te parece que eso es un poco raro, Oliver? Y, una vez más, ¡sal de aquí!

—Lo siento, pero no tengo adónde ir. ¿Dónde está la doncella? –preguntó él sin moverse de donde estaba.

—Ha salido a comprarme una pistola con la que yo pudiera dispararte –le dijo Chelsea, haciendo todo lo posible por no echarse a reír. ¡Qué jueguecito tan tonto era aquel al que estaban jugando! Aunque tal vez no fuera un juego, porque parecía que él estaba verdaderamente incómodo. Sin embargo, debió de recuperar la compostura.

—Oliver, ¿qué estás haciendo? ¡Ni se te ocurra quitarte la chaqueta!

—No voy a dormir con esto. Ya es bastante malo el haberlo llevado puesto todo el tiempo –respondió él mientras se quitaba la chaqueta y la lanzaba hacia la cama—. Solo he conseguido que nos llenaran una bañera, Chelsea, y me ha costado una guinea, así que si crees que has terminado, me gustaría lavarme antes de que se forme hielo ahí dentro. Ah, y solo quedaba esta habitación. Por lo tanto, hasta que nos marchemos mañana por la mañana, tú eres la señora Claridge. Estoy protegiendo tu reputación, como podrás comprender. Deberías darme las gracias.

—¿Qué dices? ¿Acaso has estado bebiendo durante la cena?

Chelsea había visto su bolso de viaje en la habitación, pero había pensado que el mozo de la posada lo había dejado allí por equivocación. Sin embargo, parecía que él estaba pensando en dormir allí. A ella se le encogió el cuerpo al recordar el único camisón que tenía, el que Edith y ella habían tenido que elegir del armario de Abigail. Parecía que la dulce Abigail tenía predilección por la seda. Y por los volantes. Y por nada más. Seguramente, Beau saldría corriendo horrorizado en cuanto lo viera.

Beau posó una mano sobre el pomo de la puerta. Todavía seguía girado a medias.

—Esta es una posada muy pequeña, Chelsea, y solo les quedaba esta habitación. Todos los demás están durmiendo en la habitación comunitaria de la buhardilla, roncando y escupiendo, con la esperanza de poder robarse los unos a los otros durante la noche. Los he visto en el comedor, y tengo que decirte que algunos de ellos parecen bastante… fieros. Tú no querrás que yo tenga que pasar por eso, ¿verdad?

—Si dijera que sí, ¿sería una mala persona? Hay una sola cama, ¿sabes?

—Dormiré en el suelo.

¿Acaso iba a rendirse tan fácilmente? ¡Vergüenza debería darle!

—¿En este suelo? Entonces te sugiero que no te molestes en bañarte, y que no te preocupes por las pulgas. Si no estuviera lloviendo, te diría que es mejor que nos marcháramos de aquí, aunque sea de noche, e intentáramos encontrar un sitio mejor. Tal vez una cueva húmeda. Con murciélagos y todo.

—Chelsea, estás perdiendo el tiempo. Voy a los establos, para asegurarme de que nuestros caballos están bien, pero volveré dentro de diez minutos. Estás avisada.

—Estoy avisada –repitió ella en tono burlón, cuando él cerró la puerta al salir—. Ese hombre me ha avisado. Soy toda una afortunada...

Salió de la bañera tan rápidamente que se olvidó de la toalla mojada y se tropezó con ella, y estuvo a punto de caer al suelo.

No había más toallas; había usado la única de toda la habitación para cubrirse.

Miró a su alrededor en busca de algo con lo que secarse y no halló nada. Tenía que pensar algo rápidamente. ¡No quería parecer un gato mojado cuando él volviera!

Con el pelo calado y chorreándole agua por los ojos, abrió la bolsa de viaje de Beau y sacó una camisa blanca y perfectamente doblada. Pensó que la necesitaba más que él, y se secó lo mejor que pudo con ella.

Le pareció justo, porque claramente, todo aquello era culpa suya.

La criada de la posada no le había sacado el camisón de su bolsa, así que lo hizo ella misma y se lo metió por la cabeza... y notó que se le deslizaba por los hombros hasta la cintura. En el retrato, Abigail parecía un hada del bosque, pero estaba claro que se había vuelto mucho más rotunda durante los años que habían pasado desde que le habían hecho aquel retrato.

Tal y como había hecho las noches anteriores, Chelsea

sacó un cordón de las cortinas, que había tomado de su habitación de Blackthorn, y se lo ató dos veces alrededor de la cintura para sujetar el camisón en su lugar. Después, se volvió hacia la cama.

Parecía que la colcha estaba más o menos limpia, pero aunque estuviera llena de bichos, era lo único que podía usar para dar una imagen decente, y no ridícula, cuando volviera Beau.

Y, para cuando él metió la llave en la cerradura y abrió la puerta, ella ya se las había arreglado para estar sentada ante la chimenea, con el camisón puesto y envuelta en la colcha, con el cepillo en la mano, dispuesta a secarse el cabello al calor del fuego.

Pensó quizá que había conseguido que aquella escena fuera un poco romántica.

Y Beau estuvo de acuerdo con ella, por lo menos al principio.

—Encantador –dijo él mientras cerraba la puerta—. El suave resplandor del fuego danzando en tu pelo, la colcha extendida a tu alrededor mientras tú posas ante la chimenea. Una escena preciosa, Chelsea. Tengo que alabar tu habilidad para organizarte con tanta rapidez cuando te enfrentas a... ¿Es mi camisa eso que está ahí tirado? ¿Qué ha pasado con ella? ¡Demonios, mujer, era la única camisa limpia que tenía!

Se terminó el romanticismo.

—Pues es más de lo que me quedaba a mí –replicó ella, mirando la camisa con indiferencia, y sintiendo un ridículo enfado por el hecho de que él no hubiera terminado su cumplido—. Por desgracia, es mejor como camisa que como toalla, pero es lo único que tenemos –añadió, y lo miró a la cara—. Vaya, Oliver, ¿dónde está la sonrisa que tenías cuando entraste a la habitación por primera vez?

—Estoy impaciente por conocer a tu reverendo Flotley, para decirle la suerte que ha tenido al escapar de ti, y tal vez para pedirle que rece por mí –gruñó Beau.

Chelsea se echó a reír sin poder contenerse.

—Ah, magnífico. Y ahora, esta mujer se divierte.

Beau se sentó en el borde de la cama mientras se pasaba la mano por el pelo, despeinado por el sombrero que había llevado todo el día y la lluvia. Estaba desarreglado... y muy atractivo.

—No, no me divierto. En realidad no –le dijo Chelsea con sinceridad—. Sé que vamos a casarnos, y que aunque hayas tenido idea de incumplir tu promesa y enviarme de vuelta a Londres, estoy tan comprometida que ya no te queda más remedio que casarte conmigo o condenarte a tener peor reputación que la que te ha asignado la sociedad. Sin embargo, Oliver, aun sabiendo todo eso, sin olvidar que fui yo la que te propuso este plan, tengo que decirte... Oh, demonios, ¡me he hecho un lío! ¿Qué era lo que iba a decir?

—Creo que estabas a punto de recordarme que eres una dama de buena familia y que, aunque muchas personas estarían dispuestas a anticiparse a la boda, tú tienes límites y estás horrorizada con esta situación, que no es la que debería ser, y te sentirías muy reconfortada si yo fuera un caballero y me marchara a dormir al establo.

Chelsea pensó en lo que él le había dicho, y asintió. Claramente, no iba a aprovecharse de la situación. El muy bobo.

—Sí, me parece un buen resumen. Gracias.

Beau se levantó de la cama y comenzó a desabotonarse el chaleco.

—No voy a dormir en el establo, Chelsea.

A ella se le alegró el corazón. Sin embargo, en el estómago notó un cosquilleo, algo parecido al mareo. Tal vez él no fuera tan bobo. Sin embargo, ella no podía mostrarse impaciente.

—Oh, pero...

—Cierra los ojos y date la vuelta, u ofrécete a frotarme la espalda. Esas son tus opciones.

Ella se dio la vuelta. Pero solo para ocultar la sonrisa.

CAPÍTULO 10

Chelsea no era una niña. Él no pensaba que fuera muy ingenua, aunque sabía instintivamente que era virgen. Nadie se criaba siendo la hija de un conde sin saber el valor que tenía la virginidad en el mercado matrimonial.

Sin embargo, él sabía que ella sabía cómo era el mundo, o al menos pensaba que lo sabía en teoría. Tal y como la propia Chelsea le había recordado de vez en cuando, ella leía. Y, cuando le había corregido en un pequeño detalle de mitología griega, él había decidido que ella leía bibliotecas enteras.

Chelsea sabía que era bella y deseable. Con sus ojos, con su pelo, con su cuerpo esbelto y lozano, tenía que ser consciente de su belleza al mirarse al espejo.

Y había estado coqueteando con él. De vez en cuando. Posiblemente. A menos que él estuviera viendo más de lo que veía en realidad, con la esperanza de tranquilizar su conciencia mientras se la imaginaba despojándose lentamente de aquel maldito traje de amazona.

Habían pasado tres días y tres noches de viaje. Solo se habían separado para dormir, y por eso habían llegado a conocerse como mucha otra gente no llegaría a conocerse aunque pasaran juntos toda la vida.

Habían compartido unas empanadillas de carne que él había comprado en una posada a las afueras de Grantham, y una hora después, él había tenido que sujetarle la cabeza mientras ella vomitaba, porque le habían sentado mal en el estómago. Aunque Chelsea había prometido que no volvería a comer empanadillas en lo que le quedaba de vida, no quería que él le tuviera lástima. Estaba enfadada, tal vez porque había mostrado debilidad, o alguna bobada por el estilo. Sin embargo, no le había hecho ningún reproche ni lo había culpado por nada. Lo cual, por supuesto, solo había conseguido que él se sintiera peor todavía, sobre todo porque su estómago no se había resentido en absoluto. Él había comido cosas mucho peores cuando servía bajo el mando de Wellington.

Después, se había enjuagado la boca con un trago del excelente vino que él llevaba en la petaca, había escupido el líquido como si fuera agua y sc había limpiado delicadamente los labios con el pañuelo, y él la había ayudado a subir de nuevo al caballo sin que ella mencionara el incidente una sola vez más.

Aquello era una cuestión de agallas. Él admiraba a la gente con agallas, aunque escupieran el buen vino.

Chelsea no se había quejado de nada, ni le había pedido que pararan antes de tiempo, ni había preguntado cuánto faltaba para el siguiente descanso. Él había visto que tenía una ampolla en la base del dedo pulgar aquel mismo día, mientras estaban comiendo, y sabía que aquella ampolla se debía a que llevaba horas y horas agarrando las riendas del caballo. Sin embargo, cuando él le había preguntado si le dolía, ella había respondido que ni siquiera se había dado cuenta de que la tuviera.

Mentía muy mal. Él también se había dado cuenta de eso.

A ella le encantaba el campo. Se deleitaba con todos los nuevos parajes que aparecían ante ellos, iluminados por el suave sol inglés, y verdes como solo podía ser Inglaterra. Él estaba viendo su país con ojos nuevos gracias a Chelsea. Aunque sabía que él nunca entendería aquel entusiasmo por las ovejas. Chelsea se había quedado embelesada al ver un campo lleno de aquellos animales, y le había pedido que pararan para admirarlas, mientras eran conducidas por un pastor descalzo y su perro negro.

Tres días, y aquella era su tercera noche. Juntos. Sus sonrisas. Aquellos ojos que brillaban y mostraban cada uno de sus pensamientos y de sus estados de ánimo. Cuando dos personas viajaban solas a caballo, durante diez horas al día, dependiendo la una de la otra, no había mucho que pudieran ocultarse.

Así pues, ella tenía que saber que él la deseaba.

En aquel momento, mientras se desabotonaba la camisa, observó a Chelsea, que seguía de espaldas a él, mirando al fuego, cepillándose el pelo. Incluso así de húmedo, se le rizaba alrededor de la muñeca. Era como un ser vivo y glorioso que tenía la capacidad de hechizar. Era una melena en la que cualquier hombre podría perderse.

¿Sabría ella que lo estaba volviendo loco? A Beau le parecía que sí. ¿Sabía que era una temeraria? Seguramente, no.

Beau se quitó las botas de montar, y después se sentó en un taburete para quitarse las medias. Se le habían enganchado a unos arbustos por el camino, y en aquel momento se dio cuenta de que tenía varios desgarrones. Si seguía así, iba a llegar a Escocia con las medias hechas jirones.

Y con una camisa sucia. Cabeceó al mirar la única camisa limpia que le quedaba, y que en aquel momento estaba húmeda y arrugada en el suelo. Chelsea había colgado su traje a secar junto al fuego, pero no se había preocupado de hacer lo mismo con su camisa. Supuso que estaba un poco irritada con él por empeñarse en bañarse y dormir en aquella habitación, y que no debía esperar ninguna ayuda por su parte.

No la culpaba. Había otra habitación libre en la posada, pero no estaba en aquel mismo piso, y él sabía que aquél no era el tipo de establecimiento en el que podía dormir alejado de ella.

De no haber sido por el aguacero, estarían a las afueras de Gateshead en aquel momento, donde él había pensado que pasaran la noche antes de llegar a la frontera de Escocia. Sin embargo, se habían visto obligados a parar allí, y si aquella posada no era una guarida de bandoleros, contrabandistas y delincuentes en general, a él le sorprendería mucho.

La historia que le había contado al posadero era, en su opinión, muy brillante. Le había dicho que eran los Claridge, y que estaban alojándose en la finca de «su señoría» con un grupo de amistades. Después de todo, tenía que haber algún aristócrata por la zona. Habían salido a dar un paseo a caballo y se habían visto sorprendidos por la lluvia, y habían enviado al mozo al castillo para que informara a su anfitrión de que volverían por la mañana, porque la señora Claridge se negaba a dar un paso más con aquel tiempo tan malo.

En otras palabras, que si sufrían un robo o algún tipo de agresión, «su señoría» haría que los colgaran a todos.

Sin embargo, despertaría a Chelsea una hora antes del amanecer para que se pusieran en camino antes de la salida del sol, solo para estar seguros. Y pensaba dormir con el cuchillo debajo de la almohada y las pistolas en la mesilla, junto a la cama.

Beau miró la bañera. ¿A qué estaba esperando? El agua se estaba enfriando. Era muy mal momento para sufrir un ataque de pudor.

Miró de nuevo a Chelsea, que seguía de espaldas a él, y vio que seguía peinándose, sujetándose los largos mechones de pelo ante el fuego. De repente, Beau notó que le costaba tragar. El silencio que reinaba en la habitación era ensordecedor.

Él era un hombre. Ella era una mujer. Estaban juntos, y a solas. Ella apenas estaba vestida. Él estaba casi desnudo.

Si había alguna receta segura para el desastre, era aquella. Bueno, no exactamente un desastre; en realidad, iban a casarse. Él solo estaría adelantando un poco los votos matrimoniales. ¿Qué tenía eso de malo, después de todo lo que habían pasado ya? «Dios, soy un idiota».

Terminó de quitarse los pantalones y se metió rápidamente en la bañera, como si fuera él la doncella de la habitación.

Y pisó algo: el jabón. Antes de haber terminado de pronunciar un juramento corto y elocuente, estaba boca arriba en la bañera, con la cabeza debajo del agua y las piernas en el aire.

—¡Oliver!

—¡No! –exclamó él, mientras se las arreglaba para incorporarse—. Estoy bien –le aseguró a Chelsea mientras se sacaba el agua de los ojos, frotándoselos. Entonces, vio que ella se había puesto en pie y lo estaba mirando con asombro. Él encogió las rodillas y se las pegó al pecho—. De verdad, estoy bien.

—¿Te has resbalado? Ha sonado como si te hubieras golpeado la cabeza. ¿Estás seguro de que estás bien?

—Ahora que lo mencionas... —dijo él, y se llevó una mano a la parte posterior de la cabeza, donde palpó un pequeño chichón que seguramente iba a aumentar considerablemente—. No te preocupes, estoy bien. Me he resbalado con el jabón, eso es todo. Vuelve... vuelve a hacer lo que estabas haciendo.

—Estaba intentando secarme el pelo –le dijo ella, sin dejar de mirarlo—, hasta que un torpe ha salpicado el agua de la bañera por todas partes, igual que si alguien hubiera tirado una piedra enorme en un estanque. Mira lo que has hecho. Es como si estuviéramos bajo el chaparrón.

—Chelsea, por favor, date la vuelta. No estamos casados. Esto es indecoroso. Incluso aunque estuviéramos casados, lo consideraría indecoroso.

—¿Indecoroso? Vamos, Oliver. Si te importara un comino lo que es decoroso o indecoroso, no estarías aquí. En realidad, no veo… ya sabes, no veo nada. Bueno, tus rodillas. Y el pecho. Y por un momento he visto también tu…

—Por el amor de Dios, mujer.

—¿Es eso lo que te molesta de verdad? –le preguntó ella con los ojos muy brillantes—. ¿Lo poco apropiado que es esto? ¿Y no te parece indecoroso entrar a una habitación mientras yo me baño? Lo has hecho dos veces. Y todo mientras esa agua se enfría más y más. ¿Seguro que no te has hecho nada en la cabeza? No irás a desmayarte, ni nada por el estilo. Podrías ahogarte.

—Sobreviviré.

Ella asintió.

—Bueno, si estás tan seguro… Tienes mucho vello en el pecho, ¿verdad?

—Chelsea, te prometo que si no te callas y te das la vuelta, cuando salga de aquí…

—Oh, de acuerdo –dijo ella, y por fin se dio la vuelta hacia la chimenea—. Pero me parece muy bonito. Es rubio, como el de la cabeza. ¿Te pica? Parece muy suave, pero supongo que tú lo sabrás mejor.

Beau, que se sentía abrumado todavía, pescó el jabón que había causado su desgracia y comenzó a enjabonarse rápidamente.

—Lo estás haciendo a propósito, ¿verdad? No tienes vergüenza.

—Oh, por el amor de Dios, Oliver. Llevamos solos tres días. Tengo que pedirte que paremos cada vez que necesito hacer mis necesidades, y meterme entre los arbustos si no estamos cerca de una posada. Y he vomitado en una cuneta mientras tú me mirabas y murmurabas palabras de consuelo. ¿Cuánta vergüenza de damisela en apuros quieres que conserve?

—Bueno, supongo que tienes algo de razón –reconoció él, mientras estiraba el brazo para tomar la camisa húmeda del suelo, aunque sabía que no iba a servirle de mucho. Salió de la bañera, y momentos después, se puso los pantalones con dificultad por las piernas húmedas, porque normalmente dormía desnudo y no tenía pijama—. Está bien. Ya tengo un aspecto decente, o por lo menos, todo lo decente que puede ser en estos momentos.

Ella se giró nuevamente hacia él, y no pudo contener la sonrisa.

—Algún día recordaremos todo esto y nos reiremos —dijo—. O, por lo menos, yo me reiré. Les hablaré a nuestros nietos del día en que su venerable abuelo luchó contra una pastilla de jabón y perdió. Seré capaz de decir «venerable», estoy segura. Después de todo, tú eres mucho mayor que yo, y yo soy casi una niña a la que recogiste y te llevaste en un gesto lleno de romanticismo hacia…

Aquello fue la gota que colmó el vaso. ¡Ya había soportado todo lo que estaba dispuesto a soportar sin vengarse!

En cuatro zancadas estaba frente a Chelsea, con las manos sobre sus hombros. Capturó su boca abierta en plena risa y apretó sus labios contra los de ella, con una mezcla de frustración y deseo incontrolable de reírse.

Sin embargo, aquella diversión desapareció tan rápidamente como había aparecido, cuando Chelsea deslizó los brazos por su espalda desnuda y se aferró a él.

Beau creía que solo él había estado sintiendo tensión durante aquellos días, pero claramente, se había equivocado. Ella también la había sentido. Ambos habían tomado conciencia del otro, del futuro, y de lo que significaba aquella fuga a Escocia. El matrimonio, y compartir la misma cama. Y el hecho de que Chelsea conociera una parte de la vida sobre la que podía haber oído hablar, o sobre la que podía haber leído, pero que ahora iba a experimentar por sí misma.

Él le tomó la cara entre las manos y siguió besándola, bebiéndose sus suspiros mientras Chelsea se derretía contra él, y la colcha se deslizó hasta el suelo mientras ella le acariciaba la espalda desnuda y hacía que le ardiera la sangre.

—Por fin –susurró mientras él bajaba las manos y le acariciaba los hombros, y le apartaba con facilidad la tela que los cubría, de modo que, súbitamente, ella quedó desnuda hasta la cintura.

Y sin el menor asomo de pudor. Beau tuvo que hacer un esfuerzo para disimular su sonrisa.

Sin embargo, lo consiguió. Habría tenido que maldecirse a sí mismo por idiota de no haber sido así.

Sin dejar de besarla, para que no dijera nada más, porque Beau no quería arriesgarse a que hubiera otra interrupción, tomó sus pechos desnudos y se quedó asombrado de su perfección. No podía verlos, pero sus manos le decían a su cerebro agitado que eran los pechos más bonitos de la historia del mundo.

Y sus pezones, cuando se los acarició con las yemas de los pulgares, se endurecieron al instante, y se convirtieron en dos botones que obviamente, agradecían la atención que él les estaba dedicando.

—Oh... Bien –murmuró Chelsea contra su boca, y se mantuvo muy quieta mientras él la acariciaba sin cesar—. Siempre siento algo extraño en ellos cuando te miro. Supongo que necesitaban esto. Sí, por favor, sigue haciéndolo...

Tal vez debería dejarla hablar. Beau sabía que las palabras podían ser afrodisíacas; lo había leído en algún lugar. Sin embargo, hasta aquel momento no se había dado cuenta de que podía ponerse duro como una piedra con tan solo abrir los oídos.

¿Y por qué estaba pensando en aquellas cosas, de todos modos?

Tomó a Chelsea en brazos y la depositó en la cama con delicadeza, pero rápidamente, antes de que recordara que estaban en una sórdida posada, que todavía no se habían casado y que solo llevaban unos días uno en la compañía del otro. Días gloriosos y extraños.

Beau solo tenía la luz del fuego y Chelsea no dejaba de tirar de él hacia sí cada vez que él intentaba alejarse un poco para desabotonarse los pantalones y quitarle el camisón, y cada vez se sentía más frustrado. No conseguía deshacerle el nudo de la cintura.

Estaba más torpe que un joven imberbe. Tal vez no tuviera tanta destreza como el famoso Casanova, pero demonios, ¡era competente! No había sido torpe desde los quince años.

Finalmente, cuando Chelsea le mordisqueó el lóbulo de la oreja, ¿dónde demonios había aprendido ella eso!, Beau se rindió, se incorporó y miró la última barrera que le impedía ver desnuda a aquella mujer.

—¿Un nudo? ¿Te has atado esto con un nudo? ¿Y qué es eso?

—Un cordón de las cortinas –dijo ella, mientras le acariciaba el pecho desnudo con las yemas de los dedos, y le enviaba pequeños fuegos artificiales a las ingles—. Tomé prestado uno de los camisones de tu tía, y solo podía mantenerlo en su lugar si me lo ataba así. Oh, por el amor de Dios, Oliver, no me mires así. Desátalo.

Él se apartó de ella y se sentó. Ni siquiera podía desatar aquel cordón de seda valiéndose de las dos manos. Aquello podía ser debido a que le temblaba el pulso, pero ya lo pensaría en otro momento. Porque en aquel momento, no iba a decirle a Chelsea que dejara de recorrer el interior de la cintura de su pantalón con un dedo curioso; no era tan idiota.

Además, no podía concentrarse en aquel nudo cuando estaba viendo que a Chelsea se le había subido el camisón por las piernas, y dejaba al descubierto sus muslos.

—De veras, Oliver, cualquiera pensaría que es el nudo gordiano –dijo ella mientras él continuaba intentándolo—. Parece que tú eres la persona virgen que hay en esta habitación.

—No te muevas –le ordenó él mientras se levantaba.

—¿Y adónde voy a ir? –preguntó ella mientras él rebuscaba en su chaqueta—. Oh, por el amor de Dios, Oliver, no irás a cortar el cordón con el cuchillo, ¿no? ¿Cómo voy a sujetarme el camisón después?

—No te preocupes por eso, porque no vas a volver a llevar camisón nunca más, mientras yo siga vivo –le dijo él mientras cortaba limpiamente el cordón de seda. Después dejó caer el cuchillo al suelo.

Chelsea se rio mientras él se tendía sobre ella, pensando que necesitaba excitarla de nuevo después de haberse separado de su cuerpo. No tendría que haberse preocupado, porque ella ya estaba liberándose del camisón, como si se desnudara delante de un hombre todos los días.

—Tú… tú eres virgen –murmuró él, medio preguntándoselo, aunque no pudiera apartar los ojos de sus pechos perfectos, de su estómago plano, de la curva seductora de sus caderas, y más abajo.

—Y parece que estoy destinada a seguir siéndolo –respondió ella, tirando de los botones de sus pantalones—. ¿Qué he dicho, o hecho, estos últimos días, que te haya hecho pensar que soy una mojigata o una tímida? De verdad, Oliver, si vas a ser condenado como seductor de inocentes, y yo voy a quedar deshonrada para toda mi vida, ¿no crees que por lo menos deberíamos disfrutar? Sé que mi cuñada no respeta para nada sus votos matrimoniales, pero mi doncella me ha dicho que eso es porque seguramente Thomas no lo hace bien, y que a ella no se le ocurre nada que le guste más, salvo, tal vez, el mazapán.

Él le apartó de un suave manotazo las manos de los botones.

—Estás dispuesta a hacerlo, ¿no? Has olvidado toda vergüenza, toda modestia, y ¿me estás seduciendo? ¿No estás asustada? ¿No estás nerviosa? Dios Santo, Chelsea, ¿ni siquiera sientes un poco de aprensión?

—Mira, Oliver, yo soy una mujer práctica. Hasta hace pocos días iba a pasarme la vida con un bastardo que lo es por naturaleza, un hombre malo y que siempre tiene la boca húmeda, que tiene unas manos opresoras y seguramente, una mente podrida. Pero por algún motivo, tú me gustas, y tienes una boca maravillosa, y eres bastardo solo por nacimiento, porque te has comportado como un caballero de brillante armadura durante todos estos días. Yo sabía de antemano que iba a perder la virginidad. Lo que me ha puesto nerviosa ha sido esperar, durante todo este tiempo, el momento en el que iba a suceder, porque me daba cuenta de que cuando me mirabas estabas preguntándote lo mismo. Y tenemos que hacerlo, Oliver, antes de que Thomas dé con nosotros.

En aquella ocasión, cuando él le tomó la mano, la sujetó y se tendió a su lado, con la cabeza apoyada en la fina almohada, cara a cara con ella.

—Tenemos que hacerlo —repitió—. ¿No crees que por lo menos deberíamos disfrutar? Es mejor que cualquier cosa, salvo el mazapán. Ah, y casi heroico. De repente, me siento igual de amoroso que esa bañera de ahí.

—¿De veras?

Beau sonrió, y le posó la mano de nuevo sobre los botones del pantalón.

—No, no es verdad. Pero debería serlo. Por suerte para ti, los hombres no somos así. No podemos ignorar a una mujer bella que esté tumbada a nuestro lado, y desnuda. Así que si estás segura…

—Completamente segura –respondió ella, aunque en aquel instante le tembló un poco la voz, y por fin sus nervios afloraron—. He pensado mucho en ello. En Thomas, en la frontera, en todo. Creo que es la única forma.

—Cuando hagamos esto, no habrá vuelta atrás, Chelsea. Incluso ahora podríamos llegar a un acuerdo con tu hermano, y quedar con él para ponerte bajo su custodia en algún lugar. No creo que nadie sepa que hemos huido a Gretna Green. Podrías volver a Londres sin que nadie se enterara, y tal vez ahora él no te obligue a casarte con Flotley. Pero, ¿quieres hacer esto, Chelsea? Si lo hacemos, no podremos volver atrás.

—En primer lugar, Thomas no cambiará de opinión. Tiene a Francis Flotley en un pedestal, y está convencido de que mi alma necesita la salvación. En segundo lugar, yo te habría colocado de nuevo en el punto de mira de mi hermano, y tú ni siquiera habrías conseguido vengarte. Y en tercer lugar, todavía tengo el pelo mojado y estoy empezando a sentir frío. Así que si vas a seguir hablando y a no hacer nada, creo que deberías decírmelo, en vez de intentar librarte de… de hacer esto porque en realidad no te sientes atraído por mí.

Beau puso la mano sobre su estómago, y comenzó a deslizar los dedos hacia sus pechos.

—¿Y de dónde has sacado esa idea, Chelsea?

—Bueno… No lo sé. Supongo que no se me ocurría un tercer punto mejor. Ah… me gusta mucho eso –susurró ella, cuando él le pellizcó suavemente un pezón con el dedo índice y el pulgar—. ¿Debería gustarme? –preguntó, y tragó saliva. Después se quedó sin aliento—. Sí, otra vez. Hace que me sienta como… No sé cómo.

Si Beau tenía alguna preocupación porque su hombría se

hubiera apagado aquella noche, la perdió al notar que Chelsea comenzaba a moverse por el colchón como si no pudiera controlarse, mientras él descendía un poco para poder tomarle el otro pezón con la boca y acariciárselo con la punta de la lengua.

Aquella mujer comenzó a ronronear. Beau se había esperado una virgen renuente, no una virgen que tuviera reticencias ante el hecho de seguir siendo virgen. Si Chelsea hubiera tenido alguna experiencia, él habría sabido lo que debía hacer después, cómo continuar. Pero no la tenía, y él nunca se había acostado con una mujer virgen.

Sin embargo, cuando ella alzó las caderas, la naturaleza se apoderó de la situación y ninguno de los dos pudo ignorar aquella invitación. Beau le pasó la mano por el vientre y se deslizó hacia la unión de sus muslos.

Allí encontró su pequeño cielo privado en el mundo.

Ella mantuvo las piernas cerradas un segundo, lo suficiente para que él tuviera un sentimiento de protección, y entonces dejó que la acariciara. Beau supo que iba a ser suya. Era suya. Podía tomarla, podía enseñarla, mostrarle cómo era, apartar para siempre el fino velo de la adolescencia y mostrarle los placeres de una mujer, los placeres que él iba a darle. Él, y solo él.

Chelsea se movió contra su mano con ansiedad, subiendo las caderas, mientras se le aceleraba la respiración y cerraba los párpados con fuerza, como si estuviera concentrándose en aprender cada placer nuevo, sintiendo todo lo que pudiera sentir. Y deseando más. Alzó las piernas y hundió los talones en el colchón, con los muslos abiertos y llenos de deseo.

Por él.

Estaba lista. Si se excitaba más, llegaría sola al éxtasis, y si tenía que llegar hasta allí, si tenía que caer al abismo, no iba a hacerlo sola.

Beau sabía que tenía que hacerlo ya. El placer de Chelsea

sería su placer. Por mucho que quisiera recrearse, aprenderlo todo sobre ella, presenciar el modo en que la pasión se apoderaba de ella, algo le decía que tenía que tomarla en aquel momento, cuando la novedad de lo que estaba sintiendo lo eclipsaba todo.

Consiguió quitarse los pantalones y se irguió sobre ella, y sin pararse a pensar en las dudas que lo asaltaban, se hundió en su cuerpo, de una sola vez, y sintió que se le cortaba la respiración al encontrar y vencer la resistencia que le ofreció su cuerpo.

No se disculpó por el dolor, sino que atrapó su pequeño gemido con la boca mientras se mantenía sobre ella con los brazos estirados sobre el colchón, y ella intentaba atraerlo hacia sí con todas sus fuerzas.

Al final, él penetró por completo y unió sus cuerpos; aquel pequeño botón duro de deseo sentiría todos sus roces. Y entonces comenzó a moverse en lo más profundo de su cuerpo. Al principio lo hizo lentamente, intentando mantener el peso de su cuerpo separado de ella, intentando contenerse… sin éxito.

Las antiquísimas maderas de la cama crujieron con el movimiento, mientras Beau acometía una y otra vez, cada vez más deprisa y con más fuerza. Hasta que sintió que Chelsea se derretía bajo él, y después se ponía tensa y quedaba inmóvil, como si estuviera esperando al borde de un precipicio porque sabía que iba a conseguir algo que por fin estaba a su alcance.

Y entonces ocurrió. Chelsea gritó maravillada, y su cuerpo comenzó a contraerse alrededor del de él, hasta que Beau llegó también al clímax y abandonó cualquier intención de controlar su propio ser.

Ya estaba hecho. Había desflorado a una muchacha virgen.

—No quiero hacerlo nunca más –se dijo mientras intentaba recuperar el aliento y la cordura.

Ella se quedó en silencio durante un instante, y por fin, le preguntó en voz baja:

—¿Cómo dices?

Él se dio cuenta de su error inmediatamente.

—No, no –dijo, mientras se tumbaba sobre el colchón y la acurrucaba a su lado—. No me refería a eso. Lo que quería decir es que no quiero volver a ser el primero para ninguna mujer... es decir, que no quiero ser el que le quite a alguien la... Oh, Dios. Recuerdo que antes era medianamente inteligente, y a veces conseguía articular mi pensamiento. ¿Te he hecho daño? Eso es lo que quería decirte.

Ella posó la palma de la mano sobre su pecho, y extendió los dedos entre el vello.

—Bueno, sí, creo que sí. Pero no mucho. En realidad no me acuerdo. Ahora tienes que casarte conmigo, Oliver. Te he seducido por completo.

Él la miró desde arriba, y sintió que su cabellera de rizos rubios lo ataba a ella con más fuerza que una gruesa soga. ¿Iba a echarse a llorar? Aquello no sería completamente inesperado en esas circunstancias. Pocos minutos antes, solo había mostrado valentía, incluso ansia. Los dos habían estado ansiosos.

Sin embargo, una vez que había terminado todo, y que habían hecho lo que tenían que hacer, él se sentía atrapado entre el placer y la conciencia, y ella... Bueno, Beau no sabía lo que estaba pensando ella. Seguramente, deseaba que él se alejara un rato y le concediera tiempo para pensar en lo que había sucedido. Después de todo, Chelsea acababa de dar un paso muy grande, y no podía retroceder. Y eso podía suscitar la pregunta de adónde iba a ir a partir de aquel momento.

Beau intentó recuperar su forma de relacionarse antes de aquella nueva intimidad, que quizá hubiera creado alguna distancia entre ellos.

—Sí, lo has hecho, ¿verdad? Esto es algo para contarles a

nuestros nietos. Yo les diré que su dulce abuelita de pelo gris, que está ahí, tejiendo con los pies apoyados en un taburete, una vez fue una descarada que me persiguió hasta que me atrapó, me metió en la cama y se salió con la suya. ¡Ay! –gimió cuando ella le tiró del vello del pecho.

—Nos llevamos bien, ¿verdad? –le preguntó con cierto nerviosismo. Vaya, después de todo aquello, ¿se había puesto nerviosa?—. Mis padres se detestaban, lo cual es de esperar en los matrimonios arreglados. Pero no parece que nosotros tengamos demasiados problemas.

—Y eso me lo dice la mujer que me ha hecho salir corriendo a Gretna Green, perseguido por su hermano, que está pensando en cómo va a matarme –respondió él mientras le apartaba la mano de su pecho—. Ahora, vamos, tienes que acostarte y dormir, mientras yo me preparo para el resto de la noche.

—¿Y qué es lo que vas a hacer durante el resto de la noche?

—Vaya, eso es evidente. Voy a hacer guardia mientras estemos en esta guarida de ladrones, como haría cualquier caballero de reluciente armadura. O, en mi caso, de camisa mojada. Quiero que nos marchemos de aquí dentro de pocas horas, así que no merece la pena que intente dormir. ¿Quieres... Demonios, no sé cómo decir esto. ¿Quieres lavarte otra vez?

Ella asintió, evitando sus ojos.

—¿Te importaría no mirar?

—No, claro que no –dijo él, preguntándose si estaba dolorida, si sangraba. Seguramente, sí—. No me importa en absoluto.

Beau comenzó a vestirse, y se calzó las botas, y cuando por fin se giró de nuevo, Chelsea estaba metida en la cama, tapada incluso con la colcha. Estaba tumbada de costado, de espaldas a él.

Él tomó una silla y la colocó delante de la puerta, aunque sabía que estaba empezando aquella guardia un poco tarde. Se puso una de las pistolas en el regazo, y la otra la colocó en el suelo, a su lado; el cuchillo lo puso en la caña de su bota derecha.

Un tronco se rompió con un chasquido dentro del fuego, y aquel fue el único ruido que se oyó en la habitación durante un buen rato.

Beau se dio cuenta de que era el primer silencio embarazoso que había entre Chelsea y él.

Y no creía que fuera el último.

CAPÍTULO 11

—Nos hemos perdido, ¿verdad?

Chelsea estaba sentada, con una postura remilgada, sobre un tronco caído, observando a Beau mientras él consultaba su mapa por cuarta vez, miraba los alrededores con el ceño fruncido y se paseaba por el campo donde habían dejado descansar a los caballos, y por último, volvía a consultar el mapa.

Si hubiera levantado su aristocrática nariz para olfatear el aire como un perro de caza, a Chelsea no le hubiera sorprendido.

Habían salido de la posada antes del amanecer, y se habían puesto en camino por la Gran Carretera del Norte hacia Gateshead, que según le había dicho él, estaba a unos setenta kilómetros de la frontera con Escocia.

Lo cual, le había dicho ella, sonaba como si estuviera tan lejos como la luna.

Y eso, seguramente, había sido una respuesta desagradable, porque él se había quedado un poco pálido y le había preguntado si estaba incómoda en la silla, y cuando ella había empezado a preguntarle a él que por qué le preguntaba eso, había entendido el motivo, había alzado la barbilla y le había dicho con frialdad que estaba completamente recuperada, gracias. Después no habían vuelto a hablar hasta aquel momento.

Chelsea había aprendido algo más sobre el hombre con el que iba a casarse: que se preocupaba por todo. Eso, normalmente, iba de la mano con el hecho de tener conciencia. Era un hombre que se preocupaba por las cosas, que se paraba a sopesar las consecuencias, algunas veces después de haber hecho algo, cierto, pero era agradable saber que él no se había limitado a tomar lo que ella le había ofrecido. Lo que le había arrojado a la cabeza, en realidad. Tal vez fuera ella la que debía desarrollar más su conciencia. Él estaba haciendo que se sintiera superficial aquella mañana, porque no parecía que su conciencia le molestara en absoluto, salvo para preguntarle de vez en cuando por qué no le molestaba.

Chelsea supuso que la noche anterior debía haberle hecho algún cumplido, o haberle dado las gracias. No tenía nada con qué comparar lo que había ocurrido, pero estaba bastante segura de que las cosas habían ido bien. Parecía que él se había quedado... satisfecho.

Por su parte, se había sentido impresionada, sorprendida, confusa, ansiosa, titubeante, anhelante, y tantas cosas más a la vez, que no sabía bien lo que había sentido. Solo sabía que quería probarlo otra vez para poder poner orden en sus sentimientos. Por el momento tenía la impresión de que había sido un buen comienzo.

También había sido difícil. Después. De repente, había tenido un ataque de pudor, lo cual era absurdo, teniendo en cuenta lo que acababan de hacer. Y había sentido también una necesidad increíble de acurrucarse junto a él, de pasar la noche durmiendo en sus brazos. Y estaba segura de que las cosas no se hacían así. Sus padres siempre dormían separados, y también Thomas y su esposa, y Madelyn decía que viviría en un domicilio aparte de su marido si aquello fuera posible.

Solo los que pertenecían al pueblo llano dormían en el mismo cuarto, y eso era porque no tenían más espacio en sus casas diminutas. Madelyn decía que aquel era el primer motivo por el que debían compadecer a los pobres.

Madelyn era una idiota. Si Beau tenía algún defecto, era el hecho de haber creído que estaba enamorado de ella siete años antes. Algunas veces, Chelsea tenía la tentación de decirle que él sería mucho más feliz con ella... si Thomas no conseguía pegarle un tiro, o algo así.

Sin embargo, ahora estaban perdidos, de eso estaba segura. Y la mujer que no pudiera señalarle algo tan evidente a un hombre que estaba intentando negarlo no había nacido todavía.

Por fin, Beau dejó de pasearse y se sentó junto a ella en el tronco.

—¿Sabes? Mi madre me dijo una vez que nunca estás perdido si eres feliz en el lugar en el que estás.

A Chelsea le dio un saltito el corazón.

—¡Qué pensamiento tan bonito! La cuestión, Oliver, es si eres feliz donde estás.

Él se giró a mirarla, probablemente por primera vez en toda la mañana.

—Veamos, podría estar cargado de cadenas en algún calabozo en algún lugar. Allí no sería feliz. O en las galeras de algún barco, remando todo el día, y allí tampoco sería feliz.

Era tan adorable cuando evadía sus preguntas.

—Podrías estar sentado en la butaca de un sacamuelas, en una caseta junto a Covent Garden –dijo Chelsea, con un estremecimiento—. Yo tampoco sería feliz allí. O podrías estar sentado en el banco de una iglesia durante dos horas, escuchando uno de los sermones de Francis Flotley, cosa que tampoco puede dar la felicidad. Pero la pregunta sigue siendo la misma, Beau: ¿Eres feliz en el lugar donde estás ahora mismo?

Él le tomó la mano enguantada y le besó la piel, entre el guante y el borde de la manga.

—Estoy feliz con la compañía que tengo –le dijo con una pequeña sonrisa, y agitó suavemente la cabeza—. No puedo creer que nos hayamos perdido. Deberíamos habernos encontrado ya con la Gran Carretera del Norte, estoy seguro. Sin embargo, tengo la horrible sospecha de que hemos estado viajando en círculo, y que pronto volveremos al lugar del que partimos.

Chelsea se frotó suavemente la piel que él le acababa de besar, pero para infiltrar aquel contacto en la carne, no para borrarlo. Con aquel ligero gesto, Beau había conseguido provocarle un cosquilleo por todo el cuerpo.

—Se me dan muy bien los mapas –le dijo, sabiendo que tenía que controlar su pensamiento antes de quedar como una boba—. Déjame ver el tuyo.

Él se lo sacó del bolsillo y se lo entregó de mala gana.

—Tendré que explicártelo –le dijo mientras ella lo desplegaba.

Al ver la masa de líneas y de garabatos que podía haber escrito una gallina con un carboncillo atado a una pata, Chelsea arqueó las cejas.

—No, no, creo que lo entiendo –dijo, con la esperanza de no estar sujetándolo al revés—. Mira, esto es Londres. Y esto es Blackthorn, ¿no? –preguntó, posando el dedo sobre una de las líneas que llevaban al norte—. Ah, sí, esta es la Gran Carretera del Norte. Y aquí están todos los otros pueblos y ciudades por las que hemos pasado, pero que no he visto. Highgate, Hatfield, Steven... Dios Santo, Oliver, tienes una letra atroz; bueno, sigamos. Stevenage, Litchworth, Peterborough.

Dejó de hablar en voz alta y siguió moviendo los labios mientras avanzaba por aquella línea que representaba la Gran Carretera del Norte, y supuso que otras carreteras secundarias.

—Ah, aquí está Brunswick -upon-Tweed –le dijo ella.

—Berwick.

—¿Cómo dices?

—Que es Berwick-upon-Tweed. Has dicho Brunswick.

Ella miró el papel con los ojos entornados, y después se encogió de hombros.

—De todos modos era una suposición. Estaba intentando recordar los nombres de las poblaciones tal y como tú me las has dicho alguna vez. No puedo distinguir lo que has escrito aquí.

—Os pido disculpas, *madame*. Tenía un poco de prisa cuando lo dibujé. Un hermano iracundo podía aparecer en cualquier momento en mi puerta y pegarme un tiro, y una dama cuya existencia apenas recordaba estaba exigiéndome con impaciencia que me fugara con ella. Mi principal preocupación no era escribir bien.

Chelsea asintió.

—Y estabas borracho –añadió porque parecía que él había olvidado aquel detalle—. Teniendo en cuenta todo eso, creo que te las arreglaste muy bien. Y ahora, señálame dónde crees que estamos.

Él pasó una mano por encima de su hombro, y juntos contemplaron el rudimentario mapa.

—Aquí –dijo por fin Beau—. Por lo menos eso creo. Quiero llegar a una posada que hay a las afueras de Gateshead. No iremos más al norte, porque Gretna Green está al oeste, ¿ves? –le explicó, siguiendo con el dedo otra línea temblorosa—. Es costumbre que muchas de las parejas a la fuga descansen en Gateshead, según me han dicho, y después vayan hacia el oeste y entren a toda prisa en Escocia.

—Pero, si todo el mundo lo sabe, entonces vendrán a Gateshead a atrapar a los novios clandestinos mientras ellos están disfrutando como estúpidos de una cena romántica en alguna de las fondas.

Beau se echó a reír.

—No lo había pensado, pero sí pensé en otra cosa si tu hermano no ha llegado hasta aquí todavía. Ser un hijo bastardo no siempre es divertido, pero a veces tiene sus ventajas. Dime si tu hermana puede causarnos muchos problemas.

—Más o menos, como los problemas que tuvo Aníbal para pasar a todos esos elefantes por los Pirineos.

—Eso es mucho.

—Sí, mucho. Pero si comparamos la carga que ha tenido Thomas con Madelyn durante estos últimos días con la empresa de Aníbal, yo diría que Aníbal disfrutó de un viaje de placer por unas colinas suaves y cubiertas de hierba.

Beau se echó a reír.

—Eso suena muy bien.

—Sí. Aunque salieran de viaje un día antes que nosotros, estoy segura de que ahora vamos por delante de mis hermanos, o al menos hasta que te has perdido. ¿Qué tienes pensado hacer cuando estemos en Gateshead? ¿Quemar todas las fondas y las posadas?

—No, nada tan drástico como eso –respondió él, y le tendió la mano para que ella le devolviera el mapa. Chelsea lo plegó y se lo dio, y después se puso en pie—. Vamos. Nos olvidaremos del mapa por el momento. Al menos, ahora sé que vamos hacia el norte.

—¿De veras? ¿Y cómo lo has deducido? No puedes haberlo leído en las estrellas, porque es de día.

Caminaron hacia el lugar donde habían dejado atados los caballos.

—No sé por qué lo sé –le dijo mientras se guardaba el mapa en el bolsillo—. Solo sé que el norte es por ahí. Lo siento.

Ella miró hacia el lugar que él estaba señalando. ¿Qué estaba sintiendo él que ella no podía sentir?

—¿De verdad? ¿Y cómo sabes que no es el oeste? El cielo

está cubierto, y no vemos el sol. Así que podría ser el oeste, ¿no? O el noroeste. O el sureste. ¿Cómo puedes, con solo olisquear el aire, estar tan seguro de que estás señalando al norte?

—Lo haces a propósito, ¿verdad?

—Seguramente. No tengo ni idea de en qué dirección está el norte. Pero te diré que me exaspera el hecho de que parezca que los hombres siempre saben dónde está el norte, y siempre están muy orgullosos de ese éxito. Y sin embargo, lo más probable es que os las arregléis para que las pobres mujeres nos perdamos.

—¿Te refieres a todos los hombres, o a tu padre y a tu hermano?

—A mi padre, a mi hermano y a ti —lo corrigió ella, en un tono de dulzura. No le importaba de lo que estuvieran hablando, porque estaban hablando de nuevo, bromeando, tomándose el pelo e incluso discutiendo otra vez. Ella prefería eso mucho antes que el tenso silencio y se sentía muy feliz—. Ah, y a cierto admirador que me prometió llevarme de paseo a Richmond Park en su calesa nueva, pero que no podía encontrar el camino de salida de Mayfair. Por un momento, pensé que ni siquiera iba a volver a ver Portland Place.

Beau sonrió y la agarró.

—Ven aquí —dijo mientras le ponía las manos en la cintura—. Con algunas mujeres, un hombre podría pensar que solo hablan para oír el sonido de su voz. Pero contigo, pienso que lo haces para oírme a mí. ¿Tengo razón?

Ella bajó la mirada.

—Has estado como la Esfinge durante las dos últimas horas —respondió en voz baja—. Al principio pensaba que estabas enfadado conmigo, pero después me di cuenta de que estás enfadado contigo mismo —le dijo, y lo miró a los ojos—. Y no deberías estar enfadado, porque yo estoy bien, Oliver. De verdad, estoy bien.

Él comenzó a acariciarle suavemente la espalda.

—No te quejas ni siquiera después de haber pasado horas sobre la montura. No te quejas de la comida, ni de las camas húmedas, ni del tiempo. Sigues sonriendo y disfrutando de todo, y sacando el mejor partido de cada momento, de una manera que me hace dudar de tu cordura, y envidiar la forma en que ves el mundo. Sin embargo, algunas veces creo que me dirías que estás bien aunque tuvieras seis flechas clavadas en la espalda.

Ella negó con la cabeza.

—Ah, no. Si tuviera seis flechas clavadas en la espalda me quejaría con ímpetu —respondió, y después sonrió—. Pero no durante demasiado tiempo.

Todavía estaba sonriendo cuando él la besó, y fue la cosa más natural del mundo el hecho de rodearle el cuello con los brazos y devolverle aquel beso.

Estar entre sus brazos fue como volver a casa después de haber pasado mucho tiempo fuera. ¿Habían pasado solo unas horas desde que se habían tendido en la cama y habían hecho el amor? Le parecía una eternidad.

Él pasó las manos por su cuerpo como en un viaje de descubrimiento, y ella sintió que revivía, que su cuerpo sentía el mismo embeleso que él le había mostrado. Ahora, Chelsea lo conocía, sabía lo que era el deseo.Y cuando presionó su cuerpo contra el de Beau, supo con claridad que él también la deseaba.

—¡Holaaa! ¡Por favor, los de la colina1 Siento muchísimo interrumpir, pero… ¡Holaaaa!

Chelsea observó a Beau mientras él giraba la cabeza y asesinaba con la mirada a quien estaba hablando.

—¡Por favor! Siento molestar, pero ¿podríais ayudar a un viajero en dificultades?

—Podría pegarle un tiro —sugirió Beau en voz baja, mientras miraban al joven alto y delgado, y bien vestido, que intentaba subir por la ladera de la colina con unos zapatos que solo eran adecuados para pasearse por un salón de baile—. ¿Qué demonios está haciendo aquí, así vestido?

Chelsea se había dado la vuelta para abotonarse la chaqueta del traje de montar, porque parecía que Beau era un experto desabrochando botones mientras ella ni siquiera se daba cuenta. Pasó medio segundo preguntándose dónde habría conseguido tanta práctica, pero se quitó aquella idea de la cabeza. Después de todo, él tenía siete años más que ella, y era normal que se hubiera acostado con otras mujeres. Seguramente, con cientos de mujeres. Aunque no volvería a hacerlo, o tendría seis flechas clavadas en la espalda. Por Dios. Parecía que era celosa. No lo había sabido, hasta aquel momento.

Sin embargo, tendría que analizar aquella novedad más tarde, porque el muchacho se les acercaba rápidamente por el prado. Todo lo rápidamente que podía. Llevaba unos pantalones de satén que le llegaban a la rodilla, medias de encaje, unos zapatos horrendos y más encaje bajo el cuello y en los puños de la camisa. Era muy joven, e intentaba, sin éxito, aparentar que era sofisticado.

En la carretera, a los pies de la suave colina, había un coche, y en el asiento, una joven colgando precariamente del asiento, porque una de las ruedas del vehículo se había hundido en el barro, debido a la combinación de las lluvias del día anterior y de una conducción muy torpe. Eso pensó Chelsea.

—Ahí abajo hay una mujer —le dijo a Beau, señalando el faetón—. Y parece muy joven. ¡Oliver! ¿Crees que son una pareja que se ha dado a la fuga para casarse? Oh, deben de serlo. Como nosotros. ¿Sabes lo que significa eso?

—Sí. Significa que si esa rueda está tan atascada como creo que está, me voy a enfadar mucho.

—No, tonto. Sí, bueno, seguramente vas a enfadarte, porque creo que tenemos la obligación de ayudarles. Pero lo que significa es que, después de todo, debemos de estar en la carretera correcta.

—A no ser que este pequeño dandi esté tan perdido como nosotros. Vamos, bajemos la colina para que no tenga que seguir subiendo. Si no, se le va a romper uno de esos malditos tacones, y tendré que llevarlo en brazos.

Chelsea contuvo la sonrisa y entonces sintió que él la levantaba y casi la arrojaba sobre la silla, antes de montar su propio caballo. Lentamente, bajaron hacia el joven, que se había detenido y estaba intentando alisar algunos enganchones que se había hecho en las medias.

—¿Quién demonios eres, y qué estás haciendo con esa joven? —le preguntó Beau sin preámbulos.

—Amable señor —dijo el joven, quitándose el sombrero, y haciéndoles una elegante reverencia a Chelsea y a él—. Querida señora. Por favor, permitidme que me presente y dé una explicación.

—Adelante —dijo Beau—. He salido de Londres temprano esta temporada, y todavía no he podido ir al teatro.

El joven, que no parecía que hubiera alcanzado la mayoría de edad, se ruborizó, y eso conmovió a Chelsea, que pensó que seguramente todavía no se afeitaba.

—Señor —dijo, irguiéndose, como si estuviera en presencia de su maestro—. Soy Jona… es decir, John… Smith. De Leicestershire. Esta bella dama está bajo mi protección.

—Tu protección. Eso debería ser suficiente para que la dama esté aterrorizada —dijo Beau, mirando hacia el faetón—. Y ella se llama… No, espera. Te ahorraré la molestia. Se llama Mary. ¿Mary Brown?

—Os burláis de mí, señor —dijo el señor Smith en tono de acusación, ruborizándose todavía más—. Pensad lo que queráis de mí, pero la dama es sagrada. No la ofendáis, o exigiré una satisfacción por vuestra parte.

—Dios Santo, hijo, yo nunca haría algo semejante. La compadecería, y desearía zarandearla para que tuviera un poco de sentido común, pero nunca la ofendería, porque seguramente piensa que está enamorada de ti, cachorro arrogante. ¿Has venido conduciendo desde Londres con esa ropa?

—¿Desde Londres? ¡No! Nos escapamos de un baile que se celebraba en mi... es decir, en una residencia que está a varios kilómetros de distancia de este lugar. No voy a ocultar cuál es nuestro propósito; estamos enamorados, como vos mismo habéis dicho, y vamos hacia Gretna Green para huir de nuestros padres, que desaprueban nuestro amor. ¡Vos no vais a detenernos!

—¿Deteneros? ¿Y por qué iba a hacer yo algo así? Chelsea, ¿por qué no vas a ver a la señorita Brown, mientras el señor Smith y yo seguimos conociéndonos. Con suerte, tal vez ella tenga dudas.

Chelsea acercó su yegua al caballo de Beau.

—No le regañes —le susurró—. Están enamorados.

—No saben lo que es el amor —replicó Beau.

—No, pero yo tampoco. ¿Y tú?

Él giró la cabeza para fulminarla con la mirada, y seguramente para decir algo cortante, pero se detuvo, agitó la cabeza suavemente y sonrió.

—Puedes hacer que un hombre se dé a la bebida.

—Me parece que no. Gracias, Oliver —dijo ella, que se sentía contenta de nuevo, y se dirigió hacia el faetón.

El conde de Brean se paseaba por el sucio patio de la pensión mientras los caballos se movían con inquietud, con ansia por ponerse en camino. El conde masculló algo entre dientes, y miró hacia la calle, con la esperanza de ver a su hermana acercándose.

Deseaba ver a Madelyn en aquel momento, pero cuando todo aquello hubiera pasado, esperaba no volver a verla en toda su vida. Francis tenía razón. Las mujeres, todas las mujeres, solo servían para inducir al pecado a los hombres.

Era como si estuvieran viajando por Escocia con un ancla detrás del carruaje. Ella se levantaba tarde, desayunaba tranquilamente en su habitación, encontraba excusas para parar en todos los pueblos del camino, y casi había tenido un ataque de histeria cuando él se había atrevido a sugerir que continuaran de viaje después del atardecer, porque temía que los bandoleros los atacaran.

Y compraba. Allá donde hicieran un alto en el camino, Madelyn compraba. El maletero del coche estaba atestado de telas, lazos, encaje y parasoles. Un queso completo, cubiertos, platos, una cesta de fruta. Jabones, velas, sábanas, y dos cofres enormes para guardar sus compras. Un caballito de madera para regalárselo a su hijo por su cumpleaños, que iba atado al techo del carruaje. A Thomas le había sorprendido aquello, porque no sabía que ella recordara tan siquiera el nombre del niño,

Aquella mujer sería capaz de comprar barro si algún comerciante avispado lo pusiera en un frasco y se lo ofreciera.

De hecho, lo único que no había comprado Madelyn eran libros. Cuando el reverendo le había ofrecido en préstamo uno de sus libros de sermones, ella le había informado de que consideraba que leer era una pérdida de tiempo, y que leer algo que pudiera escribir el reverendo era una pérdida de tiempo criminal.

Thomas sabía lo que estaba haciendo su hermana. Ella se había inventado todos aquellos infiernos con los que le había amenazado, y los había llevado a cabo con un genio perverso que él admiraría de no ser el objeto de su astucia.

Madelyn se había propuesto volverlo loco porque él se había empeñado en que los acompañara hasta Escocia, y a cada día que pasaba, Thomas sabía que estaba más cerca del desenlace.

Ella había tenido la frescura, incluso, de explicarle que no importaba si llegaban a Gretna Green a tiempo para impedir el matrimonio, o si encontraban a Chelsea y a Blackthorn después de que se hubieran casado. Blackthorn era hombre muerto de cualquiera de las dos formas, y una rápida boda con el reverendo Flotley explicaría fácilmente cualquier mocoso que su hermana pudiera tener nueve meses después.

Madelyn debería haber nacido hombre. Seguramente habría dirigido reinos. O los habría llevado a la revuelta.

En cualquier caso, Thomas había empezado a incluir al marido de su hermana en sus plegarias nocturnas. La noche anterior había pedido que su esposo reuniera el valor necesario para meterla en vereda.

—Aquí llega, Thomas —dijo Flotley, desde el interior del coche—. Y trae cajas. Tal vez te haya comprado un regalo. Debe de haberse acordado de que hoy es tu cumpleaños.

—Si se ha acordado, habrá comprado el regalo con mi dinero.

—¿Y si dejas de dárselo? —le sugirió Flotley.

—Ya es lo suficientemente endemoniada así, Francis, y eso solo serviría para que encontrara más modos de atormentarme. Reza para que lleguemos a Leeds antes de que se ponga el sol. Deberíamos estar en Gateshead ya, según me ha dicho el cochero. A este paso no te casarás con una virgen, Francis. Lo siento.

El reverendo no contestó. Thomas miró hacia la ventana del carruaje.

—¿Francis?

—Ella purgará su pecado —dijo el reverendo con los ojos brillantes.

—Sí —dijo el conde, apartando la vista de aquel brillo súbito e inquietante—. Sí, por supuesto. Creo… creo que he olvidado algo dentro. Por favor, encárgate de que guarden bien los paquetes de mi hermana, y de que su doncella y ella se instalen en el carruaje. Yo no tardaré ni un minuto.

Thomas estaba viendo facetas nuevas y perturbadoras de su mentor espiritual. Tal vez debería culpar de ello a Madelyn. Ella no le hacía caso al reverendo, ni a sus enseñanzas, y a cada minuto que pasaba dejaba bien claro su desprecio por él. Cuanto más se alejaba de lo que había creído que era su lecho de muerte, más sentido cobraban algunas cosas de las que ella le había dicho, y también algunas cosas que le había dicho Chelsea. Aquellos dos últimos años habían sido los más largos de su vida, y no había disfrutado demasiado. Pensar en lo que le iba a hacer a Beau Blackthorn no le parecía pecado. Hacía que se sintiera bien. Se sentía vivo de nuevo.

Entró en la taberna de la posada.

Después de todo, si Dios no quisiera que el hombre bebiese cerveza, no habría creado el lúpulo y la cebada...

CAPÍTULO 12

Se llamaba Jonathan Harwell, y era el único hijo y heredero del barón Robert Harwell, un noble que había enterrado a dos mujeres antes de tener suerte con la tercera, a la que doblaba en edad, y poder engendrar un hijo. Después de darle un heredero, lady Harwell se fugó, tres años más tarde, con el jefe de cuadras, y con la mayor parte de las joyas y la plata de la familia, y según los rumores, vivía cómodamente en alguna isla de Sudamérica.

«Mary» era Emily Leticia Somerset, la hija menor, y sin dote, de un pequeño noble rural, un bufón de buen apetito que se presentaba a cenar con las botas de montar, que dormía con sus perros de caza favoritos y estaba muy por debajo de lo que esperaría un barón como padre de la esposa de su hijo.

Todo esto, y más, lo escuchó Beau, de mala gana, en el transcurso de las dos horas siguientes.

Jonathan tenía diecinueve años, pero acababa de cumplirlos, porque la fiesta de la que se habían escapado los chicos era la celebración de su cumpleaños, y el faetón era uno de los regalos que le había hecho su padre. Eso explicaba que lo hubiera metido directamente a una zanja, puesto que nunca había llevado las riendas de algo que no fuera el viejo coche del barón. Emily decía que tenía la misma edad que él, pero Beau creía que no tenía más de diecisiete años.

El otro regalo que le había hecho el barón a su hijo era un viaje de un año por el Continente,. El plan era que el chico se marchara de Inglaterra una semana después. Jonathan y Emily no se habían tomado bien la noticia, e inmediatamente habían huido. Llevaban fuera de casa desde las doce de la noche anterior, y solo tenían la ropa que llevaban puesta y seis libras con cuatro peniques entre los dos.

Pero estaban enamorados, y decididos a casarse. Aunque el barón y el señor estaban en aquel momento, sin duda, armados hasta los dientes, muy enfadados, y cabalgando a toda velocidad para impedir la boda.

Oliver Le Beau Blackthorn estaba sentado a solas en el rincón más oscuro de la taberna de la pequeña posada en la que se había visto obligado a parar, porque Chelsea le había prometido que, de lo contrario, no dejaría de decirle que tenía que hacerlo hasta que le dolieran los oídos. Miraba la jarra de cerveza que se estaba tomando, y casi podía jurar que oía a los perros del padre de Emily, que ladraban al percibir el olor de su hija.

Si Puck estuviera allí, se reiría tanto de la situación en la que se encontraba su hermano que estaba seguro de que tendría que hacerle tragar el pañuelo del cuello.

—Sabía que estarías aquí. Los chicos están bien –le dijo Chelsea mientras se sentaba frente a él con cara de satisfacción—. Emily se ha dado un baño y ha llorado un buen rato, y ahora se ha quedado dormida. Jonathan está haciendo guardia.

—Ah, muy bien. Ahora puedo relajarme. El muchacho está haciendo guardia. En mi opinión, si Wellington hubiera tenido otros veinte como él, ahora todos estaríamos hablando francés –refunfuñó Beau—. He estado aquí sentado unas dos horas, repasando mi vida, contemplando mis acciones pasadas, y preguntándome qué he hecho para que el destino me haya creído merecedor de todo esto.

—Voy a pasar eso por alto, sobre todo porque tengo una respuesta para ti que no te gustaría oír, seguro –replicó Chelsea—. He pagado a uno de los mozos para que te cepille el barro de la ropa en cuanto se seque, y me ha prometido que sabe limpiar botas a la perfección, y que se encargará de las tuyas esta misma noche, así que no tienes que preocuparte por eso.

—Ya había tirado mentalmente mi ropa y mis botas a la basura, pero gracias por la molestia. Y te estaré todavía más agradecido si olvidaras que esa maldita rueda se desatascó repentinamente del barro, y me hizo caer al charco. Lo cual significa que Jonathan, que estaba sentado en el pescante, sigue vestido ridícula pero impecablemente, mientras yo estoy aquí sentado con unos pantalones que pican de manera insoportable y una camisa que ni siquiera un vendedor ambulante pondría a la venta en las callejuelas de Piccadilly. ¿Dónde has dicho que has encontrado esta ropa?

Chelsea bajó la cabeza y respondió en voz muy baja.

—¿Disculpa? No te he entendido.

—He dicho que me la ha prestado la mujer del posadero. A cambio de diez peniques. Quiere que se la devolvamos.

—Oh, no. ¿De veras? Yo esperaba poder quedármela –dijo él; se recostó contra el respaldo del asiento y estiró las piernas por debajo de la mesa—. Dios. Y pensar que hace pocos días era el hombre más feliz del mundo, joven, rico y sin cargas. Ahora tengo a un hermano furioso persiguiéndome, a un par de padres iracundos pisándome los talones, una futura esposa y dos mocosos de guardería.

Chelsea se echó a reír con deleite.

—Ya no son niños, Oliver. Van a casarse. Y se te han olvidado Madelyn y Francis Flotley.

—Y los dichosos perros —dijo él. Entonces se irguió de

nuevo y le tomó la mano a Chelsea—. Lo siento. Debería estar tomándome con buen humor esta aventura, como haces tú. Puck tiene razón, me estoy volviendo viejo y aburrido.

—No —dijo Chelsea—. Lo que ocurre es que eres responsable. Seguramente eso es porque eres el hermano mayor. Thomas siempre me está recordando que él es el hermano mayor y que, por lo tanto, es responsable de mí. Y no podemos abandonarlos a sus propios recursos, Oliver, ¿no crees?

Beau se dio cuenta de que si respondía con sinceridad, Chelsea lo miraría como si acabara de anunciar que le encantaba arrancarles las alas a las mariposas.

—No, no, por supuesto que no. Para empezar, no creo que tengan ningún recurso. Tenemos… tenemos un deber cristiano, o algo así. No podemos dejarlos abandonados a sus propios e inexistentes recursos. Tal vez se les metiera en la cabeza salir a ponerse bajo la lluvia con la boca abierta, y se ahogaran.

—No son ovejas, Oliver —dijo Chelsea con severidad. Después se inclinó hacia delante con una expresión beatífica—. He pensado un plan.

Beau, que estaba dándole un sorbo a la jarra de cerveza, se atragantó y estuvo tosiendo un minuto, y durante ese tiempo, Chelsea no dejó de mirarlo con los ojos entornados.

—A veces no eres nada gracioso, Oliver.

Él se secó los ojos con el pañuelo y se lo metió al bolsillo.

—Me estaba ahogando. Muchas prometidas se habrían apresurado a darle unos golpes a su prometido en la espalda para ayudarlo, ¿sabes?

—Lo he pensado —dijo ella—, pero no tenía ningún arma a mano. ¿Quieres oír mi plan, o no?

—¿Estoy yo incluido en ese plan?

—Sí.

—Entonces, escucharé con suma atención. Continúa.

—Gracias. Es muy sencillo y evidente. Nos llevaremos a Jonathan y a Emily a Gretna Green con nosotros para asegurarnos de que estén bien.

—Oh, Dios…

—Ignoraré eso también. No pueden viajar como lo estaban haciendo, en ese ridículo faetón, que claramente, Jonathan no sabe conducir. Así que irás a caballo a Gateshead, como habías planeado, pero después de asegurarte de que Madelyn y Thomas no están allí, alquilarás un coche cerrado y el mejor tiro de caballos que encuentres, comprarás algo de ropa para todos nosotros si Puck todavía no ha llegado a Gateshead, y volverás a buscarnos. También me gustaría que me trajeras un poco de jabón de verdad, si es que puedes encontrarlo, por favor. De todos modos, ya hemos adelantado a Thomas, o por lo menos eso piensas tú, y si escondemos el faetón aquí, en algún lugar del pueblo, los padres se pasarán todo el tiempo buscándolo, sin darse cuenta de que la pareja en fuga ahora es un cuarteto en fuga.

Se apoyó en el respaldo de la silla, con satisfacción, y añadió:

—Ah, y lo mismo digo de Thomas y Madelyn. No irán por ahí preguntando por dos parejas que van de viaje a Escocia.

—Está bien. Es mejor de lo que esperaba —dijo Beau, sabiendo que no iba a convencerla de que abandonaran a los jóvenes.

—¿Y qué pensabas que iba a decir?

—¿Sinceramente? Creía que querrías entregarles los caballos a cambio del faetón. Tampoco se me había ocurrido vestirlos. ¿Seguro que estarás bien mientras yo estoy fuera?

—Johathan está aquí —dijo Chelsea, como si eso sirviera para algo.

—Ah, bien. Eso me tranquiliza.

—No seas irónico —respondió ella, mientras los dos salían de la taberna—. ¿No puedes pensar, sencillamente, que es Puck, y tratarlo consecuentemente?

Beau se giró en el pequeño vestíbulo, y la sonrió.

—¿Quieres decir que le sumerja la cabeza en el abrevadero hasta que recupere el sentido común y lleve a la chica a su casa? Sí, ya lo había pensado.

Chelsea lo agarró por la pechera de la camisa, se puso de puntillas y le dijo al oído:

—Se han adelantado a los votos, Oliver.

—¿Cómo? Demonios, Chelsea, ¿dónde está él? Le voy a romper ese cuello de idiota que tiene.

—¡No! Oliver, no puedes hacer eso. Emily me lo dijo en secreto.

—Entonces, ¿por qué me lo has contado?

—No quería hacerlo, pero no estaba segura de estuvieras de acuerdo en ayudarlos. Era el as que tenía guardado en la manga.

Beau se frotó las sienes.

—¿Está embarazada?

—No lo sé. No les he preguntado cuánto se han adelantado a la boda, pero está claro que ahora tienen que casarse inmediatamente. Me parece que ninguno de sus padres son de los que van a tomarse con calma esa noticia.

—¿Sabes, Chelsea? Me has puesto en medio de dos familias a las que no conozco, protegiendo a dos personas a las que tampoco conocía, y en situación de que me rompan la nariz por hacerlo. ¿No era suficiente con que Thomas quisiera estrangularme? Tal vez mientras yo esté fuera, pudieras pasearte por el pueblo y buscar a perros callejeros y niños abandonados que quieras poner bajo mi protección.

—No, eso no —dijo ella, alzando la barbilla. Todavía no se conocían mucho, Chelsea y él, pero Beau ya estaba seguro de que aquello no era buena señal—. Voy a estar muy ocupada instalándonos a todos para pasar la noche. Tengo que encargar una buena cena, y después conseguir una habitación para Jonathan y para ti. Naturalmente, Emily pasará la noche conmigo. Puede que ya sea tarde para eso, pero está claro que esos dos necesitan acompañantes.

Beau no se quedaba a menudo sin palabras, pero como las que se le ocurrían no eran adecuadas para los oídos de una dama, tuvo que contentarse con dar un portazo al salir de la pensión.

Diez minutos más tarde, estaba de camino a Gateshead, con las botas llenas de barro, con el sombrero del mozo de cuadra bien calado y montando uno de los pencos que la pensión guardaba para alquilar a los más desesperados, definición que le parecía bastante realista sobre sí mismo en aquel momento.

Sin embargo, no podía permitirse el lujo de que lo reconocieran, ni a él ni a su caballo, y como dudaba que ni siquiera su propia madre lo mirara una segunda vez con aquella ropa tan execrable si se cruzara con él por la calle, se sintió bastante seguro mientras iba a la primera posada que el mozo le había descrito.

Dos horas más tarde, estaba de vuelta, con varios paquetes bien atados a la silla, y sintiéndose muy petulante, en realidad.

Tal vez Chelsea tuviera un plan, pero él también podía planear cosas, y su plan le gustaba mucho más que el de ella.

Y era Chelsea quien se lo había sugerido, aunque él nunca lo reconocería. Le había dado la motivación necesaria para idear aquel plan. Eso podría decírselo en algún momento, preferiblemente después de que hubieran hecho el amor otra vez.

¿Compartir cama con el lechuguino? En la vida, y menos cuando Chelsea estaba en la misma posada, a escasos metros de él.

El pueblo estaba lleno de parejas que se habían fugado para casarse en Escocia, y de padres que perseguían a sus hijos e hijas para impedirlo. Beau estaba bastante seguro de que había reconocido al padre de Emily, porque había visto a un hombre seguido de un grupo de perros blancos y marrones, y a la salida de una pequeña fonda se había cruzado con otro hombre que se parecía extraordinariamente a Jonathan, si el chico hubiera tenido cincuenta años más y algo más de peso.

Sin embargo, nadie concordaba con la descripción que él les había dado a los posaderos: un hombre gordo, de cara rosada, con los labios muy finos, acompañado de un reverendo y de una mujer muy bella, con el genio de una serpiente, con el pelo rubio, casi blanco. Tampoco habían visto el coche con el emblema de los Brean.

Beau desmontó, desató los paquetes y le dio una palmadita al caballo en la cabeza, antes de entrar en la posada para hablar con Chelsea y contarle lo que había hecho.

Aunque no necesitaba su aprobación. Deseaba su aprobación, pero ya había tomado una decisión, y no tenía más remedio que seguir adelante.

Eso esperaba.

Porque había tenido aquel pensamiento tan molesto desde que había entrado en el vestíbulo de su mansión de Londres y la había visto por primera vez en siete años. El pensamiento de que le había arrebatado las riendas de su propio destino.

Tal vez él estuviera muy contento con la idea de poder vengarse de Thomas Mills-Beckam.

También podía ser que se sintiera obligado, por honor, a proteger a una joven consternada de tener que casarse con un hombre como el reverendo Francis Flotley.

Pero sobre todo, y de eso estaba bien seguro, era la manera que tenía Chelsea de llamarlo «Oliver». Él habría asesinado a cualquiera que se atreviera a hacerlo, pero sin embargo, cada vez que ella pronunciaba su nombre, a él le ocurría algo extraño y único por dentro.

Era autoritaria e impredecible, una mezcla de inteligencia y de ingenuidad. Resistente, vulnerable, divertida y decidida. Curiosa, valiente, algo temeraria.

Le había dicho que no sabía lo que era el amor. Él pensaba que tenía una respuesta para ella, la que su madre le había citado cuando le estaba curando los latigazos que le había dado Thomas, rogándole que no muriera por la fiebre y las heridas: «Los hombres han muerto a lo largo del tiempo, y los gusanos se los han comido, pero no por amor».

En aquella ocasión había jurado que no moriría por amor, ni entonces, ni nunca… porque no volvería a amar nunca.

Sin embargo, le gustaba mucho la forma en que Chelsea le llamaba «Oliver».

CAPÍTULO 13

Mientras caminaba por el laberinto de pasillos de La Posada del Oso Cazado, esperando el regreso de Beau, Chelsea se reprochaba interiormente haber sido tan tonta.

Debería haber presionado a Emily inmediatamente para que le aclarara hasta qué punto se habían adelantado a sus votos matrimoniales Jonathan y ella. Ni siquiera Madelyn había sido tan mala como para decirle a su hermana pequeña que si una besaba más de tres veces a un hombre se quedaba encinta. Sin embargo, eso era lo que pensaba Emily por culpa de sus hermanas mayores, que deberían avergonzarse de sí mismas, porque aquél era el motivo por el que su hermana pequeña estaba de camino a Gretna Green.

Jonathan creía que estaba enamorado de ella, y no tenía interés en conocer el Continente. Emily, por otra parte, se había sentido muy halagada por conseguir el favor del hijo de un barón, cuando sus hermanas mayores no lo tenían, y en aquellos momentos estaba muy asustada porque iba a ser madre mientras Jonathan conquistaba a las damas de París.

Por supuesto, una vez que Chelsea había sacado a Emily de su error, la muchacha se había encerrado en su habitación, que era también la de Chelsea, y se negaba a salir. Ni siquiera quería hablar con Jonathan a través de la puerta. El posadero y su esposa miraban con extrañeza a Chelsea, y pronto comenzarían a hacerle preguntas, porque seguramente temerían que se tratara de un secuestro.

¡Qué lío!

En cuanto Beau volviera de Gateshead, tendría que decirle que había decidido que Emily y Jonathan no iban a continuar con ellos hasta Gretna Green, ahora que ya sabían la verdad, sino que ellos iban a devolvérselos a sus preocupados padres cuanto antes. Aquel mismo día, si era posible.

Pensó que él iba a ponerse muy contento con la noticia. Pobre. Chelsea era consciente de que le había complicado mucho la vida.

Cuando formuló aquel plan en su habitación de Portland Place, todo le había parecido muy sencillo. Encontrar al hombre, ofrecerle la venganza perfecta, escapar a Escocia, casarse y frustrar a Thomas. Se había preocupado mucho más de frustrar a Thomas que de todo lo demás. No había pensado en Beau, ni en lo que significaría ser su esposa.

Pero él era un buen hombre. Era un caballero, y un hombre bondadoso, por no mencionar que además era extraordinariamente paciente. Ella sabía que podría haber tenido una suerte mucho peor. Él, por el contrario, seguramente podría haber tenido mejor fortuna, porque cuando se casaran, sería un marginado social por partida doble al haberse fugado con la hermana de un conde.

Se preguntó si a Beau le importaría mucho separarse por completo de la alta sociedad. Después de todo, había sido aceptado en cierta medida, debido al nombre de su padre, a su considerable riqueza y a su servicio bajo el mando de Wellington. Tal vez nunca lo invitaran a Almacks, ni le permitieran acercarse a las hermanas de sus amigos, pero hacía mucho tiempo que se había recuperado de la espantosa humillación pública a la que le había sometido Thomas.

Por lo menos, eso creía Chelsea, porque había visto su

nombre en los periódicos en muchas ocasiones, junto a un grupo de caballeros que habían viajado a Newmarket a las carreras, o asistiendo a un combate de boxeo en alguna posada del campo... También lo había visto, de lejos, mientras él montaba por Hyde Park, y nadie le negaba el saludo.

Así pues, tal vez, una vez que el cotilleo hubiera terminado, él conservaría sus amistades. Sería a ella a quien le volverían la cara si se atrevía a pasear por Bond Street, o si asistía a algún recital o una obra de teatro.

Todavía no sabía cómo se sentía con respecto a eso, pero sí sabía que se había hecho daño a sí misma con tal de frustrar a Thomas. Ella misma se lo había buscado.

Sin embargo, en aquel momento se le ocurrió algo que la hizo ruborizarse. Era cierto que iba a perder muchas cosas, pero la experiencia de la noche anterior lo compensaba todo. No quería imaginarse cómo habría sido perder la virginidad con Francis Flotley, sentir su boca y sus manos explorándola. Con solo pensarlo, sentía náuseas.

Con Beau, había sido... muchas cosas. Todas ellas inesperadas, y todas ellas maravillosas. Chelsea estaba muy agradecida por su ternura, su bondad, su comprensión y su paciencia. Y por el hecho de que fueran compatibles, algo que no sucedía en muchos matrimonios de la alta sociedad, que ella supiera.

Chelsea sonrió. Oliver le gustaba mucho. Muchísimo.

—Disculpe, *madame*.

Ella salió de su ensimismamiento y miró al caballero que tenía enfrente, cargado con una gran bolsa de viaje. A Chelsea le sorprendió ver a un hombre tan bien vestido en una posada de segunda clase como aquella.

Asintió en silencio y se apartó, y después observó que entraba en la habitación contigua a la de Beau y Jonathan. Oyó voces a través de las paredes, ambas masculinas. Supuso que eran compañeros de viaje, o que quizá iban en persecución de otra pareja fugada.

Después lo olvidó todo, porque oyó que se cerraba la puerta del piso de abajo, y pensó que Beau había vuelto.

Y era cierto.

—Oliver, por fin estás aquí —dijo, y descendió con cuidado por las escaleras estrechas y empinadas, con una enorme alegría al verlo allí, sonriéndole. Se le aceleró el corazón. Lo encontró guapísimo; seguramente, aquel hombre estaría guapo vestido con un saco de harina—. Veo que llevas paquetes. Por favor, dime que has encontrado un jabón que no huela a lejía.

—Pues sí —dijo él—. ¿Me merezco un premio?

Ella ladeó la cabeza y contempló su sonrisa. Parecía que Beau estaba muy contento consigo mismo.

—Supongo que sí. Deja esos paquetes en tu habitación, donde te espera tu ropa, limpia y planchada, o por lo menos planchada, y daremos un paseo. Tengo buenas noticias para ti.

—¿Noticias? Ummm, parece que tendré que revisar mi idea de lo que es una recompensa. Yo me esperaba un beso.

—¿De veras? —le preguntó Chelsea mientras él pasaba por delante de ella, rápidamente, escaleras arriba—. ¿Esperabas un beso? Yo también me lo esperaba—añadió en voz baja.

Cuando él terminó de cambiarse y bajó de nuevo, Chelsea ya estaba fuera, al sol de la tarde, y muy contenta por haber salido de la posada, que olía a muchas cosas, entre otras, a repollo, cosa que ella detestaba.

—¿Qué demonios está pasando ahí arriba? —le preguntó él inmediatamente. Le ofreció el brazo, y la condujo hacia un camino que llevaba hacia los árboles—. La muchacha está llorando, el muchacho está de rodillas fuera de su habitación, suplicándole, y otra huésped, una mujer fisgona, me ha parado para decirme que deberíamos llamar a las autoridades. Yo la he distraído diciéndole que no es más que una pelea de enamorados, y que no es asunto suyo. ¿Tengo razón? ¿Han tenido una pelea los tortolitos? Por favor, dime que sí. Creo que he visto a sus padres en Gateshead. Podría tenerlos aquí en menos de una hora si tú me das permiso.

Chelsea se detuvo en el camino.

—¿Los has visto? ¿De verdad? ¿Estás completamente seguro?

—Bueno, no puedo saberlo con total seguridad, pero uno iba seguido de una jauría de perros, y el otro se parecía asombrosamente a nuestro Romeo.

Entonces, Chelsea le contó lo que había averiguado, y tuvo que darle una palmadita en el brazo cuando él se echó a reír en parte de la narración.

—Si tienes razón, Beau, podríamos tenerlos fuera de aquí antes del anochecer. Los reuniremos con sus padres, y a sus padres les aseguraremos que no ha ocurrido nada de nada porque hemos estado con los chicos todo el tiempo. Y los chicos nos lo agradecerán. Aunque seguramente, todavía no.

—Por mí, que nos lo agradezcan o que nos maldigan —le dijo Beau, y se giró a mirarla, posando las manos en sus antebrazos—. No quiero que tengas que compartir habitación con una Julieta histérica. Eso es lo que más me interesa, lo más importante de mi plan.

—Oliver —dijo Chelsea en tono de acusación, sonrojándose—. ¿Es por eso por lo que tienes tantas ganas de que nos libremos de ellos?

—Es mejor la segunda vez —le dijo él suavemente mientras le acariciaba los brazos a Chelsea—. Es lo que se dice.

Chelsea tuvo que concentrarse para seguir quieta, porque su cuerpo estaba reaccionando de una manera muy extraña, acalorándose y tensándose entre sus piernas y con un cosquilleo intenso en el pecho.

—Tú… no tienes por qué hacerlo, ¿sabes? Ya estoy lo suficientemente deshonrada.

Él la tomó de la mano, y ambos se adentraron más en el bosque, alejándose de la posada.

—Odio esa expresión. Deshonrada. ¿Te sientes así, Chelsea?

Ella negó con la cabeza.

—No.

Él se detuvo de nuevo, miró en dirección a la posada, y después la guió suavemente, haciéndola caminar hacia atrás, hasta que ella notó el contacto del tronco de un árbol en la espalda.

—Entonces, ¿qué sientes?

—No... no lo sé. Me resulta difícil expresarlo con palabras.

Beau se inclinó hacia delante y puso su boca junto a la oreja de Chelsea, y le susurró una palabra. Una sola palabra.

—Inténtalo.

Ella cerró los ojos y se concentró en lo que estaba intentando decirle su cuerpo. Notó una nueva ráfaga de sensaciones cuando Beau se acercó más y aprovechó la apertura de la falda de montar para acariciarla. Sus dedos firmes la apretaron hacia arriba, con una presión suave, pero firme.

Chelsea debería haberse escandalizado.

Pero no se escandalizó.

Debería decirle que se detuviera.

Tuvo que recordarse a sí misma que tenía que decírselo.

—No... —susurró con la respiración entrecortada, mientras él le mordisqueaba el lóbulo de la oreja y pasaba la lengua, en pequeños círculos, por su oreja, soplando suavemente sobre la piel humedecida.

—Dime —dijo él, y su voz le provocó deliciosos estremecimientos por la espalda a Chelsea—. Quiero saberlo. ¿Qué sientes?

—No... No es posible que hables en serio. No. Aquí no. Oliver. ¿Oliver? Oh...

Chelsea no pudo evitarlo. Se apoyó contra el árbol y abrió las piernas un poco más, para invitarlo a que hiciera lo que había dicho que no debían hacer. Gracias a Dios, aquel hombre no se rendía con tanta facilidad ante el primer obstáculo.

Sin embargo, ¿acaso no comprendía la situación? Estaban al aire libre, donde podían descubrirlos en cualquier momento. Le estaba haciendo cosas deliciosas, sí, pero ella sabía que podía haber mucho más. Y lo necesitaba.

—Llevamos demasiada ropa —le dijo.

Él se rió suavemente contra su oreja.

—Yo estaba pensando exactamente lo mismo. Vamos —dijo él. La tomó de la mano y la llevó hacia el interior del bosquecillo, más y más lejos del camino.

Ella se reía mientras él tiraba de ella y giraba la cabeza para mirarla como un niño travieso. Chelsea no sabía si habían llegado muy lejos cuando, por fin, Beau se detuvo en un claro pequeño, iluminado por la luz del sol, y la ciñó contra su pecho mientras capturaba sus labios.

Riéndose, intentando respirar, abrazándose, cayeron primero de rodillas, y después se tendieron sobre la hierba suave y fragrante y rodaron mientras sus manos se volvían ansiosas, y sus bocas buscaban, saboreaban y exploraban.

—No... no me la rasgues —dijo Chelsea, cuando él le bajaba la camisa, después de desabrocharle los botones de la chaqueta del traje de montar—. Solo tengo ésta.

—Te compraré una docena —le prometió él cuando por fin pudo acariciarle el pecho desnudo—. Dos docenas... Cien, con tal de poder rasgarlas. Oh, Dios, Chelsea, eres tan perfecta...

La besó una y otra vez. Le besó los ojos, la nariz, la boca... y después concentró su atención en su pecho, y le robó el aliento mientras la excitaba, provocándole pequeñas explosiones de placer en el vientre.

Le besó el vientre mientras sus manos la liberaban del

traje de amazona, incluso mientras ella alzaba las caderas para ayudarlo, incluso mientras ella intentaba desabrochar los botones difíciles de los pantalones de montar de Beau.

La risa cesó y las palabras se evaporaron en el aire, hasta que solo se oyó su respiración entrecortada, rápida y tensa, llena de frustración, de pequeños avances, de éxitos menores que por fin se convirtieron en largos suspiros, cuando las últimas prendas de ropa fueron apartadas y dejaron vía libre a la pasión.

Chelsea estaba tendida boca arriba, mirándolo, mientras él se erguía sobre ella, acariciándola entre las piernas, con una expresión intensa. Estaba haciéndole cosas que ella no hubiera imaginado un día antes, y ella no solo se lo permitía, sino que lo animaba.

Observó sus ojos, vio que se le oscurecían al introducir un dedo en su cuerpo, y al acariciar suavemente, con la yema del dedo pulgar, el pequeño botón de carne que latía con vida propia.

Ella no lo sabía. Nunca lo había sabido.Y nunca lo habría sabido de no ser por él. Él le estaba enseñando cosas que desconocía de sí misma.

Ella conocía las premisas básicas del sexo; no era una ingenua. Un hombre entraba en el cuerpo de una mujer, dejaba su simiente en ella y después, la mujer alimentaba al niño hasta que nacía. Pero aquello era la mecánica.Y lo que experimentaba ahora era… todo.

Arqueó las caderas hacia él, observando atentamente sus reacciones, y su propia respuesta se intensificó porque él se sintió satisfecho con ella.

El sol se filtraba por los árboles y brillaba sobre la cabeza rubia de Beau, y calentaba sus cuerpos. La hierba era suave y aromática, y el peso de sus cuerpos liberaba el olor dulce de las pequeñas violetas que crecían entre la hierba.

Ella lo veía todo, pero en realidad, no veía nada. Porque solo existía Beau.

Y lo que él le estaba haciendo.

Lo que estaba haciendo con ella.

El calor se intensificó en su interior mientras él movía los dedos de una manera que la satisfacía, pero que hacía que anhelara más y más. Su cuerpo pedía más a gritos. Más.

Cerró los ojos y se abandonó a las sensaciones.

—Maravilloso…

—¿Me deseas ahora, querida? —le preguntó él mientras introducía dos dedos en ella y volvía a sacarlos, avanzando y deteniéndose, insinuándole lo que iba a suceder si ella decía que sí.

—Sí. Sí, por favor…

—Todavía no. Hay más cosas que puedo darte, y quiero dártelas. ¿Me lo permites? ¿Confías en mí?

Ella abrió los ojos y lo miró a la cara. Vio la pasión, y tal vez algo más. No sabía lo que podía querer, pero no le importaba, porque él la estaba mirando como si fuera algo precioso. Como si lo que estaban haciendo y sintiendo fuera algo completamente distinto a lo que habían imaginado unos minutos antes. Algo que involucraba más que sus cuerpos, más que el placer de aquel acto. Algo nebuloso que había surgido sin que lo esperaran.

Era algo mucho más glorioso que el mero placer, pero que sin embargo, atemorizaba. Si respondía afirmativamente, ¿le estaría dando solo su cuerpo, o le estaría dando algo que después nunca podría recuperar?

Miró a los ojos a Beau, y le acarició la mejilla.

Después, asintió.

Entonces, él la besó. Le dio un beso largo, lento, dulce, que le llenó los ojos de lágrimas. Ella lo abrazó, sintió el calor del sol en su espalda desnuda, y pasó las palmas de las manos por su piel. Entonces notó las viejas cicatrices que tenía en la espalda y se enfureció. Thomas, pensó, con una ira fría que se le clavó en el corazón.

Chelsea abrazó con más fuerza a Beau, casi como si quisiera librarlo de aquel antiguo dolor, de la humillación y el sufrimiento con el que había tenido que luchar durante tantos años. Su propia vehemencia la dejó asombrada, pero creyó lo que se le pasó por la mente con todas sus fuerzas: «Si Thomas se atreve a tocarlo otra vez, lo mataré con mis propias manos».

Beau continuó besándola, borrándole todo pensamiento mientras movía la boca por su cuerpo, deteniéndose acá y allá para recrearse, acariciarla y saborearla. Ella le dio la bienvenida a cada una de las nuevas formas de intimidad, y se maravilló por la manera en que él adoraba su cuerpo... y tal vez a ella también.

Estaba sucediendo algo maravilloso. Era algo nuevo y extraño, pero razonable, al mismo tiempo. Claro que él la besaría allí... y allí. La acariciaría.

Chelsea se derritió debajo de él, como si no tuviera huesos, y permitió que él le diera forma, la moldeara, la alzara.

Permitió que posara su boca en ella.

Ella contuvo la respiración durante mucho tiempo, sin darse cuenta, hasta que sus pulmones gritaron por la falta de aire. Solo podía sentir... sentir... Llorar con asombro.

—Oliver.

Él la llevó a la cima del placer...

—Por mucho que agradezca poder pasar un día fuera del carruaje, Thomas, y aunque las tiendas parecen prometedoras, ¿por qué no me dices el motivo por el que vamos a quedarnos en Leeds otro día más?

—Madelyn, ya te lo he dicho. Hemos tenido un problema con el carruaje. Es lo que necesitas saber —respondió él. Si le decía lo que había ocurrido, se reiría. Sabía que su hermana se reiría de él. ¡Maldito Beau Blackthorn! Aquello tenía que ser cosa suya.

—¿De veras? Entonces, supongo que no debería preguntarte adónde vas ahora.

El conde miró a su hermana, con un sentimiento de afecto hacia ella que no sabía que poseía. Ella estaba más allá de la salvación, pero sin embargo, parecía que era feliz a su modo. Y supuso que podía decirse lo mismo de Chelsea. En realidad, sus hermanas no eran tan terribles. Sus padres podrían haber tenido dos hijos más, y ahora, él tendría que estar pagando su educación de su bolsillo, y enviarlos a viajar por Europa, y pagar sus deudas a los prestamistas cuando apostaran demasiado. Sabría que se alegraban de que su mujer todavía no le hubiera dado un heredero, mientras esperaban que él se rompiera el cuello al saltar una valla con su caballo, para dejar paso libre al segundo hijo. Él mismo se había pasado años mirando a su padre con ansia por ocupar su puesto.

Así pues, el hecho de que fueran mujeres no era tan espantoso. Él no las odiaba. No odiaba a todas las mujeres, como parecía que le sucedía a Francis. Sentía un odio pío que a menudo justificaba con la Biblia, pero odio, de todos modos. Aquel hombre estaba empezando a ponerle nervioso.

Thomas odiaba a Beau Blackthorn, y llevaba mucho tiempo odiándolo. Lo odiaba porque él se había quedado quieto aquel día, soportando en silencio los latigazos que le estaba dando, sin rogar y suplicar, y porque después se había levantado y se había alejado sin más. ¡Sin más! Se había alejado de allí con la cabeza alta, por las calles de Mayfair, y muchos otros hombres, incluido su propio padre, habían dicho que uno tenía que preguntarse quién era el verdadero caballero, si el que blandía el látigo, ayudado por dos lacayos, o el que había soportado el maltrato.

Francis decía que era pecado odiar a Blackthorn. Thomas se lo preguntaba. Sin embargo, a veces tenía la sensación de que su nula disposición a pedir perdón por lo que había hecho aquel día... y por el resto, le estaba privando de la salvación que buscaba. No obstante, si eso era cierto… ¿por qué había enviado Dios a Francis Flotley para que se lo dijera? Tal y como había señalado Madelyn, ¿por qué no se lo había dicho Dios directamente?

¿Y qué pasaba con el resto? Nada de mujeres, ni de bebida, ni de diversión. ¿No quería el Señor que él fuera feliz? Madelyn era una pecadora, y sin embargo, era feliz.

«Yo no quería morir. Acababa de heredar el condado, y no quería morir. Dios debería entender cómo son las promesas que se hacen en circunstancias tan difíciles. Yo estaba enfermo, y no podía pensar con claridad. Si no hubiera conocido a Francis, ¿cómo sería ahora mi vida? ¿Cómo serían todas nuestras vidas? ¿Fui yo quien obligó a Chelsea a fugarse con Blackthorn? ¿Es todo culpa mía? ¿Es un castigo de Dios?».

—¡Thomas! Deja de mirarme así. Pareces un besugo. Era una pregunta sencilla, ¿dónde vas a estar todo el día?

—¿Y te importa? —le preguntó él mientras se sacaba el monedero del bolsillo—. ¿Cuánto quieres?

—Vaya, Thomas, qué fácil me lo pones. ¿Estás enfermo, o algo así? No importa —dijo ella. Alargó la mano y tomó todo el monedero, y rápidamente se marchó hacia la salida de la posada seguida por su doncella, que trataba de abrir el parasol.

Thomas se dio la vuelta y entró en la taberna. La cerveza había sido un buen comienzo, pero el posadero le había prometido que tenía unas cuantas botellas de borgoña que le gustarían mucho…

CAPÍTULO 14

Beau estaba en el comedor de El Oso Cazado, con el joven Romeo, después de encargarle al posadero que mantuviera al muchacho bien surtido de cerveza.

Al principio, Jonathan no quería beber, porque estaba empeñado en permanecer junto a la puerta de la habitación de Emily hasta que ella quisiera hablar con él. Era su amor, su vida. Él no era nada sin ella.

Sin embargo, ya estaba empezando a dar señales de un cambio de opinión.

—Así que hay prostitutas callejeras, decís, que hay que evitar a toda cosa, y además, cortesanas, que estarían fuera del alcance de mi economía, ¿no es así? Con las que estaría más seguro sería con las *lorettes*, puesto que son limpias, pero no tan exigentes. ¿Cuánto diríais que cuesta mantener en un piso privado a una de esas damas durante una o dos semanas?

Beau se encogió de hombros, como si la pregunta no tuviera importancia.

—Es París, Jonathan. No hay nada barato, ni nada de rebajas. Por otra parte, en Bruselas hay más vigilancia por parte del gobierno, así que allí debes tener cuidado, y, ¿en Berlín? Ah, Berlín. E incluso mejor, Italia. La escuela es una cosa, mi nuevo amigo, pero hay más de un caballero inglés que debe la educación más útil que ha recibido a las mujeres del Continente. Bueno, pero tú no necesitas saber todas estas cosas. Después de todo, estás aquí, con Emily, tu prometida, y tienes por delante un futuro de hombre casado.

—¿Umm? —murmuró Jonathan, y salió de su ensimismamiento—. ¡Ah! Ah, sí. Voy a ir. Quiero decir, no, no voy a ir. Los viajes por el Continente son muy aburridos. Estaban bien cuando mi padre era joven, pero ahora, yo no tengo tiempo. Claro que mi amigo Bertie dice que él sí va a ir, pero todavía es un niño, está muy verde, y seguramente necesita saber estas cosas. Así que, tal vez, podáis contarme algo más sobre… ¿Habéis mencionado Italia? Bertie me habló de Grecia, con todas esas estatuas sin cabeza ni brazos. Parece una bobada, y muy aburrido, pero si vos habéis estado allí, entonces lo sabréis. ¿Cómo son las mujeres en Grecia? Tienen brazos, ¿verdad?

—Podemos hablar más sobre eso un poco más tarde. Ahora, Jonathan, tienes a una joven en el piso de arriba —dijo Beau, que presintió que el muchacho iba a posar la cabeza sobre la mesa en cualquier momento. Así pues, lo mejor sería golpear cuanto antes, mientras pudiera—. ¿Qué vamos a hacer con la bella Emily?

—No me quiere —dijo Jonathan, que enseguida se puso llorón y tomó la jarra de cerveza. Sin embargo, aquella sensiblería no duró mucho—. Lo ha dejado bien claro. ¿Sabéis? Tal vez me haya apresurado un poco viniendo aquí. En el momento me pareció una buena idea. Huir hacia la frontera de Escocia con nuestros padres siguiéndonos los talones. Una mujer bella… todo era romántico y divertido…

—Sí, pero por desgracia, algunas ideas son más atractivas en la teoría que en la práctica. Las mujeres son así a menudo —dijo Beau, asintiendo—. Demonios, hijo, qué poco me gusta ver a un hombre entre la espada y la pared por culpa de una mujer maquinadora. Tal vez pueda ayudarte.

Jonathan lo miró.

—¿Podríais? Librarme de ella, quiero decir. Bueno, no es que quiera, ¿sabéis? Librarme de ella. Creo. Pero es que llora sin parar. Hace comentarios desagradables sobre cómo manejo las riendas, como si ella supiera hacerlo mejor. Pero ahora estoy aquí con ella, y tengo que hacer lo que es más honorable… Tengo que hacer lo más correcto…

—Estás en un buen lío, chico. Sin embargo, habéis estado con la señora Claridge y conmigo durante todo el tiempo, o casi todo el tiempo, así que no importa. Los dos juraremos que Emily y tú no habéis estado solos.

—¿De veras? Eso sería de gran ayuda con el padre de Emily. Es cazador, ¿sabéis? Nunca le acierta a nada, según tengo entendido, pero podría tener suerte. Yo soy mucho más grande que una liebre.

«Y con un cerebro ligeramente mayor». Pero solo ligeramente, pensó Beau mientras consultaba la hora en su reloj.

—Vaya, solo son las siete. Hemos tenido un día muy ajetreado. Te diré una cosa, Jonathan; mientras estaba en Gateshead, antes, he visto a vuestros padres. ¿Qué te parecería que yo fuera a hablar con ellos, les explicara todo lo que ha pasado y los trajera aquí? Emily podría volver a casa, y creo que eso la haría feliz, y tú podrías marcharte a París, con las *lorettes*. Ahora que la guerra ha terminado, el Continente está lleno de muchachos elegantes como tú. Ah, y atesorarás recuerdos para toda la vida. Te envidio por las aventuras que vas a correr.

—Me gustaría —musitó Jonathan—. Mi padre es un buen hombre —continuó con más ánimo—. Sabe lo que más me conviene. Sí, lo haré. Se lo debo, ¿verdad?

—Por supuesto —respondió Beau, y se puso en pie. Se despidió del chico y fue en busca de Chelsea para darle las buenas noticias.

La halló en su propia habitación, sentada en el alféizar de la ventana, mordisqueando un muslo de pollo, y tuvo que hacer un esfuerzo por no tomarla en brazos y llevarla a la cama. Y lo peor era que ella lo sabía. Beau se dio cuenta de que estaba perdiendo el control de su vida. Ella lo miró esperanzadamente.

—Ha accedido —dijo él, mientras tomaba su sombrero.

—¿De veras? Oh, Oliver, qué maravilla. ¿Cómo lo has conseguido?

Aquella era una pregunta comprometida. No estaba seguro de que ella apreciara sus tácticas.

—Le describí las glorias que vería durante sus viajes.

—Ah, bien pensado. Las iglesias de París, el Coliseo de Roma, los restos de la civilización griega. ¿Crees que viajará también a Egipto?

—No lo sé. Afortunadamente, se conformó con las glorias que yo le describí. Eh… ¿estarás bien hasta que yo vuelva?

Ella puso los ojos en blanco.

—No me voy a escapar, te lo prometo. Me hubiera quedado aquí toda la tarde si tú le hubieras dejado la llave a Jonathan. Pero, ¿cómo iba a saber que Emily no me iba a dejar entrar en mi habitación?

—Entiendo tu dilema, pero no me gusta que estés moviéndote por la posada todo el día, sin compañía.

—Y sin encontrarme a nadie en absoluto. Ésta es una posada muy rara, ¿verdad? Con tantos pasillos y recovecos. Y creo que el posadero te estaba mintiendo, Oliver, o todos los huéspedes se han quedado durmiendo en su habitación, salvo esa mujer entrometida que quería llamar a las autoridades para ayudar a Emily. Aunque ya se ha marchado con sus tres hijas. Estaré perfectamente —añadió con una sonrisa—. Pero date prisa.

Él no tuvo valor para decirle que aquella mujer era una madama, y las tres muchachas, pupilas suyas, ni que se habían marchado porque ya habían satisfecho las necesidades de los huéspedes de la pensión, y debían acudir a su siguiente trabajo. Claramente, había llegado el momento de empezar a hospedarse en posadas de mayor categoría.

—Descarada —le dijo él, mientras le daba un beso en la frente—. Por lo que sé, tal vez Puck llegue durante mi ausencia. He dejado mensajes para un tal monsieur Robin Goodfellow en todos los establecimientos del pueblo.

—¿Tu hermano? ¿Con nuestros baúles? ¿Con ropa limpia?

—Sí, creo que es posible. Bueno, ¿y no vas a preguntar nada más acerca de tus hermanos? Después de todo, solo hay unas cuantas paradas lógicas entre Gateshead y la frontera. Tu hermano va a tener problemas allí, a propósito, sobre todo si Puck lo adelanta. Me he ocupado de las cosas en Gateshead.

—¿De qué cosas? ¿Qué va a hacer Puck?

Beau sonrió sin poder evitarlo. Había sido una idea cara, pero a él le parecía brillante.

—Te dije que tenía un plan. Mientras buscaba por las fondas y las posadas, también pasé por los establos, y alquilé todos sus caballos de repuesto para los tres próximos días. Puck hará lo mismo desde Gateshead hacia el oeste, durante el trayecto. Los padres en busca de sus hijos van a echar humo hasta que sus propios caballos hayan descansado y puedan continuar su camino. Tal vez hayamos impedido un matrimonio apresurado, Chelsea, pero hemos ayudado a que se contraigan una docena más.

Chelsea se quedó boquiabierta.

—Vaya, Oliver, es muy perverso. ¡Eres muy inteligente!

—Sí, eso mismo he pensado yo. Creo que vas a casarte con un hombre astuto.

Ella se encogió de hombros.

—Entonces, estamos empatados. ¿No deberías marcharte

ya? Le he dicho a Emily que ibas a buscar a su padre y se ha puesto a llorar como una magdalena, aunque me aseguró que eran lágrimas de felicidad. Creo que se me está acabando la paciencia con estos niños. Estoy deseando que lleguen sus padres.

—Y cuando los veas, ¿vas a insistir en que Emily ha contado con la adecuada compañía durante todo el tiempo?

—No. Eso sería demasiada vehemencia, Oliver, y solo serviría para que nos hicieran preguntas sobre nuestra identidad. No, lo he pensado mejor, y tengo un plan.

Beau se rascó la oreja izquierda.

—¿Y me va a gustar?

Ella sonrió, y él se dio cuenta de que había vuelto a perder el control de la situación, Y sorprendentemente, no le molestó.

—Eso no tiene importancia, Oliver, porque no tiene que gustarte. A mí sí.

A Beau no le molestó el pequeño reproche; hizo un saludo marcial y salió de la habitación, aunque volvió a entrar dos segundos después para decirle a Chelsea que cerrara la puerta con llave.

Ella le sacó la lengua.

Él se marchó a los establos, preguntándose cuánto tiempo iba a pasar hasta que se le borrara la sonrisa de los labios.

Chelsea sentía la presencia de Beau a su lado mientras ambos se enfrentaban al barón y al señor en la taberna de la posada, que estaba casi vacía. De ese modo, él quería darle a entender que tenía todo su apoyo, aunque no supiera lo que había tramado. A cada momento del día, Chelsea sentía que Beau le gustaba cada vez más.

Lo que habían hecho la noche anterior, lo que habían hecho aquel mismo día... eso eran cosas distintas. Era algo...

placentero. Para Chelsea era más importante el hecho de que, aparentemente, se gustaran el uno al otro. Después de todo, tal vez estuvieran casados durante décadas, y tendrían que hablar el uno con el otro de vez en cuando, aunque mantuvieran vidas separadas.

Si él fuera un malhablado y hablara con la boca llena, como su hermano, ella no podría estar en la misma habitación que él ni un minuto, por muy maravillosos que fueran los momentos que pasaban juntos en la cama. Si la mirara como si al verla tuviera un millón de pensamientos lascivos, o careciera de sentido del humor, como Francis Flotley, ella se vería obligada, algún día, a escapar, como había hecho la madre de Jonathan.

Sin embargo, Beau y ella se llevaban muy bien. Era casi algo inquietante. Ella había pensado que lo único que tenían en común era el desagrado que sentían por Thomas.

Beau le puso la mano en la espalda y le dio un suave pellizco en la cintura, como si se hubiera dado cuenta de que ella se había distraído, mientras el padre de Emily, con la cara muy roja, exigía «una satisfacción del réprobo que estaba en el piso de arriba, y que había destrozado la reputación de su hija».

Bien, aquel hombre ya había despotricado lo suficiente. Había llegado su turno.

—¿Que vos exigís? —le preguntó ella, irguiéndose altivamente. Al fin y al cabo, era hija de un conde, y sabía cómo intimidar—. ¿Que vos exigís? ¿Y cómo os atrevéis a exigir algo, señor?

El hombre arrugó el ceño, como si no entendiera lo que acababan de preguntarle.

—¿Que… que cómo me atrevo? ¿Yo?

—Sí, vos —respondió Chelsea—. Vos, que habéis permitido que vuestra hija, que no tiene madre, haya sufrido las bromas de sus hermanas, sin hacer nada. Vos, que permitisteis que le mintieran y le hicieran creer que por unos cuantos besos curiosos podía quedar encinta, y que tal vez tuviera al hijo de ese muchacho en el vientre. ¿Tenéis idea de lo que ha estado pasando bajo vuestro propio techo? No sois un buen padre, señor. Ni siquiera deberíais cuidar de esos perros de caza que os acompañan. De hecho, sois un desastre.

El barón, que estaba a su lado, se echó a reír. Claramente, aquellos dos hombres no se tenían demasiada simpatía. Chelsea se giró inmediatamente hacia el aristócrata y lo fulminó con la mirada.

—Y vos. Oh, he oído decir muchas cosas sobre vos, señor. ¡Deberíais avergonzaros!

—¿Yo?

El barón adquirió una expresión de culpabilidad tal que el verdugo no habría tenido ninguna duda al ponerle la soga al cuello, pese a que Chelsea no tenía la más mínima idea de cuáles podían ser sus pecados. Había llegado a la conclusión de que todos los hombres tenían algo de lo que sentirse culpables, y se relajó cuando el barón le demostró que estaba en lo cierto.

—Ambos deben una disculpa a esos dos muchachos. El hecho de que estuvieran dispuestos a contraer matrimonio de esta manera tan desastrosa demuestra lo tristes que han vivido. Y, sin embargo, aunque no tienen culpa alguna, están arriba, muertos de miedo al pensar en lo que van a hacerles sus padres. No iban a casarse por amor, no. Iban a casarse para escapar de situaciones insoportables. ¿Y de quién es la culpa? Creo que todos conocemos la respuesta. ¡Deberían avergonzarse! Son como un par de monstruos sin sentimientos.

El señor respondió primero.

—¿Cómo? Mi pequeña Emily… ¿me tiene miedo? ¡No digáis algo tan cruel, *madame*! ¡He sido un padre y una madre para esa niña desde el día en que nació!

El barón, que no quería quedar como un mal padre, se dio un puñetazo en el pecho.

—El chico que está arriba es mi hijo, mi heredero. ¡Me sacaría los ojos antes de hacerle algún daño, señora!

—Dudo que tengáis que llegar tan lejos —intervino Beau—. Creo que ahora todo está arreglado. Aunque deberíais pedirle disculpas a la señora Claridge, si todavía tenéis alguna duda de que los chicos han estado seguros con nosotros. Mi esposa, como habéis podido comprobar, es una mujer formidable, de un carácter intachable. Está en contra de este tipo de matrimonios. Para ella son asuntos de mal gusto. ¿No es así, querida?

Ella reaccionó muy bien. No se rio, ni le dio una patada disimuladamente.

Sin embargo, tuvo que esforzarse por contener la risa mientras extendía la mano y permitía que los dos hombres se inclinaran ante ella. Después, Beau los acompañó por las escaleras hacia las habitaciones donde aguardaban sus hijos, y por fin, Chelsea pudo sentarse a solas y desternillarse.

Beau regresó al poco tiempo, y se sentó a su lado, riéndose suavemente.

—Ha sido una representación espléndida, mi buena esposa. «Oh, he oído decir muchas cosas sobre vos, señor». ¿A qué demonios te referías?

Ella tomó el pañuelo que le ofrecía Beau y se secó los ojos.

—No tengo ni idea, pero tienes que reconocer que ha funcionado.

Él volvió a reírse.

—Tengo que recordar que no debo disculparme hasta que me digas por qué debo disculparme. Tal vez sea inocente, incluso.

—¿Alguna vez has sido inocente, Oliver?

—Lo dudo —respondió él, mientras le besaba la palma

de la mano—. Has estado brillante. Llegaron aquí furiosos, y se marchan con el rabo entre las piernas, dispuestos a disculparse ante sus hijos. Un hombre de menos valía pensaría que eres una hechicera.

—¿De veras? ¿Y cuál es tu valía, Beau? ¿Qué clase de hombre eres tú?

—El hombre que tú quieras, siempre y cuando esos dos chicos se vayan con sus padres y tú seas mi acompañante esta noche, y todas las noches, hasta que lleguemos a Gretna Green —respondió él, y ella se ruborizó. Aquel hombre parecía insaciable.

Maravilloso.

Chelsea se tapó la boca con la mano mientras fingía un bostezo.

—Pero si son casi las diez, Beau. Creo que tengo un poco de sueño.

—Ni lo pienses —dijo él, y la abrazó con una sonrisa adorable y llena de picardía.

En aquel momento, oyeron el sonido de muchas pisadas fuera de la taberna. Beau la tomó de la mano, y juntos salieron al pasillo. Primero encontraron al barón y a su hijo, que tenía muy mala cara a causa de la bebida. Se marchaban rápidamente de la posada. Después aparecieron Emily, con los ojos secos, y su padre, y media docena de sabuesos marrones y blancos que bajaban las escaleras tras ellos.

Beau le rodeó la cintura con un brazo, y le dijo fervientemente:

—Voy a atesorar el recuerdo de esta visión para el resto de mi vida.

Ella apoyó la cabeza en su hombro.

—Tal vez debiéramos encargar una pintura y colgarla sobre la chimenea. Un óleo titulado *La fuga, abortada, con perros de caza*.

—Y Puck se lo ha perdido todo. Se quedará apenado al

saberlo. Él habría sugerido que los dejáramos a los dos en mitad de la carretera, porque mi hermano puede llegar a ser cruel. Bien, estoy seguro de que las cosas que he traído de mi pequeña excursión siguen arriba, en nuestras habitaciones, junto a las bañeras de agua caliente que he encargado. Ah, ¿y no te he dicho que mi hermano tuvo oportunidad de hacer una visita relámpago a Bond Street antes de ponerse en camino hacia el norte, y adquirir algunas prendas para ti? Me ha asegurado que tiene una especial habilidad a la hora de seleccionar ropa femenina, porque este año ha tenido suficientes amantes en París como para convertirse en un experto.

Chelsea se irguió al instante, y emitió un gritito de alegría.

—¿Puck está en Gateshead? ¿Y no me lo habías dicho?

—Puck llegará aquí, con el carruaje, mañana por la mañana, pero nosotros ya nos habremos marchado para entonces, porque creo que debemos continuar con nuestro plan original y marchar a Escocia a caballo. Lo que menos deseo es que nos topemos con tu familia cuando ya estamos tan cerca de nuestro objetivo. Puck recogerá todo lo que nosotros no podamos llevarnos, así que elige lo que más te guste, y deja lo demás. Y sí, seguramente debería habértelo contado inmediatamente, pero te diré, para que no sigas mirándome así, que me he pasado la última hora intentando que esos dos burros no se mataran entre sí. Uno estaba completamente a favor del matrimonio, y el otro, completamente en contra. Pero eso ya lo sabías, ¿verdad?

—Me parecía probable, sí. Incluso en nuestro matrimonio, podría decirse que uno de nosotros gana más que el otro.

A él se le oscurecieron los ojos durante un momento.

—Yo. Todos los beneficios son para mí.

Ella lo miró, con una pequeña sonrisa al principio, que fue haciéndose más y más grande.

—Vaya, Oliver, gracias. Esa no iba a ser mi respuesta en absoluto.

Y entonces, mientras él se quedaba boquiabierto, Chelsea se dio la vuelta y subió rápidamente las escaleras hacia su habitación, su baño y su preciosa ropa nueva. Con todo lo que estaba ocurriendo, se sentía superficial por el hecho de que la ropa le causara tanta alegría, pero no se avergonzaba en absoluto. Solo esperaba no encontrarse con nada de color rojo

CAPÍTULO 15

Era un poco vergonzoso, pero estuvo a punto de quedarse dormida en la bañera. Aquel había sido un día muy largo en el que había vivido más cosas que en diez años de su antigua vida.

Cuando inspeccionó el contenido de su pequeño baúl, revivió un poco, y suspiró al volver a guardar el precioso camisón y la preciosa bata de seda que había hallado en él, ruborizándose un poco al pensar que Puck lo había elegido para ella. Se puso su nuevo traje de montar de color azul marino para recorrer el pasillo hasta la habitación de Beau.

Emily había dejado hecha un desastre la cama de aquella habitación, y parecía más que razonable que ella fuera a la habitación de Beau, y no al revés. Al día siguiente por la noche estrenaría aquel camisón para él, porque se había prometido que iba a meterlo en su pequeña bolsa de viaje aunque tuviera que empujarlo con el pie.

Se recogió el pelo con un lazo negro y salió de la habitación. Cerró la puerta con la llave y se la metió al bolsillo antes de girarse en dirección al dormitorio de Beau.

Al oír unos pasos que se acercaban, se ocultó rápidamente en un rincón oscuro.

—¿Por quién tenemos que preguntar en La Corona?

—Por el español. Te dije cómo se llama: don Pedro Mesina. Habla en nombre de los franceses.

—Hablar es una cosa, y hacer, otra muy distinta. ¿Me has dicho que ha jurado que tendría el dinero esta misma noche? ¿Y por qué tan tarde?

—Porque tú has llegado hace muy poco tiempo, ¿no te acuerdas? Yo no sabía cuándo llegarías, así que quedé con él por la noche. ¿Lo has encontrado ya? Vaya una cosa para dejarte por ahí. Vuelve y registra la habitación.

Chelsea reconoció la voz del primer hombre. Era el mismo hombre con el que se había encontrado un poco antes en aquel mismo pasillo. Parecía que aquellos dos tenían que ocuparse de un asunto turbio. Y el hombre cuya voz reconocía no estaba demasiado contento por ello.

Asomó la nariz, y vio que los hombres se habían detenido en el pasillo, como si quisieran comprobar si tenían algo que necesitaban, o no.

El interpelado asintió al sacar de entre su ropa un objeto estrecho. Chelsea oyó un clic, y de repente, vio aparecer la hoja de un cuchillo afilado entre sus manos.

Rápidamente, ella volvió a esconderse entre las sombras.

—Eso es muy desagradable. Y ya te he dicho que el español me ha jurado que tiene el dinero, siempre y cuando pueda reunirse contigo —dijo el segundo hombre—. Pero, ¿quién sabe? ¿No has aprendido todavía nada de esos malditos franchutes?

—Pues si quieren nuestra ayuda, será mejor que tengan cuidado.

—¿Nuestra ayuda? Por Dios Santo, nosotros no vamos a ayudarlos.

—Pero ellos no lo saben. ¿Qué nos importa a nosotros lo que quieran ellos? Nos reunimos con él en su habitación de La Corona, tal y como acordamos, tomamos el dinero, hablamos amablemente con él, y después le rebanamos el pescuezo y salimos de allí con cara de inocentes, como hemos hecho con los demás. Quiero hacerlo de una vez. ¿Qué ha sido eso? ¿Has oído algo? Por allí. Vamos a echar un vistazo.

Chelsea supo que tenía dos opciones: podía quedarse donde estaba y esperar a que la descubrieran, o salir y enfrentarse a ellos.

Eligió la segunda.

—*¡Mon Dieu!* —exclamó, agarrándose las manos contra el pecho con sorpresa fingida, y después, inmediatamente, comenzó a soltar un torrente de palabras en francés, diciéndoles que estaba muy asustada, que su doncella había desaparecido justo cuando necesitaba que la ayudara a desabrocharse la botonadura del vestido. ¿La habían visto aquellos caballeros?

—No es más que una idiota. Creía que todas las prostitutas se habían ido ya. ¿De qué está hablando?

—No lo sé —dijo el hombre a quien Chelsea había visto antes. La estaba mirando fijamente, pero ya no tenía el cuchillo en la mano—. ¿Hablas inglés? —le preguntó con lentitud, como para ayudarla a entender.

Chelsea estuvo a punto de negar con la cabeza, pero se dio cuenta de que con eso se habría delatado. Así pues, repitió lo que acababa de decir, con más dramatismo y aspavientos; después, utilizó el arma más pesada de todo el arsenal: se echó a llorar.

—Idiota —dijo el hombre con disgusto, y le dio un puñetazo al otro hombre en el brazo, para que se pusiera en marcha—. Vamos, Jonas.

—No sé… —dijo el tal Jonas, sin dejar de mirar a Chelsea—. Tal vez nos haya entendido. Deberíamos llevárnosla. Por lo menos es muy guapa, y parece que está más limpia que las demás.

Chelsea se asustó más aún, y rápidamente, pensó en lo que podía hacer una mujer que quisiera librarse de un hombre. Era fácil: solo tenía que pedirle que se quedara con ella.

Se agarró del brazo de Jonas y lo miró de manera suplicante, mientras repetía sus mentiras por tercera vez, tirando de él como si le estuviera pidiendo ayuda con desesperación.

—No puedo soportar este lloriqueo. Suéltame, idiota —le dijo Jonas, y se zafó de ella. El violento tirón de su brazo impulsó a Chelsea hacia atrás. Se golpeó contra la pared, con tanta fuerza que expulsó todo el aire que tenía en los pulmones—. Dios, no soporto a los franceses. Andan corriendo por Inglaterra como si hubieran ganado la guerra. Le cortaría el cuello solo por gusto para que se callara. Vamos a tomar esa copa que me has prometido, y nos marchamos.

Chelsea se quedó donde estaba, apoyándose en la pared, hasta que recuperó el aliento. Entonces salió corriendo hacia la habitación de Beau. Llamó a la puerta con todas sus fuerzas, y después giró el pomo, con la esperanza de que él no hubiera cerrado con llave.

La puerta estaba abierta.

—¡Levántate! —le gritó ella, al verlo tendido sobre la cama, completamente vestido y muy relajado—. Van a matar a alguien.

—Sí, eso ya lo veo. Seguramente, a mi hermano. Por muy preciosa que estés, querida, no creo que me sienta cómodo con la ropa que te ha elegido mi hermano. Ese traje de amazona te sienta demasiado bien.

—Ahora no, Oliver —dijo ella—. Acabo de oír la conversación de dos hombres en el pasillo, y tienen planeado matar a otro en Gateshead, creo.

—¿De veras? Yo no me preocuparía —dijo Beau mientras se incorporaba en el colchón—. La gente hace eso todo el tiempo, sobre todo cuando tienen acceso a una taberna. Planean un asesinato y hablan de él, pero rara vez lo llevan a cabo.

—¡Hazme caso, Oliver Le Beau Blackthorn! No tengo costumbre de exagerar. Los he oído, y lo decían en serio. Le van a robar el dinero, y después le van a cortar el cuello. Incluso he visto el cuchillo.

—¿Que has visto qué?

—Que he visto el cuchillo, Oliver. Y aparte de eso, ¿tú sabías que las mujeres que han estado hoy aquí eran prostitutas?

De repente, él puso cara de timidez.

—Sabía que era posible que lo fueran.

—De verdad, parece que estoy ciega. Aunque bueno, no importa. Deberíamos encontrar a ese hombre y avisarlo antes de que lo maten. Si salimos ahora, puedo ir contándotelo todo por el camino. A menos que prefieras seguir ahí plantificado, mirándome como el tonto del pueblo, con la boca abierta.

—Y pensar que estaba tumbado en la cama, con pensamientos poéticos sobre lo bien que nos llevamos. Había decidido que lo que más admiro de ti es tu apreciación de mis muchas cualidades —dijo él con un suspiro, y la tomó del brazo para guiarla hacia una silla. Después, se sentó a su lado—. El tonto del pueblo es todo oídos, *madame*. Hablad.

Ella tuvo ganas de estrangularlo, pero se contuvo.

—Tienes que enterarte de todo, ¿no? Bueno, supongo que es lo justo.

Al principio, él escucho con reticencia, pero después, por cómo tamborileaba con los dedos de la mano derecha, Chelsea se dio cuenta de que estaba prestándole atención de verdad. Al final estaba completamente alerta.

—Repite eso.

—¿Qué? ¿La Corona? Tú has visitado todas las fondas y las posadas, así que dime si existe una que se llame La Corona.

Beau asintió. Se puso en pie y tomó la chaqueta. Había cambiado de alguna manera. De repente parecía más grande, más musculoso. Casi peligroso.

—La Corona y las Plumas, y La Corona y el Arpa. Dos Coronas. Dime el nombre otra vez. Quiero pensar que no te he oído bien.

Chelsea se puso en pie.

—¿Te refieres a Jonas? No, te refieres al nombre del español. Don Pedro Mesina. ¿Sabes, Oliver? Ese nombre me resulta vagamente familiar.

Él estaba moviéndose por la habitación. Sacó las pistolas de una de las alforjas, comprobó que estaban cargadas y volvió a guardarlas. Después se puso la bolsa sobre el hombro, y metió el cuchillo, guardado en su funda, en la caña de su bota derecha.

—De *Mucho ruido y pocas nueces*, de Shakespeare. Don Pedro, el heredero legítimo, es el personaje opuesto a don Juan, el hijo bastardo y villano de la obra. Se desarrolla en Mesina, que entonces pertenecía a la Corona de Aragón. Demonios, es exactamente la tontería teatral que a él le parecería divertida. De todos los lugares de Inglaterra donde podía haber aparecido, tenía que ser aquí.

—Oliver, estoy segura de que tú sabes de qué estás hablando, pero yo no.

Él se pasó los dedos por el pelo.

—No, claro que no lo sabes —respondió mientras tomaba el sombrero y los guantes—. Nuestra madre nos bautizó con nombres de personajes de Shakespeare. Oliver Le Beau, Robin Goodfellow. Don Juan, el hermano bastardo de don Pedro en *Mucho ruido y pocas nueces*. Aunque todos lo llamamos Jack.

—Pero, si es tal y como has dicho, don Juan es el villano. ¿Por qué le puso tu madre el nombre de un personaje malo a tu hermano?

—Tendrás que preguntárselo a ella. Algunas personas te dirán que tuvo una premonición. Dios Santo, Chelsea, ¿está trabajando para los franceses? —preguntó Beau. Se caló el sombrero, se acercó a ella y la agarró de los antebrazos—. Con suerte, esos hombres se tomarán unas copas en la taberna para reunir valor. Eso me dará tiempo suficiente para ir en busca de Puck y encontrar a Jack. Creo que será la primera vez en cinco años que estamos los tres juntos. Parece que hemos organizado una fiesta. Quédate aquí, y cierra con llave cuando salga.

Ella lo sujetó por las manos.

—Oliver, piensa un momento. Yo sé los nombres de las dos posadas. Tengo un caballo, y dinero en mi bolso. Puedo preguntar la dirección de Gateshead, o incluso contratar a alguien para que me lleve hasta allí. Además, llevo todo el día aquí, y esta posada no es tan segura como tú puedas pensar. Creo que tendría que seguirte.

—Y yo puedo tomar el cordón de esa cortina y atarte al poste de la cama —replicó él, y suspiró—. Está bien. Ve a El Cisne Blanco y avisa a Puck, que estará en su habitación. Pero no te muevas de allí. Tuve dudas sobre esta posada desde el principio. Seguramente estamos rodeados de ladrones y delincuentes, aunque no quería decírtelo. Ni tampoco lo de las prostitutas. Vendrás conmigo, pero tienes que hacer todo lo que te diga, ¿de acuerdo?

Ella se sacó la llave de su habitación del bolsillo.

—De acuerdo. Voy por mi sombrero y mis guantes, y me reuniré contigo en el establo. Hay luna llena, y tú sabes que monto muy bien a caballo —le dijo, y se puso de puntillas para darle un beso en la mejilla—. Tu hermano estará bien, Oliver.

—No, cuando yo me encuentre con él —respondió Beau, y salió de la habitación.

Ya había recorrido la carretera dos veces aquel día, y sabía que estaba en buenas condiciones. Además, había luna llena, así que Beau confiaba en que el viaje solo durara media hora, aunque Chelsea fuera cabalgando a su lado.

Antes de salir de la posada se había asomado a la taberna y había echado un vistazo a los dos asesinos que le había descrito Chelsea para asegurarse de quiénes eran. La taberna, que durante el día permanecía casi desierta, en aquel momento estaba llena de huéspedes, todos ellos hombres, todos ellos vestidos con ropa oscura, con las expresiones cautelosas de los hombres que siempre estaban listos para luchar o para huir si olfateaban el peligro. Seguramente saldrían a medianoche, para causar estragos en cualquier carruaje que encontraran.

En sus momentos más razonables, sabía que aquello era positivo, porque sentía que podría pasar sin aporrear a un supuesto ladrón. Reservaría toda su ira para Jack.

Beau tenía pensado despertar a Chelsea después de haber hecho el amor y haber dormido durante unas horas, y dejar aquella posada de la misma manera que habían dejado la anterior: antes del amanecer, y silenciosamente. Tenía que haber seguido lo que le dictaba el instinto y haberse marchado con el barón y el padre de Emily, y haber cabalgado hasta encontrar un pueblecito con una posada más segura.

Sin embargo, quería a Chelsea en su cama. No quería que nunca estuviera fuera de su lecho. Debería admitirlo. Admitirlo y seguir adelante. Recuperar la cordura. Ella no era lo que él había querido encontrar, porque él no quería nada de ninguna mujer, no esperaba nada de ninguna mujer.

Ella era la venganza perfecta, la fruta madura que había caído en sus manos inesperadamente. Se suponía que solo tenía que ser eso.

Pero en aquel momento, y casi para horror de Beau, ella se estaba convirtiendo, sencillamente, en todo para él.

¿Cómo había sucedido eso? ¿Cuándo había sucedido?

¿Y qué demonios iba a hacer al respecto? En pocos días,

su mundo se había vuelto del revés, y su vida se había dividido en dos partes: antes de Chelsea, y desde Chelsea.

Tenía que decírselo. Tenía que tragarse todas sus protestas y su determinación a ser el dueño de sí mismo, y admitir que ya no era ese hombre. Era un hombre cuyo corazón descansaba en la palma de una mano muy pequeña.

No debería ser tan terrible, pero lo era. Beau llevaba mucho tiempo pensando que el amor no era para él. No lo quería, y no podría reconocer aquel sentimiento ni aunque le diera con los nudillos en la frente.

Y, sin embargo… sin embargo, allí estaba. Se había apoderado de su corazón.

Chelsea sentía agrado por él, y había despertado maravillosamente bien a su unión física, aunque hubiera tomado la decisión de perder la virginidad para que su hermano no pudiera anular el matrimonio. Era una mujer fuerte y decidida. Sin embargo, ninguna de aquellas cosas significaba que lo quisiera.

Era una mujer práctica, capaz de negociar y de sacar el mejor provecho de las cosas. Y parecía que estaba contenta con su destino, y que era cumplir con su parte del trato sin vacilación.

Sin embargo, ¿cómo se sentiría si él le dijera que creía que se estaba enamorando de ella, lo que no formaba parte de su acuerdo, y que quería que su matrimonio fuera mucho más que un matrimonio de conveniencia?

Y, ¿se atrevería él a decírselo? Ya había conocido el amor no correspondido, y tenía las cicatrices que lo demostraban. No deseaba toparse con él otra vez.

—Espera —dijo Chelsea, cuando llegaron a la cima de una colina desde la que se divisaba Gateshead debajo de ellos. Ambos se detuvieron, y ella le preguntó—. ¿Has tenido tiempo de hacer un plan?

—¿Aparte de salvar a mi hermano para poder matarlo después? No.

—Eso era lo que yo pensaba —dijo Chelsea mientras controlaba cuidadosamente a su yegua—. Por eso yo he hecho uno. Un plan, quiero decir.

Beau le hizo una seña para que siguieran avanzando, en aquella ocasión, al trote.

—¿De verdad? Muchas gracias. ¿Y ese plan te incluye de alguna manera, por casualidad?

—Bueno…

—No, Chelsea. Me lo prometiste.

—Perdón, Oliver, pero yo no te he prometido nada. Me acordaría. Creo que solo dije que estaba de acuerdo.

—¿Y hay alguna diferencia?

—Por supuesto que sí. Un acuerdo solo obliga si a la persona que ha dado su consentimiento le resulta posible hacer lo que ha acordado, y después, si no es posible, se anula. Una promesa es para siempre. Es… como un voto.

—Como los votos matrimoniales. Esos son para siempre, lo cual me está pareciendo, cada vez más, un tiempo muy, muy largo.

—Sí, Oliver. Son para siempre. Y no tienes gracia. De todos modos, te lo explicaré. El hecho de que accediera a quedarme en la habitación de Puck fue útil para mí porque, al comprometerme a hacerlo, ese acuerdo me iba a traer hasta aquí. Sin embargo, ahora que estamos aquí, me resulta desagradable haber sido yo quien te contara lo que oí en el pasillo y después tener que esconderme como si fuera una niña mientras tú llevas a cabo un rescate.

—Lo cual anula el acuerdo —repitió Beau. Lógica femenina. No había nada que pudiera asustar más a un hombre—. Es todo un argumento, Chelsea, pero la respuesta sigue siendo no.

Ya habían llegado a la entrada del pueblo, y no había nadie por la calle, lo cual hacía su presencia mucho más obvia. Tenían que entrar en la posada cuanto antes; los dos hombres reconocerían a Chelsea si la veían, y eso no podía suceder.

—Crees que no sería más que un estorbo, ¿verdad?

—No. Estoy seguro de que serías un estorbo. Hay un motivo por el que las mujeres no van a la guerra, ¿sabes?

—Sí. Se llama el orgullo desmedido de los hombres. ¿Es que nunca has leído nada sobre las amazonas? ¿Ni sobre las sirenas? Pero bueno, no vamos a hablar de eso ahora. Además, yo no haría nada. Estoy segura de que te has estado devanando el cerebro para dar con una manera de entrar a la habitación de tu hermano mientras los asesinos están dentro. Seguramente has llegado a la conclusión de que vas a derribar la puerta de una patada, ¿no? Pues eso no es necesario.

—¿De veras? ¿Y cómo lo harías tú?

¿Y cómo podía saber ella que eso le tenía muy preocupado? Si intentaba derribar la puerta de una patada, podían clavarle un cuchillo a Jack en la espalda antes de que Puck y él tuvieran la oportunidad de encañonar a sus agresores.

—Muy fácil. Llamaría a la puerta de la habitación de tu hermano, una vez que lo hayamos localizado y los dos ladrones estuvieran dentro. Los hombres les abren la puerta a las mujeres, sobre todo cuando ofrecen… Bueno, le ofreceré algo. Y después, incluso antes de que la puerta se abra, me apartaré rápidamente y me esconderé en un lugar seguro, mientras Puck y tú os ocupáis del resto, y os echáis en cara lo que queráis con vuestro hermano. ¿No te parece más sencillo? ¿Para qué vas a romper una puerta cuando alguien está dispuesto a abrírtela sin problemas? A veces, los hombres dificultan mucho las cosas.

Beau se quedó en silencio durante un instante, reflexionando sobre aquel plan, porque era un buen plan. E inmediatamente, vio su error.

—Puedo pagarle al camarero de la Corona para que llame a la puerta —dijo.

—¿Serías capaz de hacer eso? ¿Serías capaz de robarme el plan y no permitirme que participara en él? Oliver, eso no es propio de un caballero.

Él señaló hacia la derecha, y ella lo siguió hacia el patio del establo de El Cisne Blanco. Después, Beau la ayudó a desmontar.

—Se te olvida que soy un bastardo, Chelsea —le dijo mientras la sujetaba en vilo durante un segundo—. No hay nada que no sea propio de mí.

—Oliver... Yo estaría muy preocupada durante todo el tiempo que Puck y tú estéis fuera. Después de todo, fui yo quien te dio la información. Si os ocurriera algo a alguno de los dos, caerá sobre mi conciencia por habértelo dicho. Me pasaría el resto de la vida con Francis Flotley, acuérdate, y preguntándome si las cosas habrían sido distintas de haber podido acompañarte. No me hagas esto.

—Soy un idiota —dijo él, rindiéndose—. Si Puck está de acuerdo, puedes venir con nosotros. Pero solo llamarás a la puerta, Chelsea, ¿entendido? ¿Lo entiendes?

—Eso sí te lo prometo —respondió ella. Entonces lo tomó de la mano y comenzó a tirar de él hacia la puerta principal de la fonda—. Sé que no puedes verlo de la misma manera, Oliver, pero yo me siento como si estuviera en una gran aventura, y esto es parte de ella. Me siento tan viva... No tiene nada que ver con la vida aburrida y llena de oraciones que Thomas me ha obligado a llevar durante estos últimos años. Oh, además, Puck se pondrá contento de verme, y yo tengo que darle las gracias por este precioso traje de montar —dijo, en un tono de jovialidad muy molesto para Beau. Claro que estaba feliz; se había salido con la suya, y su mundo volvía a ser perfecto.

«Y sin embargo», pensó Beau, «mi mundo está completamente del revés».

Mujeres. Un hombre podía disparar, boxear y montar a

la perfección, y ser el mejor en el uso de la espada. Podía caminar, y correr, hablar y razonar. Podía subir montañas, vadear ríos, dirigir ejércitos, conquistar imperios.

Pero, si una mujer entraba en su vida, todas aquellas habilidades y todas aquellas destrezas, y por supuesto, su inteligencia, lo abandonaban. Tal vez Dios le hubiera quitado a Adán una de las costillas para regalarle a Eva, pero desde entonces, Eva había estado dándole con ella a Adán en la cabeza.

CAPÍTULO 16

Chelsea estaba temblando por dentro, aunque intentara aparentar calma y compostura. Por un momento, creyó que iba a vomitar a causa de los nervios.

Sabía que se estaba portando muy mal. Había mentido, y engatusado a Beau, y había usado la intimidación, con tal de ser incluida en el plan de rescate de su hermano.

Tenía que hacerlo. Pensar en que Beau se marchara sin ella y pudiera resultar herido, o algo peor, era demasiado para ella. Sabía que no podía decir demasiadas cosas, porque él le respondería que eran los hombres quienes protegían a las mujeres, y no al revés. Como si todas las mujeres fueran personas indefensas, miedosas e histéricas que se desmayaban con solo ver una gota de sangre. Como si las mujeres quisieran quedarse en casa bordando para no tener miedo de que pudiera ocurrirles algo malo.

Los hombres podían ser muy obtusos. Así pues, que Beau pensara que ella era exigente, entrometida e incluso tramposa. Siempre y cuando pudiera ir con él, y asegurarse de que no intentara cometer alguna heroicidad estúpida...

—Ah, mira —dijo cuando entraron al pequeño vestíbulo de la fonda, tirándole de la manga—. Ahí está Puck. Está muy guapo.

Puck debió de oírla, porque giró la cabeza, y al verlos, abandonó por completo a su interlocutor y se acercó a ellos con los brazos abiertos, casi como si estuviera intentando ocultarlos de la vista del hombre con el que estaba hablando.

—¡Señores Claridge! —exclamó—. ¡Qué sorpresa tan agradable!

Le tomó las manos a Chelsea y besó el aire que estaba junto a su oreja derecha, y después el de la izquierda, mientras le decía en voz baja:

—Salgamos de aquí. Sigue a Beau. Ese hombre ya me ha informado de que lo conoce.

Chelsea se movió rápidamente, y se dio cuenta de que Beau ya estaba delante de ella, con la cabeza vuelta deliberadamente, hasta que salieron a la calle de nuevo.

—Demonios, Beau —dijo Puck, mientras recorrían apresuradamente el camino de piedra—. ¿Por qué no te subes a una silla y anuncias públicamente tu presencia? ¿Dónde está ese espantoso traje que llevabas antes? Tenías muy mala pinta, pero por lo menos nadie te miraba dos veces.

—Por eso no te preocupes. ¿Qué hace Carstairs en Gateshead?

Puck suspiró y agitó la cabeza.

—¿De verdad creías que me iba a preocupar lo suficiente como para preguntar? De veras, Beau, ¿qué importa lo que esté haciendo aquí? Me imagino que ese hombre es un aburrido, viaje donde viaje. La cuestión es, ¿qué estás haciendo tú aquí? Pensaba que la idea era tener escondida a Chelsea. Si vas a cambiar las reglas, deberías avisarme. A propósito, ¿adónde vamos?

—A La Corona, a rescatar a tu hermano Jack —dijo Chelsea, y se colocó entre los dos hermanos mientras caminaban—. Hay dos Coronas, así que necesitamos encontrar la posada en la que está tu hermano antes de que lo asesinen.

Chelsea pensó que lo justo era decírselo a Puck. Él ni siquiera pestañeó al preguntar:

—Vaya, típico de Black Jack. Cuánto le gustan las emociones fuertes. ¿Beau? ¿No le has explicado que es imposible asesinar a Jack? En cualquier caso, me imagino que será al contrario. Tal vez vayamos a rescatar a alguien de él. Hay una Corona al final de esta calle —dijo, y los dos hermanos aceleraron el paso.

Chelsea los siguió con la respiración entrecortada.

—¿Y no quieres saber por qué? —le preguntó a Puck—. Es decir, por qué lo van a asesinar.

—No, creo que no, gracias —dijo Puck—. Beau, me parece que estoy en desventaja, como si me hubiera vestido para una cena, y no para una pelea. ¿Tienes, por casualidad, algún arma de sobra en tu persona?

Beau apartó la capa negra que había tomado para ocultarse, se sacó una de las pistolas de la cintura del pantalón y se la entregó a su hermano.

Puck, a su vez, se la metió en la cintura.

—Vaya, esto me va a estropear el fajín. ¿No tienes nada más pequeño a mano? Es una pena.

¿Qué les pasaba a aquellos dos hombres? Uno se había quedado igual de silencioso que la Esfinge, y parecía que al otro le preocupaba más su aspecto que el peligro.

—No me importa que no quieras saberlo, de todos modos te lo voy a decir. Se ha puesto del lado de los franceses, Puck.

—¿Jack? ¿De verdad? ¿Y para qué?

—No conocemos todos los detalles —dijo Chelsea mientras veía el letrero de la posada a lo lejos—, pero en mi opinión ha contratado a hombres muy malos para que lo ayuden a liberar a Bonaparte.

—No, eso no puede ser. Ya se ha hecho, ¿para qué iban a repetirlo? Me parece que cualquier hombre encontraría algo más interesante que hacer.

—De acuerdo —dijo Chelsea—. ¿Pero qué?

—¿Qué? Deja que piense. Hay muchas cosas, en realidad. En Francia nadie está contento con el nuevo gobierno, y todavía hay muchas cuentas que saldar. Por lo tanto, en mi opinión, eso sería un golpe más probable. No hay nada como derrocar al gobierno cada pocos años, marchar por las calles defendiendo causas perdidas, levantando barricadas, cantando canciones patrióticas, y colgando a algún tipo que otro de las farolas. A los franceses les encantan esas cosas. Y creo que los ingleses les hemos ayudado en alguna ocasión, haciéndoles ver lo infelices y oprimidos que están consigo mismos, para que no se enfaden con nosotros. *Vive la France, maison des idiots.*

—Calla —le dijo Beau, y tomó del codo a Chelsea para dirigirla hacia la puerta de la posada—. Deja que hable yo.

—Tiene un poco de mal genio esta noche, ¿no? Es una pena, pero los tres somos proclives a ponernos de mal humor de vez en cuando. Supongo que es por ser Blackthorn. Espero que te esté tratando bien. Pese a que es de edad avanzada, empiezo a dudar que tenga mucha experiencia con las mujeres. Bueno, corregiré eso: con las mujeres de buena cuna —le dijo Puck al oído a Chelsea mientras entraban al vestíbulo de la posada, y Beau se acercaba a la recepción.

—¿Alguna vez hablas en serio? —le preguntó ella, también susurrando mientras intentaba dominar los nervios.

—Casi nunca. Ah, aquí viene Beau, que por lo menos parece un poco más contento. Gracias a Dios.

—A la primera. Está aquí —les dijo en voz baja—. Y, que sepa el dueño, está solo en su habitación. Eso nos ha ahorrado tiempo. Ahora salgamos de aquí.

Puck abrió la boca, seguramente para formular una pregunta, pero habría sido inútil, porque Beau ya se había vuelto hacia la puerta y no les había dejado más opción, a Chelsea y a él, que seguirlo.

Una vez fuera, caminaron rápidamente hacia el final del

edificio y se ocultaron entre las sombras. Allí, Beau le contó a Puck lo que estaba sucediendo, y cuál era el plan de Chelsea. Esperarían allí escondidos hasta que aparecieran dos hombres y entraran en la Corona y el Arpa. Después de un minuto, ellos entrarían también y subirían a la habitación de Jack, y Chelsea llamaría a la puerta para pedir que la dejara entrar.

—Yo me haré pasar por una de las criadas y le diré que le llevo toallas limpias. Cuando se abra la puerta, me apartaré, y Beau y tú podréis entrar y salvar a vuestro hermano del peligro heroicamente.

—Parece muy divertido. Siempre he querido ser heroico —dijo Puck—. Sin embargo, tengo una duda. ¿Y si no quiere toallas limpias? Tal vez prefieras ofrecerle algo que muy pocos hombres rechazarían. No creo que el plan de las toallas funcione. Además, sabemos que Jack está solo, porque los hombres malos no han entrado todavía. ¿Por qué no vamos ya a su habitación y le avisamos de lo que va a pasar? De hecho, salvo para que me esfuerce en encontrar una solución mejor que la vuestra, no me necesitáis para nada. He pedido una chuleta de cerdo para cenar esta noche, y estaba deseando tomarla.

Chelsea posó una mano en el pecho de Beau, que había dado un paso hacia su hermano con intención de asesinarlo.

—Tiene razón, Oliver. ¿Por qué no subimos y avisamos a tu hermano?

—Porque, par de pánfilos, existe la posibilidad de que Jack esté trabajando para la Corona, y no contra ella.

Durante unos segundos, Chelsea creyó que Jack Blackthorn trabajaba para la posada.

—Ah, quieres decir el gobierno —dijo por fin Chelsea—. Lo sabía.

—No, no lo sabías —le dijo burlonamente Puck, y después se volvió hacia Beau—. Creo que la idea de que nuestro hermano trabaje para alguien, amigo o enemigo, no es plausible. Mamá me dijo en secreto que sigue sin aceptar la asignación, y que está muy preocupada por si ha recurrido a algo nefasto.

—Las cartas. Creo que juega —les dijo Beau, sin apartar la vista del patio de la posada—. Pero tal vez haya más. Dios, siempre he esperado que haya algo más. De cualquier modo, no quiero levantar la liebre para esos dos asesinos si Jack les ha tendido alguna trampa.

—Eso es todo un detalle, Oliver —le dijo Chelsea afectuosamente—. A todos nos gusta pensar que nuestros familiares son mejores de lo que son. Yo una vez tuve la esperanza de que a Thomas le creciera un cerebro en la cabeza, y a Madelyn se le desarrollara la conciencia, pero no sucedió ninguna de las dos cosas.

A Beau se le escapó una carcajada, pero se puso serio rápidamente.

—Estoy en mitad de un charco, en un callejón oscuro, con un idiota que solo se preocupa de su estómago y una mujer que piensa que soy patético, esperando a que aparezcan dos asesinos para matar a mi otro hermano, que espero que no sea un traidor, y preguntándome qué he hecho para merecer esto.

Chelsea lo fulminó con la mirada.

—Fuera lo que fuera, debió de ser algo horrible. ¿Sabes? No eres precisamente agradecido. Nosotros estamos aquí contigo, y yo ni siquiera conozco a tu otro hermano. Es pedirnos demasiado. ¿No te parece, Puck?

—¿Pediros? ¡Pero si fuiste tú la que me suplicó… Puck, ya basta, para.

Puck estaba apoyado contra el muro de ladrillo del edificio, riéndose en silencio, pero en aquel momento se irguió y señaló hacia el patio.

—¿Son esos los asesinos?

Chelsea dio un paso hacia delante y se asomó por la esquina para mirarlos justo antes de que Beau la agarrara por la cintura y la hiciera echarse hacia atrás, de nuevo a la oscuridad.

—Oliver, suéltame. Y sí, son ellos. Supongo que ahora tenemos que seguir con mi plan, por muy horrible que le parezca a Puck. Has dicho que un minuto. Deberíamos contar. Uno, dos...

—¿No te encanta esta mujer, Oliver? A mí sí. Debes de estar pasándolo muy bien durante esta fuga, mientras que yo no hago otra cosa que seguiros en ese maldito carruaje.

Chelsea agachó la cabeza y sonrió. No quería que Beau viera lo divertida que le parecía aquella aventura. Percibía su agitación, que irradiaba de él en forma de ondas. Era tan adorable...

—Está bien, vamos a acabar con esto —dijo Beau. La tomó de la mano y la llevó de nuevo hacia la posada—. Y recuerda que debes llamar y preguntar si necesitan toallas, y después, apartarte inmediatamente de la puerta y marcharte al final del pasillo. Lo digo en serio, Chelsea. ¿Entendido?

—Sí. No iba a olvidárseme mi propio plan. Y vamos a ser serios, ¿verdad, Puck? Más o menos —terminó ella débilmente, porque vio que Beau tenía cara de angustia.

Una vez dentro, se dirigieron rápidamente hacia las escaleras, pero el dueño los detuvo.

—¿Adónde creen que van? No pueden subir a las habitaciones como si nada. Tienen que pagar y firmar en el libro de admisiones.

Beau se detuvo, se giró hacia el hombre y lo fulminó con la mirada.

—Oh, sí, *milord* —dijo entonces el posadero—. Podemos dejarlo para más tarde, no hay problema.

Entonces, se dio la vuelta y se alejó hacia la taberna.

—Eres un abusón —le susurró Chelsea mientras subían

la escalera—. Por mucho que odie que me mires de esa manera, voy a preguntártelo: ¿Sabes adónde vamos?

—A la 3 B —respondió él.

Antes de seguirlos, Puck se detuvo en el mostrador y tomó una manzana de un cuenco.

—No he podido cenar, ¿sabes? —dijo, cuando llegaron al tercer piso y Beau miró la fruta medio comida, cosa que hizo que volviera a adoptar su mirada fulminante—. No te preocupes. Puedes pagarle a ese hombre cuando salgamos.

Recorrieron el pasillo y llegaron a una puerta con un número 3 y una letra «B» pintados en la madera, junto a unas cuantas palabras que ella fingió que no reconocía.

Beau asintió una sola vez, y ella llamó tres veces a la puerta sin titubear.

—Toallas limpias, señor —dijo con un acento cantarín de sirvienta, y después se volvió a mirar a Beau con una expresión triunfal.

Él se pellizcó el puente de la nariz y cerró los ojos durante un segundo, con una expresión de sufrimiento.

—No deseo toallas, gracias —dijo alguien desde el interior de la habitación.

—¿Es Jack? —preguntó Puck en silencio, formando las palabras con los labios.

Beau asintió. Chelsea estaba asombrada ¿Aquellos hermanos se veían tan poco que Puck ni siquiera estaba seguro de que fuera la voz de Jack? Suspiró. Ojalá ella pudiera decir lo mismo de Thomas.

Beau la tomó del codo para apartarla, pero Chelsea no estaba dispuesta a rendirse a la primera. Volvió a llamar.

—No lo estaba preguntando, *milord*, se lo estaba diciendo. No puedo bajar con las toallas otra vez porque el dueño me despedirá por no hacer mi trabajo. Me ha dicho que trajera las toallas a la 3 B, y yo traigo las toallas a las Tres B. No son muy elegantes, pero están limpias. ¡Abra!

Puck aplaudió en silencio su representación, y ella le hizo una reverencia de agradecimiento, y después él la agarró bruscamente del brazo y la mandó de un empujón hacia el otro lado del pasillo, al oír pasos que se acercaban a la puerta desde el interior de la habitación.

Ella se quedó mirando a los dos hermanos con los ojos abiertos como platos, y los vio sacar las pistolas y esperar a que se descorriera el pestillo de la puerta. Entonces, Beau le dio una poderosa patada y la derribó sobre la persona que hubiera al otro lado.

Hubo un golpe seco, una imprecación y varias maldiciones, disparos, y después silencio.

Ella se tapó los oídos por si disparaban más o por si alguien repetía aquellas palabrotas, y entrecerró los ojos para no ver nada que no quisiera ver, y se encaminó hacia la habitación. Al entrar, se dio cuenta de que era una estancia mucho más agradable que cualquiera de las que ella había tenido que ocupar durante su viaje, y a los dos hombres a quienes se había encontrado en el pasillo de la posada, con las manos en alto y una expresión de rabia y frustración. Beau los estaba encañonando con una pistola, y Puck estaba apoyado contra el borde de una mesa, terminándose la manzana... junto al hombre más increíblemente guapo que Chelsea hubiera visto nunca.

Y seguramente, el más enfadado.

Jack Blackthorn era alto, incluso más alto que Beau. Era posible darse cuenta de que los tres hombres eran hermanos, porque tenían la misma forma de los ojos y de la barbilla. Sin embargo, ahí terminaba el parecido.

Beau y Puck eran rubios, y Jack, moreno. Moreno como el carbón. Tenía el pelo y los ojos negros, y estaba bronceado por el sol, curtido por el viento. Sus rasgos eran afilados, como si los hubieran tallado en una piedra perfecta y dura.

Cuando clavó aquellos ojos negros en ella, Chelsea se estremeció.

Black Jack.

El nombre le iba como anillo al dedo.

—¿Y quién es esta? ¿Nuestra criada? Di algo, querida mía, para que pueda estar seguro.

—Yo no soy tu querida, ni tampoco un perro, para que me des órdenes —replicó Chelsea.

—Demonios, Beau, ¿es esta la mujer con la que te vas a casar? Piénsalo dos veces. Es demasiado buena actriz, y todos sabemos adónde puede llegar eso, ¿no? Ah, y baja la pistola, por favor. Estos dos no van a tratar de escapar. Sobre todo el pobre tipo al que golpeaste en la cara con la puerta. Creo que le has roto la nariz.

—Es una pena que no contestaras tú mismo —dijo Beau, con una sonrisa, y señaló a Jonas con el cañón de la pistola—. Sin embargo, sé que este tiene un cuchillo escondido.

—¿Te refieres a esta desagradable navaja? —preguntó Jack, y se sacó el arma del bolsillo. Chelsea oyó el clic, y apareció la hoja—. Nos hemos encontrado por primera vez esta tarde, pero ya me habían advertido de lo que debía esperar. Se la quité inmediatamente. Torpe de mí, me choqué con él cuando nos estábamos sentando para hablar de nuestros planes.

—¡Demonios! —gritó Jonas, y bajó las manos para palparse los bolsillos—. ¡Bastardo! ¿Me has robado?

—Tonterías. Solo te he privado de un medio para conseguir un fin. Mi fin, para ser exactos. No me gustaba pensar en esta navaja clavada en mi cuello. Y ahora, manos arriba otra vez, si no te importa. Como ya has comprobado, este hombre que está a mi lado es imprevisible, y no querrás perderte la cita con el verdugo —dijo Jack, y sonrió a Beau—. Dime, ¿cuándo pensaste por primera vez que soy idiota?

—Creo que cuando todavía estabas en la cuna —respondió Beau—. Entonces, ¿hemos venido corriendo a salvarte, sobre todo de ti mismo, y lo único que hemos conseguido ha sido interferir?

—Sí, podría resumirse de ese modo. Pero agradezco mucho el gesto. Y ahora, si no os importa, hay dos caballeros que están a punto de llegar para ayudarme a llevar a estos traidores a Londres. Preferiría que no os cruzarais con ellos, puesto que quieren salvaguardar su anonimato. Como yo —añadió.

—¿Cuándo te marchas? Hace dos años que no te veo. Podrías haberte quedado al funeral en vez de entrar y salir como un ladrón.

—Podría, sí, pero no quería, Beau.

—Por mamá.

—Porque ese no es mi sitio —respondió Jack mientras se sacaba el reloj del bolsillo y consultaba la hora—. Será mejor que os marchéis.

—Ella cree que eres un asaltador de caminos, o algo por el estilo —le dijo Beau—. Pero trabajas para el gobierno.

—Yo no trabajo para nadie. Sin embargo, de vez en cuando me divierto —respondió Jack. Entonces se giró hacia Puck y añadió—: He oído decir que en París eres el centro de todas las miradas. Pero como todos sabemos, el verdadero desafío es ser aceptado aquí, en Inglaterra. Cualquier idiota puede recibir atenciones en Versalles.

—Me alegro mucho de haberte visto, Jack —respondió Puck relajadamente—. Vamos, Beau, antes de que nos pongamos sentimentales. Despidámonos afectuosamente y así yo podré volver a la posada a tomarme mi chuleta de cerdo. Aquí no nos necesitan.

Chelsea había estado escuchando calladamente, y cada vez se sentía más incómoda. Su familia era un desastre, pero aquello pasaba de castaño oscuro.

—¿Y eso es todo? —preguntó finalmente con enfado—. ¿Lleváis años sin veros, y solo podéis dedicaros cinco minutos? ¿Ni siquiera os caéis bien? Debería daros vergüenza a los tres.

—Chelsea, por favor —murmuró Beau, volviéndose hacia ella.

Entonces fue cuando Jonas intentó escapar. Después de todo, como el hecho de cooperar con sus captores solo podía llevarlo a la horca, era lógico que corriera el riesgo de intentar escapar.

—¡Oliver!

Beau alzó su pistola y se giró rápidamente, y golpeó a Jonas en la sien con el cañón. El hombre cayó desplomado al suelo.

—Muy bien, hermano —dijo Puck—. A este no tendrás que atarlo, Jack. ¿Lo ves? Te hemos ayudado mucho.

En aquel momento, Jack se ablandó.

—Os pido disculpas a todos. Llevamos meses planeando lo que iba a suceder esta noche, y habéis interrumpido mi golpe de gracia. Soy lo suficientemente egoísta como para haber deseado terminar con ellos con mis propias manos. Sus pequeños negocios han acabado con la vida de tres hombres buenos. Al principio pensábamos que eran verdaderos conspiradores políticos, pero ha resultado que son ladrones comunes que se aprovechan de la ingenuidad de algunos idiotas. De cualquier manera, tenían que ser eliminados.

Chelsea se sentía un poco tonta, pero de todos modos se explicó.

—Antes oí su conversación en la posada en la que nos estábamos alojando, y estaban planeando quitarte el dinero y cortarte el pescuezo —dijo, señalando a Jonas—. Él dijo que iba a cortarte el cuello, como a los demás. Entenderás que tus hermanos estuvieran preocupados.

—¿De veras, Beau? ¿Estabas preocupado? ¿O estabas pensando que me había unido a los conspiradores franceses?

—Esa posibilidad se me cruzó por la mente. Perdóname. Pero si no fueras tan misterioso, ni siquiera lo habría pensado. Don Pedro Mesina. Estabas actuando.

—Pues sí, en efecto. Supongo que es un talento natural en mí. Todos representamos un papel, ¿no? El hijo obediente, el lechuguino... Oh, no pongas esa cara, Puck, sé que trabajas muy diligentemente para que nadie te tome en serio. Y yo, por supuesto, la oveja negra. Somos muy predecibles, ¿no creéis? Representamos los papeles que nuestra madre nos asignó con su genio para el arte.

Chelsea tuvo que pestañear para contener las lágrimas que le habían empañado los ojos de repente. ¡Qué triste! Si la sociedad los había marcado como a bastardos, su madre había sido peor; les había encajonado en unos papeles que ella misma había elegido, y después los había abandonado.

—No tenéis por qué ser lo que ella piensa que deberíais ser —dijo antes de poder contenerse—. Ahora sois adultos, y sois libres para hacer lo que queráis.

Jack le hizo una reverencia.

—Gracias, lady Chelsea. Sin embargo, creo que cada uno de nosotros disfruta de su papel. ¿No es así, hermanos?

—Creo que hay uno que disfruta demasiado del suyo —replicó Beau sin miramientos—. Tenemos que marcharnos, porque mañana debemos ponernos en camino muy temprano.

Jack asintió.

—Tú al norte, yo al sur y Puck, donde le lleve el viento. Tened cuidado. Anoche, cuando venía desde Leeds, vi el carruaje de Brean. Paré en la posada e hice una pequeña travesura que podrá retrasarlos un poco, pero tal vez él haya alquilado otro coche para no perder tiempo.

Chelsea se tapó la boca con la mano para contener un jadeo. De repente, sintió mucho frío en la habitación. El frío de la tumba.

—¿Qué has hecho? —preguntó Puck—. No es que me preocupe, pero parece que tienes inclinación a relacionarte con asesinos. ¿Qué travesura es esa?

—Una que seguramente a ti te habría gustado. Había pensado en sabotear los radios de la rueda, pero hubiera causado un accidente. Al final tomé prestadas una docena de gallinas del gallinero de la posada y las metí en el carruaje para que pasaran ahí la noche. Pero por favor, no os preocupéis por las aves, porque estoy seguro de que el tipo a quien contraté para hacerme ese pequeño favor les dejó mucha comida para que se alimentaran. En los asientos, en el suelo... Vaya, Beau, parece que estás muy contento conmigo. Qué agradable.

Volvieron a su escondite después de despedirse de Jack. Beau se estaba preguntando por qué demonios su hermano siempre conseguía que se enfadara tanto, y por qué, al mismo tiempo, le caía tan bien.

—Estoy muy cansada, Oliver —dijo Chelsea, y bostezó—. ¿No podríamos irnos ya?

Beau la miró en la penumbra. Ella apartó la vista.

—Es por Jack. No confía en él —dijo Puck, que se estaba comiendo otra manzana—. Jack dijo que iban a venir unos hombres para ayudarlo a llevarse a los asesinos, pero Beau no está seguro, y piensa que tal vez Jack solo quería librarse de nosotros. ¿No es así, hermano mío?

—No. No es cierto —replicó Beau—. Solo siento curiosidad. Quiero ver si conozco a esos hombres. Si acaso existen —dijo, porque Puck no iba del todo desencaminado—. Esperaremos solo cinco minutos más, Chelsea, y después nos marcharemos a la fonda. Puck y yo pediremos otra habitación, y tú puedes quedarte en la suya. No voy a pedirte que volvamos a nuestra posada, cabalgando, a estas horas de la noche.

—Vaya, eso es muy agradable. Gracias, Puck.

—De nada —dijo él—. Es que soy un hombre generoso. Y, por supuesto, estoy deseando dormir en la misma cama que mi hermano, que seguramente ronca.

—No, no es verdad —replicó Chelsea rápidamente—. Quiero decir que no parece de los que roncan.

Beau sonrió en la oscuridad.

«Eso servirá para tener callado a Puck durante un rato».

Iban a abandonar la vigilancia cuando aparecieron dos hombres a caballo, seguidos por un coche pequeño, negro y discreto. Entraron en el patio de la posada y se apearon de los caballos. Sus rostros permanecieron en las sombras hasta que llegaron a la puerta de la posada, donde la luz del vestíbulo iluminó sus rasgos antes de que desaparecieran en el interior del edificio.

—Vaya, qué tonto he sido al decir que era un aburrido.

—Yo no te llevé la contraria, Puck —dijo Beau. Tomó a Chelsea de la mano y echó a andar hacia El Cisne Blanco—. Dickie Carstairs. No lo habría creído de no haberlo visto con mis propios ojos. Y el barón Henry Sutton. Ambos muy admirados en la alta sociedad londinense, además de ser dos de las últimas personas que yo hubiera imaginado en algo como esto. Jack tiene amistades muy interesantes. Bueno, vamos.

CAPÍTULO 17

Chelsea estaba sentada en el alféizar, en camisón, con una manta fina por los hombros. Miraba por la ventana, hacia el pueblo de Gateshead, o al menos, lo poco que podía ver en la oscuridad.

Aquel día ya había sido muy largo antes de que oyera la conversación entre Jonas y su compinche. En aquel momento, ese día tan largo le parecía una eternidad, y sin embargo, no conseguía dormirse.

Thomas, Madelyn y Francis Flotley estaban en algún lugar cercano, más allá de aquella ventana. No habían abandonado la persecución.

Y Chelsea no podía creerlo.

¿Qué pensaban hacer si los encontraban? ¿Detenerlos antes de que pudieran llegar a Gretna Green? Habían pasado muchos días y muchas noches, y ellos tenían que saber que era una mujer deshonrada, que estaba comprometida más allá de toda redención. ¿Por qué no habían hecho lo más lógico y habían vuelto a Londres?

Ella no contaba con que siguieran persiguiéndolos.

Debían de pensar que todavía podía salvarse, o tal vez, que debía recibir un castigo por su desobediencia.

Chelsea se estremeció al pensarlo. Si aquel era el caso, entonces su hermano la entregaría a Francis Flotley y la condenaría a una vida de penitencia y oraciones y… No. No podía pensar en el resto.

Si antes, la idea de pasar la vida junto a Francis Flotley le resultaba insoportable, ahora era diez veces peor. Preferiría matarse que permitir que aquel hombre le pusiera las manos encima.

Beau no permitiría que sucediera algo así si podía evitarlo. Él no dejaría que Thomas se la llevara sin oponer resistencia. Querría impedírselo.

Y eso le preocupaba. La idea original había sido conseguir su protección, sí, y a cambio, ofrecerle la posibilidad de vengarse.

No había pensado en que todo aquello podía entrañar un peligro real para él. Había sido una criatura egoísta.

Pero el tiempo había pasado.

Y una vez que había llegado a conocerlo, sabía qué clase de hombre era, y sabía que lucharía por ella. Había visto de qué manera tan calmada y eficiente había golpeado a Jonas con el cañón de la pistola. Beau no era violento, no había disparado al hombre, pero tampoco había rehuido la pelea.

Aquella noche había sido inquietante. Ver a Beau con una pistola en la mano, y con aquella expresión tan decidida, ver cómo había respondido ante la posibilidad de que alguien a quien él quería estuviera en peligro… para ella había sido difícil de soportar.

Y todo aquello volvería a suceder si Thomas daba con ellos.

Cuando Thomas diera con ellos, porque aquello era inevitable. Ya casados, o de camino al primer yunque, en algún momento tendrían que enfrentarse a él.

Y si ocurría algo horrible, sería culpa suya.

Chelsea se secó las lágrimas de las mejillas con el dorso

de las manos e intentó concentrarse, porque tenía que hacer algo si Thomas todavía seguía a la caza.

—Madurar sería una buena cosa —se dijo mientras sollozaba suavemente—. Esto no es una aventura, sino una persecución, y una persecución que no terminará en Gretna Green. Thomas no se detendrá allí y se dará la vuelta aceptando su derrota. Habrá consecuencias.

Volvió a enjugarse las lágrimas rápidamente al oír que alguien llamaba a la puerta de la habitación.

Era Beau, que le preguntaba en voz baja si podía pasar.

—Espera... espera un momento —dijo ella. Se dirigió rápidamente hacia la jofaina y se lavó la cara con agua fría. Después, abrió—. Estaba... Me has despertado.

Él pasó por delante de ella justo cuando Chelsea se daba cuenta de que la cama ni siquiera estaba abierta, aunque el reloj acababa de dar las tres. Era evidente que no había intentado dormir.

Él no le tomó el pelo.

—Yo tampoco podía conciliar el sueño. Puck, por otra parte, está dormido como un tronco, lo cual demuestra que tiene la conciencia tranquila, o que no tiene escrúpulos.

A Chelsea se le estaba cayendo la manta, y se la recolocó sobre los hombros.

—¿Es esa tu forma de decir que nosotros no los tenemos?

—No. Creo que ambos tenemos escrúpulos.

—Pero no la conciencia tranquila. Por lo menos, yo no —dijo ella, y asintió—. ¿Cómo lo sabías?

Él abrió los brazos y ella entró en aquel círculo, se colocó en la uve de sus piernas y posó las manos en sus hombros. Beau se había convertido en algo muy importante para ella. ¿Lo sabía? Llevaban juntos muy pocos días, pero Chelsea ya no podía imaginarse cómo podría ser la vida sin él. Tal vez, incluso, se hubiera enamorado. No era de extrañar que sintiera tanto temor. Nunca había amado, y no sabía cómo reaccionar, ni qué decir.

No podía contárselo, porque no sabía qué iba a pensar él de semejante declaración. Quizá le dijera que se equivocaba, que el placer físico era algo completamente distinto al amor. Y tal vez tuviera razón, porque ella no lo sabía, no podía saberlo.

Sin embargo, por el momento él estaba allí, y eso era suficiente.

La manta cayó al suelo.

Él la miró comprensivamente.

—Pensabas que tu hermano ya se había rendido, ¿no? En cuanto Jack nos dijo que había visto el carruaje de tu hermano, te quedaste callada. Tú pensabas que él ya habría vuelto a casa, y que todo había terminado.

Ella asintió.

—Nunca me quiso. No entiendo por qué, de repente, le importo tanto.

Beau le acarició la mejilla.

—¿Quieres saber la verdad? Esto no tiene nada que ver contigo, Chelsea, y nunca lo ha tenido. Es algo sobre Thomas, y sobre cómo le afectan a Madelyn y a él las cosas que haces tú. El hecho de que sea yo el involucrado sirve para aumentar su humillación.

—Y la de Madelyn —añadió Chelsea—. Ella podía haberte conseguido hace siete años, pero al final, soy yo la que te tiene.

—Aunque, para mucha gente, eso no es precisamente un éxito —replicó él con una sonrisa—. Pero ahora tú crees que vamos hacia una situación violenta, ¿no es así?

Chelsea suspiró.

—¿Y es así?

—Por mi parte no. Yo ya he ganado, y de un modo que no me esperaba. Lo que no sé es hasta qué punto está dispuesto a aceptarlo tu hermano. ¿Es muy profunda su nueva devoción religiosa?

—Ya te he dicho que solo sirve para empeorarlo. Antes despotricaba, gritaba y rompía cosas. Ahora habla suavemente, razonablemente, aunque no dice más que tonterías, y después me recuerda que Dios lo salvó de su lecho de muerte y que ahora vive en él, y aprueba lo que él está haciendo. Un montón de idioteces que le ha metido en la cabeza Francis Flotley. Vivir con Thomas se ha convertido en algo insoportable; el reverendo lo tiene comiendo de su mano. ¡Y ahora dice que me tengo que casar con él! —Chelsea suspiró una vez más, y añadió—. Pero nunca debería haberte involucrado a ti. Eso fue algo muy egoísta.

—Ahora te estás concediendo demasiados méritos. Yo nunca hago nada que no quiera hacer. Tú acudiste a mí con una proposición, y yo la acepté. Y yo no incumplo mi palabra.

Ella ya lo había deducido por sí misma. Le acarició con un dedo los pliegues del pañuelo del cuello y musitó:

—Supongo que podríamos marcharnos del país durante una temporada. Hasta que Thomas esté… hasta que…

—¿Hasta que haya muerto de viejo? —dijo Beau—. No creo, Chelsea. Mi ofensa no es de las que un hombre pueda olvidar fácilmente. Vamos a Escocia, casémonos, y ya nos enfrentaremos a Thomas y a su ira cuando llegue el momento. Es demasiado tarde para hacer cualquier otra cosa.

—¿Estás seguro?

A él se le borró la sonrisa de los labios.

—Demonios, Chelsea, ¿es que estás pensando en volver con él, en sacrificarte como si fueras una heroína de novela barata? ¿Habrías estado aquí mañana si hubiera esperado al amanecer para venir a buscarte?

—Interrumpiste mis reflexiones, así que no lo sé —respondió ella sinceramente—. Tal vez hubiera llegado a esa conclusión; lo estaba pensando. Me parecía lo más correcto, hasta que pensaba en Francis Flotley y perdía el valor.

—Eso no es perder el valor, sino recuperar el sentido común.

—Pero yo no tenía derecho a ponerte en peligro. Si Thomas piensa que todavía puedo salvarme, cosa que debe de pensar, o si no ya habría cesado su persecución, entonces no dejará de pensarlo solo porque yo me haya casado. Y si yo acudiera a él ahora y le pidiera perdón de rodillas… Entonces él no tendría ningún motivo para hacerte daño.

—Él no me va a hacer daño, Chelsea.

—Dices eso, pero no puedes saberlo de verdad. Por favor, Oliver, míralo desde mi perspectiva. Fui yo quien hizo esto, no tú. Si te ocurriera algo, sería culpa mía.

—¿De veras? ¿Yo soy inocente de todo esto? Podría haber dicho que no, Chelsea. Admito que estaba borracho cuando llegaste a Grosvenor Square con tu plan, pero inmediatamente comprendí que tenía muchos aspectos beneficiosos para mí. Tú querías escapar, y yo quería vengarme. Podía haberte dicho lo que iba a suceder antes de que diéramos este paso, pero no lo hice.

—Diciéndolo así, parece que los dos somos horribles —le dijo ella—. Tal vez peor que horribles, porque me parece que además… nos lo hemos pasado bien.

—Sí. Hemos disfrutado el uno del otro —dijo él, y la atrajo hacia sí, entre sus piernas, para comenzar a mordisquearle suavemente el lóbulo de la oreja—. ¿Por qué no nos concentramos en eso esta noche, y ya veremos lo que ocurre mañana?

—Lo único que quieres es distraerme —replicó ella, aunque ladeó la cabeza para facilitarle el acceso.

—Demonios, me has pillado. ¿Y funciona?

—No debería funcionar. Pero claro, supongo que ya no puedo estar más deshonrada de lo que estoy.

Chelsea cerró los ojos mientras Beau desataba los lazos de su bata, y deslizaba dentro las manos para acariciarle el pecho. Ella intentó, una vez más, concentrarse en cosas importantes, pero sabía que era una batalla perdida. Después de todo, ¿qué podía haber que fuera más importante que aquello? Él le había despertado sentimientos que no conocía, y si disfrutar de aquellos placeres la convertía en una pecadora a ojos de Thomas, no le importaba. Y no le extrañaba que hubiera tantos pecadores…

Beau comenzó a acariciarle los pezones con las yemas de los pulgares, y Chelsea perdió la capacidad de pensar con claridad. ¡Qué hombre tan listo! Y, si el mañana tenía que llegar de todos modos, ¿por qué no iban a disfrutar aquella noche?

—Bien. No hablemos más. Me gustaría mucho verte desnuda —susurró él, con la voz ronca, y para demostrarlo, le deslizó el camisón por los hombros y tiró de él hasta que se lo bajó por las caderas, y lo dejó caer al suelo, a sus pies—. Dios.

La estaba mirando a ella. Solo a ella.

Tal vez no fuera tan libertina como había pensado.

—Oliver… ¿no deberíamos acostarnos?

«Taparnos con las sábanas».

—No. Todavía no. Quítate los pasadores del pelo, Chelsea. Por favor.

El fuego todavía ardía alegremente en la chimenea, y ella no había apagado ninguna de las velas. Podía verle la cara. Y él podía verla a ella, ver todo su cuerpo. Ya era demasiado tarde para el pudor.

Además, ella quería lo que quería. Quería olvidarlo todo, y sabía que él tenía los medios para conseguirlo.

Alzó las manos lentamente y se quitó las horquillas con

los dedos trémulos, mientras él le acariciaba las costillas y pasaba las manos por sus pechos, y después bajaba para rozarle las caderas.

—Sí. Así, Chelsea. Deja que te caiga por los hombros, por la espalda y por el pecho. Es como un ser vivo. Ahora tienes el cuerpo de una mujer, cariño. Está despierto, y sabe. Pero hay muchas más cosas que aprender. El cuerpo de una mujer está lleno de secretos. Y hay muchas formas de desvelarlos.

Entonces, deslizó una mano entre sus piernas.

En un momento, ella había tenido que agarrarse a sus hombros para no desplomarse contra él, porque le habían fallado las rodillas al sentir su contacto. El hecho de que él estuviera completamente vestido y la estuviera observando con tanta intensidad le proporcionó un tipo diferente de placer. Era suya, él podía acariciarla y hacer lo que quisiera con ella…

Cuando su cuerpo comenzó a estremecerse, ella gritó de gozo, aunque sintió una horrible frustración. Quería sentir su cuerpo contra el de ella, dentro del suyo. Lo deseaba. Lo necesitaba. E iba a tenerlo.

Se estrechó contra él con todo su cuerpo, y lo empujó hacia la cama, y lo besó con fuerza. Se convirtió en la agresora y dejó que aquel nuevo deseo, salvaje e intenso, la guiara.

Él había bromeado sobre su ropa, pero ella también habría rasgado su camisa si él no la hubiera ayudado a desabotonarla. Pero no lo suficientemente rápido… no lo suficientemente rápido.

Al demonio con sus pantalones… Con desabrochar los botones sería suficiente. No había tiempo para más, con aquel ardor, aquella necesidad.

Beau se incorporó y colocó a Chelsea sobre su regazo, a horcajadas. Y ella estaba dispuesta a hacerlo. A hacer cualquier cosa. Solo necesitaba rapidez. Tenía prisa.

Ahh…

Él era tan grande, tan sólido… Lo sintió en su interior, más profundamente de lo que nunca hubiera pensado. Ella siguió su ritmo cuando él la agarró por las caderas y la urgió a que se moviera. Deslizó las manos bajo su camisa y le clavó las uñas en la espalda. Él pasó una mano entre sus cuerpos unidos, y la acarició, la volvió loca de necesidad, la empujó hacia un nuevo precipicio que ella tenía que alcanzar. Moriría si no llegaba a él…

—¡No! —gritó cuando, por fin, le llegó lo que estaba buscando.

Sin embargo, se rindió ante lo inevitable, se desplomó contra él, y se estremeció, mientras su cuerpo se encogía y se liberaba, se volvía líquido, y la transportaba hasta un placer que estaba más allá de la comprensión de cualquiera, a un lugar en el que no había nadie, solo él, solo ella, y no existía otra cosa que aquel momento perfecto, en el que Chelsea notó su simiente dentro de sí.

—Te quiero, Oliver… Te quiero.

Chelsea había estado planteándose dejarlo, abandonarlo, sacrificarse por la descabellada idea de que así lo salvaría.

Pese a su representación de sirvienta, ella no era tan buena actriz como su madre. Una persona no podía estar llena de picardía y energía un momento, y al siguiente, bostezando y diciendo que estaba terriblemente cansada. Y menos cuando entre una cosa y otra, habían sabido la noticia de que Thomas seguía persiguiéndolos, y que estaba muy cerca.

Beau sabía que no era un experto leyéndole el pensamiento a las mujeres, pero había deducido correctamente que ella había pensado escaparse mientras todavía estaban en

Gateshead, ir en busca de su hermano y ponerse en manos de Francis Flotley para salvarlo a él.

Y sin embargo, allí estaba, dormida entre sus brazos, a salvo. Beau la había retenido de la única manera que había podido: con el sexo.

No se sentía orgulloso por ello.

Y peor todavía: Chelsea le había dicho que lo quería. En el momento álgido de la pasión, había pronunciado aquellas palabras. Y seguramente, pensaba que eran ciertas.

Era joven y vulnerable, y él tenía experiencia. Él le había mostrado un placer físico que ella desconocía, y ella lo había confundido con el amor. De otro modo, ¿por qué iba a pensar en sacrificarse para protegerlo?

Él no se merecía aquel tipo de sacrificio. Ni ningún tipo de amor.

«Nunca debería haberla tocado. Nunca debería haber accedido a llevar a cabo su plan. Soy un bastardo, como dice todo el mundo. Jack lo sabe, y Puck también. Estamos cortados por el mismo patrón, en muchos sentidos. Nunca se ha esperado nada más de nosotros, pero yo debería haber esperado algo más de mí mismo».

Chelsea se movió un poco e intentó acurrucarse más contra él, pero él se separó de ella cuidadosamente, la tapó y se levantó. No podía pensar racionalmente cuando ella dormía tan confiadamente entre sus brazos.

Se vistió rápidamente y se sentó en el alféizar. Su habitación daba al patio de la posada, y a las calles oscuras de Gateshead.

No tenía ni la más mínima intención de devolvérsela a su hermano, porque el sacrificio de Chelsea no serviría de nada. Ella terminaría casada con aquel fanático de Flotley, y él seguiría siendo el objetivo de su hermano. Lo que había ocurrido entre el conde de Brean y él había empezado siete años antes, y habría continuado para siempre, de no ser por la proposición de Chelsea.Y ahora debía terminar.

Chelsea no sabía que el odio de su hermano se había prolongado durante los años anteriores, y Beau no iba a decírselo, porque él parecería más interesado, parecería que solo se estaba dando más justificaciones para haberse permitido aprovecharse de ella.

Cuando Beau se había recuperado de las heridas que le había infligido el conde de Brean, siguió el consejo que le había dado la joven lady Chelsea y se marchó lejos, muy lejos. Se alistó en el Ejército porque no había otro sitio donde un hombre como él pudiera demostrar lo que valía. Pensó que luchando contra Bonaparte todos serían igual, porque todos estarían preocupados por lo mismo: por sobrevivir. Nadie le preguntaba a otro hombre cuáles eran las circunstancias de su nacimiento cuando confiaba en que ese hombre le guardara las espaldas durante una batalla.

Al final había hecho amigos allí, entre los soldados rasos, y también entre los oficiales. Pero los primeros meses habían sido horribles. Lo habían acusado de cobarde, de ser el tipo de soldado que saldría huyendo en cuanto viera al enemigo. Había tenido que enfrentarse a dos acusaciones: la primera, por robarle a otro soldado, y después, por saqueo. Si el idiota que le había puesto los objetos supuestamente robados en la mochila no hubiera confesado la verdad durante el interrogatorio, a él lo habrían fusilado sumariamente.

Siempre había habido rumores. Durante las batallas había tenido que cuidarse, porque algunos de sus enemigos llevaban su mismo uniforme. Sin embargo, fue en el campo de batalla donde había podido distinguirse, y poco a poco, sus compañeros habían terminado por aceptarlo. Para eso, había tenido que ser temerario, despiadado y loco como para luchar y arriesgarse el doble que los demás.

Se había alistado como soldado raso, y había dejado el ejército como teniente, algo que estaba reservado solo a los caballeros. Y durante el camino se había ganado el respeto de sus compañeros. Había averiguado que el conde de Brean estaba detrás de las acusaciones y de los rumores, que había pedido favores a algunos amigos y que incluso había pagado a otros para que lo acosaran de aquella manera letal.

Claramente, si no hubieran estado en Londres, el conde lo habría matado aquel fatídico día. En aquel momento, Beau había creído que Brean quería a su hermana. Sin embargo, eso no era cierto en absoluto. Simplemente, lo despreciaba a él, por lo que era.

Y, durante aquellos años de servicio en el ejército, Beau había estado planeando su venganza. Iba a sobrevivir, iba a volver a casa, y cuando estuviera allí, destruiría completamente a Thomas Mills-Beckman. Cuando el hombre estuviera completamente arruinado, él le enviaría una carta explicándole lo que había hecho, con una pistola cargada, para que Brean no tuviera problemas a la hora de volarse la tapa de los sesos.

Beau había olvidado a Madelyn. Ella solo había sido una fantasía, la fantasía de un joven idiota. Pero Thomas Mills-Beckman había matado algo dentro de Beau aquel día, su juventud, su inocencia, y lo pagaría caro.

Él le había dicho a Chelsea que solo se estaba divirtiendo, y que sus acciones en contra de su hermano no eran más que bromas pesadas. No sabía si ella se lo había creído o no, y al principio, no le había importado nada. La sangría que le había hecho a Brean había sido lenta, y no tan satisfactoria como hubiera pensado, y Chelsea había caído en sus manos inesperadamente.

Podía intentar convencerse de que no era una mala persona porque había tratado de disuadirla de su plan, pero sabía cuál era la verdad; sus protestas no habían sido demasiado firmes. Y en aquel momento, se estaba viendo a sí mismo tal y como era de verdad. Durante aquellos años, su plan de venganza se había convertido en una obsesión, y le había impedido distinguir entre el bien y el mal, porque se negaba a pensar en otra cosa que no fuera la destrucción de Brean.

Sin pensar dos veces lo que significaría el hecho de fugarse con él a Gretna Green para Chelsea, había aceptado su proposición. Y había llevado a cabo su plan, una gran aventura, con la hermana virgen del conde.

Y se había equivocado. Había comenzado algo que nunca debería haber comenzado, y tenía que terminarlo. Pronto llegaría el momento de que tuviera que pagar lo que había hecho. Puck había discutido con él cuando él le había dicho lo que había decidido, pero al final, había accedido a ayudarlo. Era el único modo de proteger a Chelsea.

Sería una apuesta, y él podía perder, pero Chelsea estaría segura.

Todo dependía de que pudieran llegar a Escocia sin toparse con Brean… y de que Chelsea no se enterara de cuál era su plan.

Madelyn se arrebujó en su chal mientras recorría el pasillo de la posada hacia su habitación. Eran más de las tres, y deseaba acostarse en su cama. En su propia cama, con sus sábanas nuevas.

Pero qué sorpresa tan agradable se había llevado cuando había descubierto que el vizconde Watley se hospedaba en la misma posada que ellos, porque estaba de camino al norte para acompañar en su lecho de muerte a una tía suya. Y sin su esposa. El hombre le había prometido unos pendientes de diamantes si pasaba un rato agradable con él... Y había sido muy divertido.

—Madelyn.

Ella se volvió al oír aquella voz, y vio a su hermano acercándose, con un aspecto horrible, con la chaqueta abierta y el pañuelo del cuello arrugado, y aquella considerable barriga. Recordó cuando era un hombre pulcro y limpio, aunque no fuera guapo. En aquel momento parecía que venía de un funeral esperpéntico.

—¿Thomas?

Él le puso un dedo sobre los labios.

—Shhh. No despiertes a nadie. Ten.

Le tendió una botella, y ella la agarró con algo de asombro contra su pecho.

—Muy bien. Te queda perfectamente, Maddie —le dijo Thomas con una sonrisa. Entonces, la tomó de la mano y la llevó hacia una de las puertas. Tuvo dificultades con la llave, pero finalmente consiguió entrar y tiró de ella.

Dentro de la habitación, le quitó de nuevo la botella y la empujó hacia dos butacas que había situadas ante la chimenea.

—Thomas —dijo Madelyn—, has estado bebiendo.

—Pues sí. Y habría pasado un buen rato con una prostituta, de haber podido, pero la muchacha de la taberna me dijo que estaba demasiado borracho para cumplir mi parte del trato. Una chica lista.

Ella no daba crédito a lo que estaba oyendo.

—Thomas, ¿qué te ocurre?

A él se le borró la sonrisa, y bajó la barbilla hasta el pecho.

—No lo sé. ¿Soy... soy un hombre malo, Maddie?

—Oh, ¿eso es todo? Sí, claro que lo eres. Pero no eres peor que muchos otros, de veras. Si Dios castigara con unas paperas mortales a todos los hombres malos de Inglaterra, la isla solo estaría poblada por mujeres y niños.

—Le he hice promesas a Dios. Si me dejaba vivir.

Ella puso los ojos en blanco. Claramente, su hermano tenía una borrachera sentimental aquella noche. ¡Si empezaba a llorar encima de aquel horrible pañuelo, ella se iría!

—Hace solo diez minutos yo también he llamado a Dios, pero todos invocamos su nombre en alguna ocasión, por un motivo u otro. Thomas aquel fue un momento desesperado para ti, pero pronto lo habrías olvidado de no ser por ese endemoniado Flotley y sus sermones —dijo ella, y lo miró con suma atención—. Pero estás empezando a darte cuenta ahora, ¿no?

—Dijo que podría salvarme si lo escuchaba y cambiaba mis costumbres. Aunque tú te vas a quemar en el infierno. Lo siento, Maddie. Él me dijo que fue tu pecado el que causó el mío. Con Blackthorn, ¿entiendes?

Madelyn se levantó de su butaca.

—¿Te dijo eso? Me dan ganas de ir a… No, es demasiado tarde, y la idea de ver a ese cuervo con el camisón me revuelve el estómago —murmuró, y volvió a sentarse—. ¡y cuál fue mi pecado?

Thomas le dio un buen trago a la botella.

—Flotley dice que, si no hubieras seducido a Blackthorn con tus artimañas de mujer, no habría sucedido nada de lo que sucedió.

—¿De veras? ¿Fui yo la que te puso el látigo en la mano?

El conde se encogió de hombros.

—Las mujeres hacen eso. Provocan. Chelsea me provoca con su impertinencia. Las mujeres están en la raíz de todos los males. Guerras. Pestilencias.

—Y sin embargo, yo lo he sorprendido varias veces, durante los últimos días, mirándome como si no quisiera otra cosa que pecar conmigo. Thomas, te ha engañado un charlatán, ¿es que no lo ves? Y uno muy licencioso, además. Te tiene comiendo de su mano, y seguramente te ha estado metiendo las manos en los bolsillos con regularidad, ¿no es así? Siempre has sido un idiota.

—Pero... pero... ¿mi alma inmortal?

Ella se echó a reír.

—¡Al diablo con tu alma inmortal! Seguramente, Él terminará haciéndose con ella de todos modos, ahora que por fin te has quitado la venda de los ojos. Y ahora, ¿no podemos dejar a ese cuervo abandonado en una cuneta y volver a Londres?

Él negó con la cabeza y suspiró.

—No, no puedo hacer eso. Antes necesito estar seguro de que sería lo correcto. He llegado a depender de su juicio en algunas cosas. Algunas cosas de las que me ha enseñado parecen... buenas. Necesito analizarlas, separar la paja del grano, Maddie. Estuve a punto de morir. Y estuve a punto de matar a alguien por tu culpa. Debemos continuar hasta que encontremos a Chelsea, de todos modos. Ya no voy a obligarla a que se case con Flotley, y tengo que decírselo antes de que se entregue a ese bastardo.

—Mi hermano, el santo. Solo esta conversación ha servido para compensarme por las incomodidades del viaje. Nunca te he tenido demasiado aprecio, Thomas, pero esta noche me desagradas menos que nunca. Creo que nos parecemos bastante, ¿sabes? Y en cuanto a Chelsea, es muy guapa, y eso me molesta, pero nunca podrá compararse conmigo, así que tal vez debiera ser más comprensiva con ella. Pero, ¿y si ya se ha casado con él? ¿La vas a convertir en viuda?

Thomas miró al fuego.

—No lo sé. Es una de las cosas sobre las que tengo que reflexionar. He hecho algunas cosas malas, cosas que tú no sabes. Tiene que haber algún lugar entre lo que yo era y lo que Francis dice que tengo que ser. No sé...

—Supongo que podrías desheredarla si piensas que eso es un término medio —dijo Madelyn—. Y supongo que de todos modos, ya somos el hazmerreír de todo el mundo. Pero, ¿sabes una cosa, Thomas? Si de verdad vas a dejar de fustigarte, entre los dos podríamos causar revuelo en Londres. ¿Los malvados Brean? Me gusta mucho, aunque a veces tú me caigas muy mal. Pásame la botella, Thomas. Tenemos que hablar de esto…

CAPÍTULO 18

Beau y Chelsea se habían quedado dormidos, lo cual no era extraño, teniendo en cuenta lo ajetreado que había sido el día anterior.

El amanecer había llegado y se había marchado, y en aquel momento, estaban desayunando en la habitación, esperando a que Puck volviera de reconocer el pueblo, por si acaso Brean había aparecido la noche anterior. Era posible, incluso, que permanecieran allí escondidos hasta que oscureciera antes de poder marcharse a su posada, o de poder salir hacia York.

Chelsea había protestado ante la segunda opción, y cuando él la presionó, murmuró algo sobre que no quería dejarse allí su dentífrico. Al final, Beau había accedido a enviar a Puck para que recogiera sus pertenencias y las llevara a la fonda.

Pareció que eso la satisfacía.

Él la observó mientras comía. Parecía que había recuperado el apetito, así como el brillo de los ojos. Él se felicitaba por ambas cosas, aunque tampoco subestimaba el efecto que podían tener en una persona las sábanas limpias y secas, y la comida comestible. Ella ya había hablado, incluso, de pedir una bañera si decidían quedarse allí lo que quedaba de día, porque seguro que el jabón de aquella fonda tenía muy buen olor, el agua estaba caliente y las toallas eran más gruesas que una hoja de papel y más suaves que el algodón.

Edith y Sidney todavía no habían llegado, porque Puck viajaba más rápidamente que el segundo carruaje, pero Chelsea no había dicho ni una palabra sobre lo maravilloso que sería contar con los servicios de una doncella por un día... lo cual significaba que él tendría que tragarse su frustración al verse obligado a prescindir de las atenciones de Sidney y de su habilidad con la cuchilla de afeitar.

Chelsea era... adaptable. Maravillosamente adaptable. Encajaba en su entorno, en vez de luchar contra él, y nunca se quejaba. Puck había estado hablando durante más de cinco minutos seguidos, aquella misma mañana, sobre la imposibilidad de encontrar unos huevos revueltos bien cocinados en toda Inglaterra.

Por fin, Chelsea dejó el tenedor a un lado y miró a Beau, que estaba sentado frente a ella en la mesa.

—¿Te va a desafiar a un duelo?

Él salió de su ensimismamiento.

—¿Tu hermano? No creo. A él no le gustan las peleas limpias. Prefiere que un par de lacayos corpulentos sujeten a un hombre en el suelo mientras él le da de latigazos. Eso, y otros métodos que no voy a mencionar. En resumen, no hablemos de Thomas, si no te importa. Me encargaré de él cuando tenga que hacerlo, pero eso no significa que tenga que estar siempre ocupando mis pensamientos. Ni los tuyos. Hay otras maneras mucho más placenteras de pasar el tiempo.

—Oh, no, Oliver. No me vas a distraer por segunda vez. Vamos a hablar, aunque tenga que encañonarte con una pistola.

—Vaya, eso sería interesante. ¿De qué quieres hablar?

—Gracias. Quisiera hablar de Jack, por supuesto, lo que

no debería sorprenderte. Y de Puck. Y de tu madre. Y del motivo por el que tu padre permite que ella sea una tirana.

—No es una tirana, Chelsea. Es lo que es, y nada más. Yo lo acepté hace mucho tiempo. Se ha asegurado siempre de que a ninguno nos falte de nada. Pero Jack se niega a aceptar la ayuda de mi padre.

—Él dice que Blackthorn no es su hogar —comentó ella mientras se retiraba de la mesa y se sentaba en el alféizar de la ventana, como si deseara dejar bien claro que solo iban a hablar—. ¿Por qué dijo algo así?

Aquella declaración también había sorprendido a Beau.

—Tendrás que preguntárselo a él. Jack siempre ha sido muy misterioso sobre sí mismo. Anoche dijo muchas más cosas de las que yo le había oído decir antes, y eso que no habló demasiado.

—Dijo que Puck es un lechuguino. Creo que Puck se sintió ofendido.

—Haría falta algo más que eso para ofender a Puck. Él sabe quién es.

—Y tú sabes quién eres tú. ¿Quién eres tú, Oliver? —preguntó Chelsea, mientras cruzaba las piernas sobre el cojín y se colocaba la falda del vestido alrededor del cuerpo.

—Un hombre que no está acostumbrado a responder preguntas como esa —dijo él, y se quedó mirándola con embeleso. El sol que entraba a raudales por la ventana convertía su pelo en un halo que le rodeaba la cara—. No vamos a verla muy a menudo, ¿sabes? Si es eso lo que te preocupa.

Chelsea se quedó azorada.

—¿Es muy evidente?

—A las mujeres casi nunca les cae bien mi madre. Claro que a ella tampoco le gustan mucho las mujeres. Y menos si se trata de una mujer joven y más bella.

—Yo no he dicho que no me cayera bien. Casi no la conozco —protestó Chelsea, pero después, cabeceó—. Pero es que... Oliver, si ella no hubiera sido tan egoísta, tú serías el heredero de tu padre.

—Y seguramente, también sería tu cuñado.

—Ah —dijo ella, y frunció el ceño—. Sí, es cierto. Thomas se habría lanzado a tu cuello con entusiasmo. Le habría encantado que Madelyn se casara con un marqués rico. Supongo que, en cierto modo, tuviste mucha suerte.

Beau se echó a reír.

—Estoy de acuerdo. Sobre todo cuando tú hubieras terminado de ser la mocosa entrometida y yo me hubiera dado cuenta de que me había equivocado de hermana.

Su mirada se suavizó por un momento, pero después, Chelsea volvió a alzar aquella adorable barbilla.

—No vas a conseguir llevarme a la cama otra vez, Oliver, porque tengo muchas cosas que preguntarte.

—¿Estás segura? Puck no volverá por lo menos hasta dentro de una hora.

—Tal vez más tarde —dijo ella, agitando la mano con un gesto desdeñoso.

Beau tuvo que contener la carcajada. Claramente, Chelsea no había tardado mucho en aprender a ser una mujer, ni él había tardado mucho en convertirse en un idiota que tenía que suplicar sus favores como si fuera un adolescente enamorado.

Las mujeres no tenían ni idea de lo poderosas que eran.

O tal vez sí.

—¿Eso es un acuerdo, o una promesa? Me gustaría que me lo dejaras claro, puesto que ya me has explicado la diferencia.

—¿Todos los hombres y todas las mujeres tienen conversaciones como ésta? Porque a mí me resulta desconcertante.

—¿Y cómo te respondo a eso? ¿Te digo que las mujeres con las que yo he estado durante estos años no eran precisamente conocidas por su conversación?

Ella se rascó suavemente la nariz, seguramente para ocultar la sonrisa, porque con una sonrisa habría revelado que sabía a lo que él se había referido, y las muchachas bien educadas no sabían ese tipo de cosas. Pero entonces, pareció que Chelsea lo pensaba mejor, porque lo sorprendió con su franqueza.

—¿Se me da... bien?

Beau podría haber fingido que Chelsea le había preguntado por su conversación, pero eso, seguramente, solo serviría para que ella formulara la siguiente pregunta con más claridad, y él ya se sentía lo suficientemente incómodo.

—Yo diría que sí. Y vas a mejorar con la práctica, motivo por el que yo había mencionado que tenemos algo que...

—Sí, ya sabía que era bastante buena. Me refiero a mis métodos de seducción, claro —dijo Chelsea—. Tenía que hacer que mi deshonra fuera completa. No podía permitir que te plantearas devolverme a Thomas y a Madelyn, y que ellos se inventaran la historia de que yo había estado visitando a una tía enferma, o algo así.

Beau se sentó a su lado en el alféizar.

—¡Demonios, Chelsea, me siento utilizado! —dijo.

—No digas eso. Solo he pensado que debía decirte que perder la virginidad no ha sido tanto sacrificio como pensé inicialmente. Así que supongo que a ti también se te da muy bien. No es que te esté pidiendo una lista de las mujeres a las que has conquistado, porque no es así.

—¡Cómo me tranquilizas!

—Pero no te tranquilicé anoche cuando te dije que te quería, ¿verdad? Me besaste muy bien, pero no dijiste nada. Aunque no pasa nada, de verdad. No debería habértelo dicho. Te he puesto las cosas más difíciles, ¿verdad? En realidad, no he hecho otra cosa que complicarte la vida desde que entré en ella, ¿no es así?

—Chelsea, ¿de qué trata todo esto? Creía que lo habíamos solucionado todo anoche. No vas a volver con Thomas, y yo no voy a incumplir mi promesa.

—¿Porque lo odias, o porque yo te quiero?

Beau abrió la boca para negar sus palabras, pero se dio cuenta de que seguramente se estaba metiendo en una trampa. Si decía que no odiaba a Brean, ¿por qué estaba allí, a menos que él también la quisiera a ella? Ninguna mujer que creyera que estaba enamorada querría saber que no era más que un medio para conseguir un fin.

Él le tomó las manos.

—Chelsea, los hombres y las mujeres disfrutan los unos de los otros. Es perfecto que tú hayas… disfrutado de lo que hemos hecho. Ese disfrute no necesita que le demos otro nombre. Es solo lo que es. Una parte de la vida.

Ella liberó sus manos y apartó la mirada.

—Crees que soy idiota, ¿no? Una ingenua.

Él negó con la cabeza.

—No. Creo que eres muy joven. Chelsea, mírame.

Ella giró un poco la cabeza y lo miró de reojo.

—Ahora vas a decirme que nos llevamos muy bien y que los dos vamos a conseguir lo que queríamos de esta fuga, pero que tú prefieres que no espere nada más que eso, porque no estás preparado para dármelo. ¿Y por qué, Oliver? ¿A ti qué te importa que la tonta de Chelsea haya confundido la pasión con el amor? ¿O es que no crees que exista el amor?

Beau se levantó y atravesó la habitación, y después se giró y caminó hasta que estuvo frente a ella. Chelsea tenía que dejar de pensar en que él pudiera ser algo más que un medio para vengarse de su hermano. No para siempre, sino por el momento. Él tenía que estar seguro de que ella no iba a cometer ninguna estupidez cuando por fin se enfrentaran a Brean, algo como decir que se marcharía con su hermano si pensaba que él podía estar en peligro.

—Sí creo que existe el amor —le dijo—. Pero no como

tú lo supones, Chelsea. El amor es un arma o una debilidad, dependiendo de quién lo tenga, de quién lo use. Sirve solo para convertirte en alguien controlado, o en un controlador. Convirtió a mi padre en un burro, y un amor malentendido estuvo a punto de conseguir que me mataran. Y tú has estado a punto de sacrificarte por mí porque tu supuesto amor te ha hecho papilla el cerebro.

—Oh, Oliver —dijo ella muy apenada—. ¿De verdad piensas que el amor funciona así? ¿Como un arma, o una debilidad? ¿De verdad crees que el amor te convierte en una víctima, o en un villano? Eso es muy triste.

—¿Y tú piensas que no debo preocuparme, porque tú vas a corregirme? Supongo que lo vas a hacer con ayuda de tu enorme experiencia.

—No seas irónico. Para ti es más fácil estar enfadado conmigo, ¿no?

Él estuvo a punto de decir que sí, pero se contuvo a tiempo.

—¿Y qué quieres que diga, Chelsea? ¿Que no creo en el amor? No es cierto; yo creo que sí existe el amor. Pero también creo que a menudo hace más mal que bien.

—¿Porque yo estaba pensando en acudir a Thomas y pedirle perdón si él me prometía que no iba a hacerte daño? ¿Pero es que no lo entiendes? Yo te hice esto, yo te puse en esta situación. Lo justo es que intente arreglar lo que hice mal.

—¡Y un cuerno! Hace pocos días no te habría importado en absoluto lo que me ocurriera, siempre y cuando consiguieras lo que querías.

—Sí, es cierto, lo admito, por muy horrible y egoísta que parezca. Pero eso era antes, Oliver, antes. Ahora, yo…

—Ahora me quieres. Maravilloso. Y para demostrármelo, estás dispuesta a destruir tu vida. No, lo que has hecho es demostrar que yo tengo razón, Chelsea.

Ella se había puesto a llorar.

—¡Estás tergiversando todo lo que digo!

—Y puedo hacerlo porque ninguno de los dos tiene la más mínima idea de lo que es el amor. ¿Lo sabemos, Chelsea? Me he acostado contigo. No te he dado nada más de lo que podría darte cualquier hombre. Hemos disfrutado el uno del otro. Pero todo eso es algo mucho más básico que el amor. No te sacrifiques por lo que te di, no destruyas tu vida, ve a buscar a otro hombre que pueda satisfacerte.

Chelsea se levantó lentamente del alféizar y se acercó a él, con una mirada gélida.

—Muy bien, Oliver —le dijo—. Si solo se trata de eso, tanto para ti como para mí, satisfáceme. Ahora mismo. Úsame como yo te uso a ti, ahora que los dos sabemos que no hay nada más.

Ella había aceptado su farol. Se había dado cuenta de que él mentía. ¡Dios, era magnífica!

—Chelsea —dijo él en tono de súplica—. No hagas esto.

—¿Que no haga qué? Hace un rato me lo has sugerido tú mismo, me dijiste que teníamos tiempo antes de que volviera Puck. Todavía tenemos tiempo. Y seguro que todavía tengo mucho que aprender acerca de cómo puede quedar satisfecha una mujer. Tú eres un buen profesor, ¿verdad? ¿No? Bueno, pues entonces, tal vez me vaya a buscar a otro hombre. Después de todo, tú mismo has dicho que un hombre es tan bueno como cualquier otro. Pero no te preocupes, Oliver, no voy a tropezar dos veces con la misma piedra. No permitiré que me importe nada ese hombre, igual que tú piensas que yo no te importo nada a ti.

—Eso no es lo que yo he dicho, y lo sabes.

—¿De veras? Entonces soy yo la que está tergiversando tus palabras ahora. ¿Qué es lo que querías decir, Oliver? Explícamelo.

Ella lo había acorralado con sus propias palabras. Él mismo se había acorralado.

—No quiero que me des tu amor. Ahora no. Todavía no —admitió Beau en voz baja—. No sé qué hacer con él, y no sé cómo puedo corresponderte. Ambos tenemos cosas que aprender todavía, Chelsea, y si somos afortunados, también tendremos tiempo para aprenderlas. Si te dijera que estoy dispuesto a matar a cualquier hombre que se atreviera a tocarte, y que pienso que mi vida terminaría si me dejaras... ¿sería eso suficiente para ti por el momento?

Ella le posó la mano en la mejilla.

—Sí, Oliver, creo que sí, por el momento. Y te prometo que no voy a dejarte. Olvidaré completamente la idea de sacrificarme para salvarte de la ira de Thomas. Tal vez porque te quiero, o tal vez solo porque no quiero que volvamos a pelearnos así.

—¿Y eso último es una promesa, o un acuerdo?

—Solo si me besas —dijo ella, justo cuando alguien metía una llave en la cerradura y la puerta se abría. Puck apareció, entró en la habitación y volvió a cerrar con llave.

—No hay tiempo para eso —dijo—. Cuando he vuelto, me he encontrado a Brean y a su hermana, y a un esqueleto con un chaqué negro en el vestíbulo, haciendo preguntas sobre vosotros, sobre si alguien se acordaba de haberos visto —explicó, mientras Beau y Chelsea rompían su abrazo—. El conde está dándoles propinas a todos aquellos a quienes pregunta, así que seguramente no tardará mucho en haber respuestas. Espero que te sientas muy inteligente hoy, hermano mío, porque estamos en un buen lío, teniendo en cuenta que puede haberme visto, y que me parezco mucho a ti, tanto como para ser tu hermano.

Beau tomó a Chelsea de los hombros.

—Me lo has prometido —le recordó.

—Te lo he prometido —respondió ella.

Se había quedado muy pálida, y parecía que estaba aterrorizada. Sin embargo, él tenía que haber sabido que no era así, y las siguientes palabras de Chelsea se lo confirmaron.

—Anoche estuve pensando en esto, puesto que tú pensabas que podía ocurrir. Te dije, Oliver, que cada vez que pensaba en hacer lo más noble, recordaba la boca húmeda de Francis Flotley y sentía pánico. Así que hice un plan por si nos encontraban aquí.

—¿Qué ha dicho? —preguntó Puck, mientras le entregaba su chaqueta a Beau—. Beau, te lo suplico, no la escuches. La última vez que ella hizo un plan, me perdí la cena y terminé durmiendo contigo.

CAPÍTULO 19

Estaba en una caja. Tenía que seguir pensando así. Era una caja. No un ataúd.

Pero estaba en un ataúd.

Se había acostumbrado casi por completo a la oscuridad, y seguramente a la falta de aire cuando Chelsea levantó la tapa y lo miró. La inesperada luz que entró en la caja estuvo a punto de cegarlo.

—¿Estás seguro de que te encuentras bien, Oliver? Tienes mala cara.

Él pestañeó unas cuantas veces, y después la miró. Estaba deslumbrante de negro. Sería una pena tapar todo aquel pelo dorado y sus preciosos rasgos con un velo negro, pero era necesario.

—No es que tenga mala cara, Chelsea —dijo Puck afablemente—. Es que está muerto. Ha dejado este valle de lágrimas. ¿Y te he dicho ya que eres muy lista? Es brillante, ¿verdad, Beau?

—No la animes —respondió Beau, mirando el rostro lleno de preocupación, pero también de júbilo, de la viuda Claridge—. Tal y como están las cosas, creo que voy a tener pesadillas durante la década siguiente. Si ya estuviéramos casados, me habría negado a hacer esto. Quiero que conste.

—Muy bien, consta en acta. A propósito, Brean y su grupo están comiendo en el piso de abajo mientras nosotros hablamos —dijo Puck, y después, sin miramientos, cerró la tapa del ataúd, y Beau se quedó nuevamente privado de vista y de sonido.

Chelsea había explicado que el fallecimiento de su tía Abigail le había recordado a las muertes de sus padres, y todo eso le había servido de inspiración. La gente apartaba la vista de los muertos, o por lo menos, ella lo hacía. Le daban la espalda a la muerte, o inclinaban la cabeza para no tener que verlo, cosa que parecía más caritativa y amable.

No había necesidad de atar las sábanas para poder fugarse por la ventana sin que los viera Thomas, ni tampoco había necesidad de exponerse a la violencia. Se marcharían de El Cisne Blanco tal y como habían entrado, por la puerta delantera. Bueno, salvo Beau, que saldría de una manera un poco distinta.

Lo único que necesitaban era que Puck saliera a escondidas y le consiguiera un traje de viuda para que ella pudiera cubrirse la cara con un velo negro. Ah, y un médico y un enterrador que estuvieran dispuestos a participar en su pequeña farsa.

Ella le había sugerido que se llevara una buena cantidad de dinero para su búsqueda.

Eso, y que la ayudara a convencer a Beau de que no había nada de cobardía en aquella brillante idea suya. Beau no sabía por qué se había enfrentado a ella con tanta firmeza en eso. Seguramente, porque no podría defenderla si Brean se daba cuenta de que todo era un engaño.

Puck había obrado el milagro en menos de una hora, gastando cincuenta libras de Beau para conseguirlo. Según Chelsea, había sido muy barato.

Puck les había dicho que estaba a punto de producirse un gran revuelo en la fonda, porque alguien, que seguramente era él mismo, había dicho en voz baja que podía haber un caso de enfermedad mortal en la fonda, porque ya había muerto un hombre. Esa aportación al plan había sido obra de Puck, y se sentía muy orgulloso de sí mismo, según le pareció a Beau.

Se sintió mareado, y empujó la tapa del ataúd hacia arriba.

—Señora Claridge, lo lamento mucho, pero tengo que señalar que vuestro plan tiene un pequeño defecto. Me parece que habrá un cadáver de verdad en este ataúd para cuando me hayan sacado de aquí. Puck, haz unos cuantos agujeros con tu cuchillo en la tapa, ¿quieres? Parece que no puedo respirar.

—Siempre se está quejando —le dijo Puck a Chelsea mientras se sacaba el cuchillo de la bota—. Esta caja costó cinco libras, y solo para una hora, ¿sabes? El enterrador es un avaricioso. Si lo hago, tendremos que comprarla. Y aunque sea tan bonita, con todo ese acolchado por dentro, no creo que quieras quedártela.

—No importa —dijo Beau—. Hazlo, por favor.

Puck comenzó a agujerear la tapa, pero a los pocos instantes, alguien llamó a la puerta.

—Ah, eso me dice que nuestros acompañantes ya están aquí. No tengo tiempo para terminar los agujeros, solo he podido hacer uno, lo siento. Contén la respiración. Yo me escaparé por la ventana cuando esté seguro de que todo ha ido bien. Así que adiós, hasta que volvamos a encontrarnos en el cielo, o en el establecimiento del enterrador. Descansa en paz, hermano mío, y en silencio —dijo. Beau se tumbó rápidamente y quedó a oscuras cuando la tapa volvió a cerrarse.

Al menos, podía respirar un poco mejor. Y oír. La oscuridad no estaba tan mal. Siempre y cuando pudiera olvidar que tenía el forro de la tapa a pocos centímetros de la nariz.

Estaba encajonado en aquel ataúd. ¿Acaso aquellas cosas no tenían talla?

—Abajo andan diciendo que hay una epidemia peligrosa en esta fonda. Debo protestar, señor Blackthorn. Yo nunca he dicho nada semejante. Si esto sale a la luz, ¡mi reputación quedará destrozada!

«Ah, el médico».

—Vamos, vamos, no os preocupéis. Tomad, otras cinco libras.

«Muy generoso con mi dinero, ¿no, Puck? Podías haberlo contentando con dos».

—Bueno, si insistís... Gracias. Solo serán unos minutos —dijo el doctor—. Yo vigilaré por la ventana —añadió. Sin embargo, pasaron diez minutos más, antes de que el hombre anunciara con alivio—: El señor Hayes y su coche fúnebre ya están frente a la fonda.

«Hayes, coche, fonda. Um, um. El señor Hayes estará muy contento, puesto que tiene los bolsillos bien llenos. Y más, cuando vea el agujero de la tapa del ataúd. Um, um... tal vez con un solo agujero no haya sido suficiente...».

—¿Oliver? ¿Me oyes?

«Chelsea me está susurrando algo. ¿Por qué me susurra? La viuda susurrante. El señor Hayes, tan contento. Umm, umm...».

—¿Um? Es decir, sí. Te oigo, Chelsea. Solo estaba... dormido.

—Bien. Los hombres van a venir a sacarte ya, así que continúa sin moverte. Quería abrir la tapa, pero el ayudante del doctor acaba de marcharse para mostrarles el camino a la habitación a los mozos del coche fúnebre. Y deja de canturrear. ¿Por qué estás canturreando? No importa, no me contestes. Ya vienen.

Beau notó que elevaban el ataúd, y de repente tuvo la visión de las estrechas y empinadas escaleras que bajaban al vestíbulo.

De repente, vio el ataúd deslizándose por aquellas escaleras, de la misma manera que Puck, Jack y él se lanzaban por las colinas de Blackthorn en su trineo, y lo vio deteniéndose en el vestíbulo, tal vez derribando a Thomas Mills-Beckam y a su hermana y a Francis Flotley, como si fueran bolos.

Tuvo muchas ganas de reírse, pero como sabía que quienes portaban el ataúd pensaban que estaban llevando a un muerto, se contuvo. Si se reía, lo dejarían caer, y seguramente lo arrojarían por aquellas escaleras.

Ah, ya estaban en el piso de abajo. Lo habían conseguido. Ahora ya solo tenían que salir y llegar al coche fúnebre...

«Al coche fúnebre del señor Hayes, del felicísimo señor Hayes...».

Alguien estaba llorando.

«Chelsea. Está llorando por mí. Qué bonito...».

—¡Un momento! Diré una oración por el difunto, para que su alma inmortal alcance el reposo eterno...

Beau abrió los ojos en la oscuridad. ¡Tenía que ser Francis Flotley! ¡Demonios!

Beau intentó salir de aquel extraño y feliz letargo, pero no lo consiguió.

—Reverendo, aléjese. Justo en este momento acabo de oír que puede ser la peste.

«Brean. Magnífico. Ya solo necesitamos a Madelyn, a Puck, a Jack, a él. Chelsea, Thomas, Madelyn. Una reunión familiar. Ni siquiera falta Flotley...».

—No, no ha sido la peste —dijo Chelsea. Beau se dio cuenta de que su voz sonaba alterada, ahogada, como si tuviera el pañuelo apretado contra la boca bajo el grueso velo negro de viuda—. Han sido las paperas.

—Por el amor de Dios, reverendo, ¿ha oído eso? Apártese, hombre. ¡Sálvese!

Y aquel fue el motivo de que Oliver Le Beau Blackthorn se fuera a la tumba sin una oración por su alma, o habría ido a la tumba sin una oración por su alma si de verdad hubiera muerto, cosa que no pensaba hacer hasta dentro de cuatro décadas más, como mínimo, décadas que pensaba vivir con Chelsea a su lado.

«¿Paperas? ¡Esta chica es un genio! El alegre señor Hayes con su coche fúnebre y su buen corazón…».

Beau siguió canturreando incoherencias mientras perdía el conocimiento.

El magnífico carruaje de los Blackthorn avanzaba a toda velocidad, ya lejos de Brean, antes de que Beau abriera por fin los ojos definitivamente en aquella ocasión, e incluso preguntara si había posibilidades de que pararan a comer pronto.

—¿Estás seguro de que te encuentras bien, Oliver? —le preguntó Chelsea, que todavía estaba preocupada. Su plan le había parecido perfecto, pero no había pensado en el detalle de que el pobre hombre pudiera respirar. Si seguían así, sus nietos tendrían historias para entretenerse durante toda la infancia.

Cuando por fin se habían quedado a solas en la horrible sala de la funeraria de Hayes, y Puck había levantado la tapa del ataúd, Beau estaba inconsciente, y Puck había tenido que abofetearlo para que despertara.

—Sí, estoy bien. Tengo sueño, pero estoy bien.

—¿Lo suficientemente recuperado como para cabalgar? —le preguntó Puck—. No es que los caballos no vayan bien detrás del carruaje, con el mozo montando a uno y llevando las riendas del otro, pero si yo fuera un caballo, querría hacer otra cosa que no fuera ir respirando polvo detrás de un coche. Me parece un maltrato para los animales, por no mencionar al mozo. Y no es que no quiera viajar en vuestra compañía, pero Brean estará buscando un carruaje. Tú mismo lo has dicho.

—¡Cuánta preocupación, Puck! Lo que pasa es que no te gusta ir en sentido contrario a la marcha —le dijo Chelsea, respondiendo a sus bromas. Quería quitarse de la cabeza el miedo que había tenido al abrir la tapa del ataúd. Puck tampoco la había engañado, puesto que la había mirado de un modo que solo había conseguido multiplicar por dos su temor.

—Y vosotros dos no queréis ser tres —replicó Puck, guiñándole un ojo—. Me sentiría insultado si no fuera porque tienes razón, odio ir en sentido contrario a la marcha. Ya sé dónde he estado. Quiero saber adónde voy.

—Es lo que quiere mucha gente —dijo Beau—. ¿Todavía tienes pensado volver a Francia cuando hayamos terminado aquí para continuar tu carrera de lechuguino?

—Ser el hermano pequeño no es nada fácil, ¿eh, Puck? —dijo Chelsea, comprensivamente—. Todos creen que están a cargo de ti. No tienes por qué contestarle.

—Eso es un consuelo, pero creo que tengo una respuesta. Seguramente volveré a Blackthorn una temporada, como prometí; nuestra madre ha prometido también que se quedaría allí durante el verano. Después volveré a París y me quedaré allí hasta la primavera. Jack dijo algo sobre ser aceptado en Londres, cosa que me pareció un desafío, y creo que voy a aceptarlo. Seguramente empezaré visitando a sus dos compañeros de conspiración, a quienes vimos anoche. Tal vez pueda cambiar mi silencio por unas cuantas presentaciones, ¿no crees, Beau? Soy un tipo bastante afable, pero primero necesito, al menos, una puerta abierta.

—Tienes una mente muy astuta, Robin Goodfellow —le dijo Beau, mientras estiraba sus largas piernas y se daba unas palmaditas en los muslos, como si quisiera despertarlas de un largo sueño—. Lo sé porque es justo lo que haría yo.

—Somos bastardos —dijo Puck alegremente—. No me imagino lo aburrido que puede ser el mundo si todo te lo dan hecho —añadió. El coche aminoró un poco la marcha al llegar a un cruce de caminos, y Puck sacó la cabeza por la ventanilla cuando giraron a la izquierda, para leer los letreros—. Ah, parece que estamos a punto de entrar en un pueblecito. Le dije a Jenkins que buscara una posada pequeña y alejada de la carretera principal. Pronto tendremos el estómago lleno, y podréis seguir vuestro camino.

Chelsea sintió una punzada de pánico al pensar en tener que separarse de Puck. Beau y ella habían viajado muy bien juntos, pero sabiendo que Thomas los seguía de cerca, había pensado mejor su idea de separar el grupo.

Sin embargo, no podía decirle eso a Beau.

—Oliver, ¿podríamos quedarnos en el coche? Estoy tan cansada de las posadas y los caballos…

Él le tomó una mano.

—Solo una noche más, Chelsea, y después tendrás el carruaje y las mejores posadas de todo el camino hasta Blackthorn. Te lo prometo. Tu hermano está demasiado cerca.

—Olía a menta —dijo Chelsea en voz baja, reviviendo aquellos horribles momentos que había pasado en el vestíbulo de El Cisne Blanco—. Antes siempre olía a menta, porque creía que así tapaba el olor a alcohol. ¿Crees que yo he hecho que vuelva a beber? De todos modos, pensé que iba a vomitar sobre sus zapatos. Madelyn también estaba allí. Se echó a reír cuando Thomas salió corriendo del vestíbulo como alma que lleva el diablo.

—Ojalá hubiera podido verlo —dijo Puck—. ¿Crees que eso significa que no pasarán la noche en Gateshead antes de continuar?

—Creo que podemos pensar que no, debido a que alguien mencionó que había peste y paperas en la zona.

—Oh. En eso no lo habíamos pensado, ¿verdad, Chelsea? Lo siento.

—No importa. Siempre y cuando podamos llevarles ventaja. Sin embargo, es otra razón más por la que Chelsea y yo debemos volver a cabalgar. El carruaje de Brean viajará seguramente por las carreteras principales, y esas carreteras estarán cada vez más atestadas de coches a medida que nos acerquemos a la frontera. Pero, por lo menos, no llevarán un tiro de caballos descansados, ¿os acordáis?

Chelsea sonrió.

—Todavía no puedo creerme que hayas alquilado todos los caballos del pueblo.

—Un gran gesto, Beau, pero no sé si tendrá resultados. Ya he oído a un caballero muy enfadado que ofrecía el doble del precio del alquiler con tal de tener caballos descansados y poder alcanzar a su madre, que se había fugado con el mayordomo. Brean hará lo mismo seguramente. Así que creo que lo único que has conseguido es hacer más felices a los propietarios de los establos de Gateshead.

—¡Oliver! ¿No habías pensado en eso?

—Sinceramente, no. Cuando lo hice, me pareció brillante.

—Cuando lo hiciste —dijo Puck—. Yo también pensé una vez que me favorecería un chaleco de color lila. Supongo que todos cometemos errores.

Chelsea asintió.

—Yo no pensé en que tuviéramos que hacerle agujeros a la tapa del ataúd de Beau. ¿Lila, Puck? ¿De verdad? ¿Te ha hablado Oliver del chaleco que se puso hace varios años? Tenía rayas, y brillaba. Y llevaba una chaqueta muy ajustada.

—Todos tenemos mucho que agradecerle a Brummell por su visión más elegante de la moda —dijo Puck—. Lo vi en Calais, ¿sabes, Puck? Se está convirtiendo en una de las atracciones locales. Muy triste. Lo visitamos, y le dejamos un monedero en algún sitio donde pudiera encontrarlo, discretamente. Después nos fuimos. Desde entonces he tenido mucho más cuidado con mi asignación. Las deudas son algo horrible.

—Y sin embargo, ¿te conformas con deberle tu existencia a la asignación que te da tu padre? —preguntó Chelsea, antes de poder contenerse—. Oh, lo siento. Eso no es asunto mío.

—No te disculpes, Chelsea —le dijo Puck—. Sé que Beau supervisa el patrimonio de nuestro padre y se gana la vida, y que Jack se niega a aceptar el dinero. Creo que ya es hora de que yo siga el ejemplo de mis hermanos. De hecho, he cambiado mi asignación por una de las fincas más pequeñas de papá, que él me iba a dar en cualquier caso. Así que ahora soy un terrateniente, aunque no tenga ni la más mínima idea de qué es lo que tengo que hacer con la finca.

—Yo he aprendido que funciona contigo o sin ti, siempre y cuando tengas un buen administrador, cosa de la que me he asegurado durante estos años —le dijo Beau—. Vuelve a París, Puck, termina lo que tengas que terminar y vuelve en primavera. Yo cuidaré de tu finca durante tu ausencia. Es lo menos que puedo hacer para darte las gracias.

—Pero no te marches hasta que nos casemos, por favor, Puck —le rogó Chelsea—. Yo quisiera que te quedaras con nosotros hasta que estemos de vuelta en Blackthorn.

Chelsea creyó ver que los dos hermanos intercambiaban

una mirada mientras Puck asentía. Seguramente, iba a pedirle a Chelsea que le explicara por qué, pero el coche aminoró el paso al entrar en el patio de una pequeña posada.

—Es hora de que os cambiéis el vestido de luto, señora Claridge, puesto que vuestro marido se ha recuperado de manera milagrosa —dijo Beau, y el tema anterior fue olvidado.

CAPÍTULO 20

Gracias a Dios por la incapacidad de Chelsea de distinguir el norte del sur.

Tomaron una comida rápida en una posada pequeña, pero limpia, y se pusieron de nuevo la ropa de montar. La posadera se quedó encantada al recibir como regalo la ropa de luto, aunque a su marido no le hizo tanta gracia. Después, Chelsea y Beau se despidieron de Puck, que se marchó en el carruaje hacia el oeste, hacia la vieja carretera de coches, con la promesa de reunirse con ellos de nuevo en Gretna Green.

Y entonces, Beau ayudó a montar a Chelsea, y ambos se pusieron en camino hacia el norte.

El plan de Beau era sencillo: Gretna Green era el destino más conocido para las parejas que se fugaban para casarse, pero no era el único pueblo escocés donde se celebraban aquellas bodas clandestinas.

De hecho, Beau tenía varias opciones: Lamberton, Mordington, Paxton y Coldstream. Había elegido el último pueblo, y tenía en el bolsillo un rudimentario mapa que le había dibujado el posadero.

Tenían la posibilidad de cabalgar campo a través por muchos itinerarios, parar a mitad de camino a pernoctar y cruzar la frontera, por Coldstream Bridge, al día siguiente, a media mañana.

Justo al final del puente de entrada al pueblo estaba el edificio en el que se cobraba la tasa por cruzarlo, que también era conocido como la Casa del Matrimonio. No habría herrero, y seguramente, el yunque solo sería algo simbólico, pero el matrimonio sería igual de válido. Según el posadero, en aquellos días la mitad de Escocia tenía licencia para celebrar matrimonios.

Después de casarse irían a Gretna Green a enfrentarse a la familia de Chelsea. Sin embargo, Beau no iba a permitir que Chelsea se acercara ni a un kilómetro de Brean. Ellos dos se reunirían con Puck fuera del pueblo, y su hermano protegería a Chelsea mientras él iba al encuentro del conde.

Beau se giró a mirar a Chelsea, puesto que iban a un trote suave para que los caballos descansaran.

—Te cae bien Puck, ¿verdad?

Ella lo miró con desconcierto.

—Por supuesto. Es encantador. Y no es tan tonto como quiere que piense todo el mundo. Aunque es bobo. Joven.

Beau se echó a reír.

—¿Joven? Tiene cinco años más que tú.

—Pero eso no significa nada. Los chicos siguen siendo bobos mucho más tiempo que las chicas. Seguramente, porque se les permite seguir siéndolo. Las chicas tienen que madurar mucho antes, porque se les inculca que deben comportarse de una manera precisa que las ayude a conseguir marido durante su primera temporada social. Cuando yo tenía catorce años ya sabía llevar una casa y conocía el protocolo para organizar cenas y fiestas, entre otras cosas. ¿Qué te requerían a ti a los catorce años, Oliver? ¿Que supieras escupir sin mancharte la barbilla?

—En realidad, creo que era decir palabrotas y silbar como un cochero. A los quince, mi padre me llevó a una taberna de la zona y me presentó a Lottie, que... educaba a la mayoría de los jóvenes de la zona. Con eso se suponía que tenía que convertirme en un hombre, ¿sabes? ¿Y por qué demonios te cuento estas cosas? Vamos, los caballos ya han descansado suficiente.

—Sí, señor —dijo Chelsea, sonriendo—. Pero primero, ¿sigue Lottie en esa taberna?

—¿Y por qué me preguntas eso?

—Porque he pensado que tal vez tenga que darle las gracias —respondió ella, y su sonrisa se volvió de picardía—. Vamos, Oliver. No debemos entretenernos más. Mañana mismo tenemos que ir a ver a un herrero de Gretna Green.

Él la vio espolear al caballo, sin saber qué decir. Al final, murmuró una cita de Shakespeare en la que ya no creía mucho:

—«Algunas veces, los hombres son dueños de su destino» —y añadió de su cosecha—: Pero, claramente, ahora no.

Tres horas después, cuando ya habían recorrido la distancia que les permitiría llegar a Coldstream al día siguiente por la mañana, Beau los registró en una posada con el nombre de los señores Claridge, y pidió que tomaran su equipaje de los caballos y los pusieran en sus habitaciones. Y, cuando Chelsea le dio un codazo, pidió también que les prepararan dos bañeras.

Ella volvió a darle un codazo, y él encargó que les sirvieran la cena en la habitación de la señora Claridge una hora después.

—¿Algo más, querida? —preguntó él, con el tono cansado de un marido, mientras se dirigían hacia las escaleras—. ¿O puedo ir a la taberna a tomar una cerveza?

—No, por desgracia no. Solo estaba practicando cómo ser una esposa. ¿Te importa?

Él se detuvo, se inclinó hacia ella y le dio un beso en la frente.

—Creo que no. Creo que debería importarme, pero no me importa. Eres una mujer que das miedo, Chelsea.

—Oh, bien, eso está bien. Siempre he querido serlo. Ah, ahí está mi bolsa de viaje —dijo ella.

Entonces se dio la vuelta sin decir una palabra más, y siguió a la doncella hacia su habitación. Él la observó hasta que llegó al piso superior, donde Chelsea se detuvo y se giró a mirarlo.

—Tal vez sea mejor que lleven la cena dentro de dos horas, Oliver.

Beau se quedó pensándolo un momento. Recordó que Chelsea se había disgustado al pensar en que tenía que dejar atrás las compras que había hecho Puck… y entonces fue a buscar al posadero y le pidió que retrasara la cena tres horas.

Sin embargo, cuando ya estaba bañado y arreglado, y llamó a la puerta de Chelsea, se dio cuenta de que debería haber pedido cuatro.

Un momento después, ya dentro de la habitación de Chelsea, la vio caminar hacia él, detenerse a unos cuantos metros y girar sobre sí misma con los brazos extendidos.

Parecía que Puck había hecho sus compras en una tienda que también surtía a cortesanas de alto nivel. Beau pensó que tendría que cuidar muy bien de la finca de su hermano mientras seguía en París.

Chelsea llevaba un camisón blanco. Sin embargo, ahí terminaba cualquier parecido con la idea de «virginal», y empezaba el concepto de «descaradamente sexual».

El camisón era de seda, de metros y metros de seda brillante y etérea, y también de encaje transparente, que estaba situado en las zonas más interesantes. En la pechera había lazos finos de satén que se entrecruzaban, y la falda tenía un corte muy astuto en el centro, de manera que cuando ella había caminado hacia él y la tela se había movido, Beau había podido vislumbrar sus rodillas, sus muslos… y más arriba.

Nunca, en toda la historia de la humanidad, una mujer envuelta en tantos metros de tela había estado tan desnuda.

Llevaba el pelo suelto y sus rizos rubios brillaban a la luz del fuego. Y sus ojos… aquellos ojos azules, increíblemente claros, tenían una mirada entre divertida e interrogante, y sobre todo, hambrienta.

—Eh… He tardado mucho tiempo en saber cómo debía ponérmelo. Por los lazos, y todo eso. Al principio pensaba que lo tenía puesto del revés… pero al final me di cuenta de cómo funcionaba.

—Funciona muy bien —dijo él, que de repente tuvo la necesidad de tragar saliva.

Ella alzó una mano para tirar del extremo de uno de los lazos que le sujetaba el camisón cerrado en la garganta.

—No —susurró Beau con la voz ronca—. No te lo quites.

Se acercó a ella lentamente, aunque su cuerpo ya estaba endurecido, preparado, y su mente llena de posibilidades.

Se conformó con una. Había más, pero tenían toda la noche por delante…

Un beso. Comenzaría con un beso.

Ella alzó la cara hacia él, con una pequeña sonrisa en los labios, dulce y sensual. Sus lenguas se encontraron y juguetearon de una manera instintiva, no calculada ni ensayada.

Él la tomó por la cintura y la alzó por el aire, sin que sus bocas se separaran. La llevó hasta la mesa que había junto al fuego, la sentó allí y se colocó entre sus piernas.

Entonces, movió las manos hacia lugares interesantes. Con los pulgares, le acarició los pezones a través del encaje del camisón, y notó la ligera aspereza de la tela. Cuando le tomó el pecho en la mano y posó su boca sobre él, notó el pezón endurecido de deseo al otro lado de las puntillas.

Ella se aferró a sus hombros mientras él lamía su cuerpo y lo acariciaba con la lengua.

Ella gimió. Si él estaba impaciente, ella también; los dos sabían lo que querían, y lo querían ya. En aquel mismo instante.

Él tomó una de sus manos y la posó sobre su otro seno, y le apretó la palma de la mano contra su propio cuerpo, mostrándole cómo podía acariciarse a sí misma, cómo podía darse placer mientras él también se lo proporcionaba.

Chelsea no se resistió. A los pocos instantes estaba pellizcándose el pezón con el dedo pulgar y el dedo índice, convirtiéndolo en un botón endurecido de deseo para ofrecérselo a Beau.

Él deslizó la mano entre sus piernas, y sus caricias adoptaron el mismo ritmo que su lengua. Ella echó hacia atrás la cabeza y estuvo a punto de sollozar de placer, y acometió contra él mientras la llevaba más y más alto.

—Oh, Dios. Oh… Dios mío… es maravilloso…

Lo rodeó con los brazos y las piernas, y él alzó la cabeza y volvió a besarla.

Entonces, Beau se desabrochó los botones del pantalón. Sentía una urgencia que no le permitía retrasarse mucho más. Ella era de fuego, y había abierto su cuerpo para él.

Era seda y encaje, brillo y humedad. Era salvaje y atrevida.

Era suya.

Entró en su cuerpo y lo sintió palpitar de placer, y embistió una y otra vez, hasta que ella se tensó y se quedó suspendida al borde del éxtasis.

Beau se movió una vez más, y Chelsea gritó y se aferró a su cuerpo mientras él explotaba dentro de ella, tomaba lo que le estaba ofreciendo y se entregaba a ella. Se entregó con pasión y deseo, y la certidumbre de que nunca, nunca iba a sentir todo aquello con ninguna otra mujer.

Ella era suya.
Y él era suyo...

Estaban tendidos en la cama. Beau tenía la cabeza apoyada en el regazo de Chelsea, y ella le estaba dando uvas, después de advertirle que no se ahogara, porque aquella era una historia que no quería tener que contarles a sus nietos.

—Si me ahogo en este momento —le dijo él entre uvas— no habrá nietos.

Ella se inclinó para poder susurrarle algo al oído:

—Vamos, Oliver, piensa en lo que hemos estado haciendo, y en lo que acabas de decir. ¿Cómo lo sabes?

Entonces, tuvo que darle unos golpes en la espalda, porque él se incorporó hasta que estuvo sentado, tosiendo y atragantándose.

—Lo has hecho a propósito —le dijo Beau en tono de acusación mientras se secaba los ojos con la sábana—. Pero sí, sé que es posible.

—Me imagino que Lottie te lo explicaría todo —le dijo ella dulcemente mientras dejaba el cuenco de uvas en la mesilla.

—No, mocosa malvada. Lottie me enseñó a evitar esas consecuencias. Lo que pasa es que no puedo acordarme de sus enseñanzas cuando tú te paseas por ahí medio desnuda, seduciéndome.

Ella se echó a reír.

Beau no podía creerlo. Era la mujer más apasionada y sensual a la que él hubiera conocido, y sin embargo, con aquella risita espontánea y libre se convertía en una adolescente joven, inocente, juguetona. Y como también era inteligente, divertida y buena, era la mujer más peligrosa del mundo.

Beau la miró durante un largo instante y dijo:

—Empiezo a entender el dilema de mi padre.

—¿Cómo? —preguntó Chelsea, cabeceando—. ¿De qué estás hablando?

—De nada —dijo él—. Bueno, en realidad… lo que quiero decir es que cuando una mujer atrapa a un hombre, como parece que tú has hecho conmigo, ese hombre no puede negarle nada a esa mujer, con tal de hacerla feliz. Con tal de oír su risa y de ver su sonrisa. Con tal de conservarla a su lado.

Chelsea se mordió el labio inferior, que le temblaba ligeramente.

—Oliver, eso es lo más bonito que podías decirme. Y también lo peor. No me gusta pensar que uso… artimañas.

—¿Prefieres pensar que no puedes conmoverme? —le preguntó él mientras la tendía boca arriba sobre la cama, observando cómo se le extendía la cabellera sobre la almohada.

—No —respondió ella, con su acostumbrada franqueza—. Pero me gustaría pensar que no intento… conmoverte a propósito. ¿De veras lo hago?

Él se inclinó y le acarició el cuello con la nariz.

—Sí, Chelsea, me conmueves. No hasta el punto de no preguntarte por qué si tú me pides que me corte la mano derecha por ti, pero estoy seguro de que me lo pensaría. Seguramente, también es ese el motivo por el que las mujeres no van a la guerra. No hay necesidad de tomar las armas cuando se puede conquistar con una sonrisa, o con una mirada.

—O con un camisón. Ahora que me lo he puesto, no voy a poder volver a mirar a la cara a tu hermano.

—Sí, pero por eso te empeñaste en que Puck volviera a la posada a recoger nuestras escasas pertenencias, ¿verdad? Te habías traído el camisón y tenías pensado ponértelo para que yo lo viera.

—Pero no como una… estratagema femenina.

Él posó la mano en la abertura de la falda, y comenzó a

dibujar, perezosamente, círculos en el vientre de Chelsea, mientras le besaba el cuello y bajaba hacia el valle que había entre sus pechos.

—Bueno —susurró ella—, tal vez un poco…

Beau se rio contra su piel, y alzó la cabeza para mirarla a los ojos.

—Yo nunca hago lo que no quiero hacer, Chelsea. Llevo mucho tiempo sin hacerlo. La diferencia es que ahora quiero hacer lo que sea por ti. No creo que tú hayas planeado así las cosas, y Dios sabe que yo tampoco, pero aquí estamos.

—Oh, Oliver… —dijo ella, y lo abrazó—. Vas a hacer cualquier cosa, salvo decir las palabras, ¿verdad? ¿Por qué no me lo demuestras, simplemente?

¿Sería capaz de decirle que tenía miedo de hacerlo? No sabía cómo explicarle que excitarla era una cosa. Despertarla, enseñarle, disfrutar de ella y darle placer. Pero si le hacía el amor de verdad, si hacía el amor con ella, sin la urgencia física, sin la novedad, los juegos y sin aquel camisón, entonces estaría dando un paso que no había dado nunca.

No estaría dando solo su cuerpo, sino que se estaría dando a sí mismo.

—Chelsea, yo…

Ella le puso el dedo sobre los labios.

—Shhh. No digas nada. No quiero que pienses que tienes que decirme algo.

Él le tomó la mano y le besó las yemas de los dedos.

—Tenías razón. Los hombres seguimos siendo bobos durante mucho más tiempo que las mujeres. Algunos seguimos siendo tontos durante toda la vida.

—Sí, pero las mujeres somos sabias, Oliver. Sabemos esperar. Aunque a mí me gustaría mucho que me miraras otra vez como me has mirado hace un momento. Y si me besaras…

Él la besó. Le dio un beso suave, casto. Pasó mucho tiempo besándola.

Fue quitándole los lazos, el encaje y la seda. Estaban muy bien, pero para otro momento.

Después la acarició, sí, pero con reverencia. La excitó lentamente, adorando su cuerpo. Le besó los párpados, el pelo, el ángulo del codo, las rodillas. Pasó las manos por su piel, y después, los labios. Saboreó todos los instantes, todas las caricias, todos los latidos.

La pasión podía saciarse rápidamente, abrasadoramente.

Pero en aquel momento, él la estaba acariciando con la mente, además de con las manos y la boca.

No le estaba provocando pasión.

Le estaba haciendo el amor a Chelsea.

Estaba haciendo el amor con Chelsea.

Y ya nunca volvería a ser el mismo...

Thomas Mills-Beckam, conde de Brean, estaba sentado junto a la chimenea con una copa de vino, leyendo una Biblia que le había regalado su padre muchos años antes.

Desde que habían salido de Londres, había hecho un viaje muy largo, tanto en kilómetros como en espacio mental. Siempre había sabido que no era un hombre brillante, pero en aquellos momentos se sentía en paz consigo mismo, por primera vez en toda su vida. Antes ni siquiera sabía que estaba incómodo; era como si siempre hubiera tenido dolor de muelas, y de repente se hubiera dado cuenta de que ese dolor había desaparecido.

Nunca había sido especialmente religioso ni devoto, hasta que había estado a punto de morir y había hecho aquellas promesas apresuradas. Nunca había abierto la Biblia; Francis prefería que el conde limitara sus lecturas a los sermones que él mismo escribía, y Thomas había pagado para que se publicaran.

Estaba agitando la cabeza con asombro al leer un pasaje en particular cuando su hermana entró en el salón privado que había entre sus habitaciones con otra copa de vino.

—Veo que tú tampoco puedes dormir —dijo Madelyn mientras se sentaba frente a él—. ¿Y estás leyendo? Dios mío, hermano, ¿desde cuándo tienes ese pasatiempo tan aburrido?

Thomas miró a su hermana. Había intentando tomarle afecto, lo había estado intentando con todas sus fuerzas durante aquellos cinco días, pero no lo había conseguido. Pese a que conocía bien sus propios defectos, y era capaz de reconocerlos, se consideraba mejor persona que ella. Por lo menos, él sabía quién era. Ella se creía que era inteligente, y encantadora.

—Es una cosa muy extraña, Maddie. Cuando leo estas palabras por mí mismo, parecen una cosa muy diferente a lo que me ha transmitido Francis. Él utiliza fragmentos para argumentar sus afirmaciones, para dar explicaciones, ¿entiendes? Pero cuando ves el texto completo…

—¿Sí? ¿Qué ocurre cuando ves el texto completo, Thomas?

Él cerró el libro. No tenía ganas de admitir ante su hermana que había sido un crédulo. Y cuando pensaba en todo el dinero que le había dado a Francis, y que había estado dispuesto a entregarle también a su hermana pequeña… Madelyn se había perdido muchos años antes, pero Chelsea todavía podía salvarse. Él mismo la salvaría. A Chelsea nunca le había caído demasiado bien su hermana, y solo por eso él la había tachado de su lista negra.

De hecho, él debería haberla escuchado cuando ella soltaba sus letanías contra Francis. Sin embargo, ya se había dado cuenta de que no era un hombre perfecto. Según lo que había leído aquella noche, bastaba con que intentara ser mejor. No se trataba de lo absoluto, de ser completamente bueno o malo. A partir de aquel momento, él intentaría mejorar.

—Nada —respondió—. Tú no lo entenderías, Maddie. Es suficiente con decir que he tomado algunas decisiones. Le he dicho a Francis que quiero que se vaya mañana mismo, antes de que yo continúe hacia Gretna Green.

—¿De veras? Me alegro de que hayas recuperado el sentido común. ¿Y también vas a dejar de vestirte como si fueras a un funeral? Me siento avergonzada de verte con esos pañuelos y esas chaquetas negras. ¿Y cómo se ha tomado el cuervo la noticia? Supongo que mal.

Thomas suspiró.

—Creo que Francis tiene el pecado de la ira. Invocó la ira de Dios sobre mi alma. El hecho de que ya hayan pasado tres horas y no me haya fulminado ningún rayo me dice que el reverendo no tiene verdadera influencia sobre el Todopoderoso. Hace poco se lo mencioné, porque vino aquí arrastrándose a pedirme que lo pensara bien. Me negué, y él me levantó la mano.

—Oh, Dios mío. ¿Y qué hiciste tú?

—Le golpeé con esa silla en la cara. Varias veces —dijo Thomas, y alzó la copa—. He decidido que, si Francis tiene razón y voy a ir al infierno, al menos voy a disfrutar por el camino.

Madelyn correspondió a su brindis, y después lo miró mientras apuraba el vino.

—¿Y Blackthorn? ¿Te vas a conformar solo con darle otra vez de latigazos? Ese hombre ya la habrá deshonrado. No es tonto.

—Seguramente, se han acostado más de una docena de veces —dijo Thomas con un suspiro—. Si no se han casado, me llevaré a Chelsea a casa. Seguro que ya se ha arrepentido después de pasar tantos días en compañía de un bastardo. Siempre puedo casarla a cambio de un dinero, como hicimos contigo.

—¿Cómo? ¿Papá y tú pensabais que yo no era...? Blackthorn nunca me hizo nada... Él no fue...

—¿El primero? Sí, ya lo sé. Pero tú cada vez eras más temeraria, y animaste tanto a Blackthorn que vino a casa. En esta ocasión no tendré tanta prisa. Esperaré a ver si Chelsea está embarazada antes de comprarle un marido.

Maddie se puso en pie.

—Espera un momento, Thomas. ¿Tú sabías que yo no era virgen?

—Lo sabía medio Londres —dijo él, y se puso en pie también—. De hecho, seguramente el único que no lo sabía era el idiota de Blackthorn, porque no era aceptado en White's y no había visto tu nombre escrito en el libro de apuestas del club, como lo había visto yo la misma mañana que él vino a pedir tu mano. «J.S. apuesta quinientas libras a W.R. a que conseguirá cierto mechón de pelo de M.M.B antes del catorce de junio». Yo fui corriendo a casa para estrangularte, y allí averigüé que te habías rebajado a seducir a bastardos. ¿Qué habría sido lo siguiente, Maddie? ¿Los lacayos? ¿Un deshollinador?

Madelyn había palidecido. Al principio había abierto mucho los ojos, y según hablaba, había ido entornándolos, hasta que se habían convertido en dos rendijas, como si se hubiera dado cuenta de que había perdido un enfrentamiento que estaba segura de ganar.

—¿Cómo te atreves a decir unas cosas tan horribles de mí? Siempre te he odiado, Thomas. Solo he fingido que me caías bien. Pero era por lástima. Eres un idiota.

—Sí, ya lo sé. He hecho muchas estupideces. Aquel día le di unos cuantos latigazos al bastardo, pero solo porque no podía dártelos a ti, y solo porque me di cuenta de que tú no valías más que él. Tuviste suerte de que papá y yo pudiéramos comprar a un barón para que se casara contigo. Por mucho que Francis se equivocara en todo lo demás, tenía razón con respecto a ti. De un modo u otro, tú fuiste la causante de todo esto. Puedes volver a Londres con el reverendo mañana por la mañana. He alquilado un coche, así que mira a ver si puedes convertir su vida en un infierno, como has hecho con la de todos los demás. Adiós, Maddie.

CAPÍTULO 21

Se levantaron antes del amanecer, y después de desayunar, se pusieron en camino hacia Gretna Green mientras el sol ascendía por encima de las copas de los árboles.

Aquel era el último día de su huida, de su loca aventura, y de lo que había sido, para Chelsea, un viaje de descubrimiento.

Aquel era el día en que iban a casarse.

Aquel era el día en que tendrían que enfrentarse a Thomas, a Madelyn y al horrible Francis Flotley.

Chelsea y Beau cabalgaron a un ritmo constante durante toda la mañana. Ella estaba impaciente por llegar a Gretna Green, pero por otra parte, tampoco podía evitar el deseo de continuar como hasta aquel momento, los dos solos y alejados del resto del mundo y de sus problemas.

De su propio hermano, un hombre dominante, y de la madre de Beau, una mujer extraña y egoísta. De la sociedad, que juzgaba a la gente por méritos superficiales, de manera que Thomas Mills-Beckam era considerado un caballero y Oliver Le Beau Blackthorn solo se merecía desprecio, cuando podría darle al conde lecciones sobre lo que era ser un buen hermano, y sobre lo que era proteger y querer a su familia, sin juzgarlos, sin condenarlos.

Chelsea suspiró en silencio. Ella tenía que seguir el ejemplo de Beau, así que intentaría no juzgar a Adelaide Claridge.

—¿Dónde vamos a vivir, Oliver? —le preguntó cuando se detuvieron unos instantes en un cruce de caminos, y él se puso a consultar los letreros.

Beau se había sacado un papel del bolsillo y tenía el ceño fruncido mientras lo comparaba con el poste de señalización.

—¿Dónde te gustaría vivir? —le preguntó a Chelsea, aunque parecía que no iba a prestarle demasiada atención a su respuesta.

—Me imagino que donde vivas tú. Parece lo más conveniente —respondió ella, y por fin, se giró para mirar las señales, por si se habían perdido de nuevo. Aunque se habían perdido, no pensaba decirle nada, por lo menos hasta que él admitiera que se habían perdido, porque ya deberían haber visto la señalización de Gretna Green. Era más tarde de mediodía.

—Yo no estoy mucho tiempo en ninguna parte —dijo él mientras plegaba el mapa y se lo metía al bolsillo de nuevo—. Algunas veces estoy en Blackthorn, y otras veces en las fincas que gestiono, y otras veces, en Grosvenor Square.

—Ah. Entonces, supongo que debería preguntarte dónde te gustaría vivir.

—Bueno, a eso puedo responderte fácilmente. En tu bolsillo —le dijo él, con una gran sonrisa—. Pero primero, lo mejor será que lleguemos a nuestro destino y nos casemos. ¿Estás lista para entrar en la ratonera de un clérigo, o por lo menos para meter el pie bajo su yunque?

—Ambas cosas suenan igual de dolorosas, pero de todos modos, no veo ninguna señal de Gretna Green. ¿Te has perdido otra vez, Oliver?

—No vamos directamente a Gretna Green, Chelsea. En cuanto crucemos ese puente que ves allí, estaremos en Escocia, en un pueblo llamado Coldstream. Tiene un establecimiento idóneo al final del puente, según me han dicho. Podemos pagar la tasa por cruzarlo y casarnos al mismo tiempo.

Chelsea se irguió un poco en la montura y divisó un puente a un kilómetro y medio de distancia, más o menos, sobre un río que seguramente era una frontera natural entre Inglaterra y Escocia.

—Pero... Puck nos está esperando en Gretna Green, ¿no?

—Sí, muy cerca de allí. Después de cumplir con el ritual, nos reuniremos con él. No quería que tuviéramos que recitar nuestros votos matrimoniales sin dejar de mirar hacia atrás por si aparecían tus hermanos.

—Después de cumplir con el ritual. Suena muy frío...

—Eso es lo que no quiero que sea nuestra boda —respondió él.

—¿Crees que cuando Thomas sepa que es demasiado tarde, y que hemos cumplido con el ritual, se dará la vuelta y se marchará a Londres?

—¿Y tú?

Chelsea negó con la cabeza.

—No. ¿Y tú?

—No, no lo creo. Pero una vez que estemos casados, no podrá interferir. No podrá colocarte delante de otro yunque y obligarte a que te cases con el reverendo.

—Tú no permitirías que Thomas hiciera eso si... —Chelsea no terminó la frase, y sus manos comenzaron a temblar mientras sujetaba las riendas del caballo.

—Mírame, Chelsea. Seas esposa o viuda, Thomas ya no tendrá ningún poder sobre ti. Puck, tu cuñado, y por tanto tu guardián legal durante mi ausencia, estará allí para dejárselo bien claro a las autoridades escocesas. No creo que tu hermano sea tan tonto como para pegarme un tiro, y menos en Escocia, donde las leyes son bastante estrictas con respecto al asesinato de hermanos y padres, puesto que son muy perjudiciales para el negocio de los clérigos y los yunques. No creo que tu hermano se ponga violento, pero tenía que prepararme lo mejor posible para protegerte, pase lo que pase esta tarde. ¿Lo entiendes?

—No, no lo entiendo. Si podemos casarnos sin necesidad de ir a Gretna Green, ¿para qué vamos a ir? ¿Por qué no podemos cumplir con el ritual y volver enseguida a Blackthorn?

—Tenemos que enfrentarnos a tu hermano más tarde o más temprano —respondió él razonablemente—. Yo prefiero hacerlo ya, en vez de esperar a que él pueda elegir el momento y la hora. Además, prefiero vérmelas con él, y no con alguien a quien pueda contratar.

—¿De verdad piensas que podría contratar a alguien para atacarte? Eso no se me había ocurrido. Parece que Puck y tú ya habéis pensado en todo. ¿Y por qué has esperado tanto para decírmelo?

Él sonrió mientras los caballos empezaban a cabalgar hacia el puente.

—¿Estás enfadada?

—¿Enfadada? ¡Estoy indignada!

—Pues entonces, ahí va tu respuesta: creo que estoy empezando a aprender a ser un marido.

—Bueno, no te sientas tan orgulloso, Oliver. No creo que los maridos sean capaces de pensar con más claridad que los que no lo son. Has dicho que Puck nos está esperando cerca de Gretna Green. Has pensado en dejarme allí con él, y enfrentarte solo a Thomas, ¿no?

—Sí —dijo Beau, mientras se detenían frente a la Casa del Matrimonio—. Y ahora, ¿estás dispuesta a casarte?

Ella alzó la barbilla.

—Creo que no.

—Chelsea…

Entonces, ella lo miró, y al ver su cara de preocupación, cedió.

—Sí, estoy lista para casarme contigo. Pero si te las arreglas para dejarme viuda antes de que acabe el día, no te lo perdonaré nunca.

—Deja de mirarme con ese ceño, Chelsea —le dijo Beau a Chelsea, cuando ya estaban sentados en uno de los bancos de la Casa de Matrimonios—. Creo que ese hombre está empezando a pensar que te he traído aquí obligada.

—No has confiado en mí, y me has engañado. Este no es un buen modo de empezar un matrimonio, Oliver.

—Después podrás regañarme todo lo que quieras —respondió él, y sonrió mientras intentaba evitar las miradas de preocupación del señor Ramsey McHugh.

—Cuenta con ello, desde luego. Y ahora, ¿podrías preguntarle al señor McHugh si tiene una copia de la ceremonia matrimonial por alguna parte? Creo que me gustaría echarle un vistazo a los votos.

Estaba alzando la barbilla de nuevo. Hacía poco tiempo que Beau la conocía, pero ya sabía que aquel gesto no era un buen presagio.

—Creo que serán los mismos votos que en todas partes. Los recitaremos sobre un yunque, desde luego, pero tendrán la misma validez que si los dijéramos en San Jorge.

—Sí, supongo que tienes razón, pero quiero comprobar si dicen algo sobre el hecho de ser sincero con el cónyuge. Porque, a menos que tengas que prometerlo obligatoriamente, creo que me pasaré el resto de la vida preguntándome si me estás diciendo lo que quiero oír, o si me estás ocultando algo que hará que te mire fulminantemente y te diga «Oh, Oliver».

El se rio en voz baja y se inclinó para susurrarle algo al oído.

—Pero si a mí me encanta que me digas «Oh, Oliver». Sobre todo, tal y como lo ronroneabas anoche.

Ella apretó los labios con fuerza, pero no pudo contener la sonrisa.

—Yo no ronroneaba.

—Sí, sí lo hacías.

—Shh. Te va a oír.

—Mejor. Así, por lo menos, dejará de pensar que te he secuestrado para que te cases conmigo. Discúlpame.

Se puso en pie y se acercó al señor Ramsey McHugh, que estaba hablando con otra pareja que acababa de entrar al edificio.

—No quería interrumpir —le dijo Beau—, pero mi prometida y yo tenemos un poco de prisa. ¿Vais a tardar mucho?

—Solo un poco más, muchacho. Los señores McTavish ya están aquí, así que estamos esperando a mi madre y a mi tía Susan.

—Ah... Disculpadme, no quisiera ser entrometido, pero, ¿por qué debemos esperar a vuestra madre? ¿Y a su tía, también?

—Para la boda, señor. Como todo el mundo va a Gretna Green, ahora ya no vemos tantas como antes. Vos y vuestra prometida sois los primeros en quince días, y nadie quiere perdérsela —dijo el señor McHugh, y se inclinó hacia él para hacerle una confidencia—: En realidad, señor, no hay mucho más que hacer aquí en Coldstream.

—Oliver, ¿hay algún problema?

Beau volvió al banco y se sentó.

—Creo que vamos a tener público —le explicó a Chelsea, entre la frustración y la diversión—- ¿Te importa?

Chelsea miró hacia el pequeño grupo de gente, que cada vez era mayor.

—Me están saludando —dijo ella en voz baja mientras devolvía el gesto con la mano y una sonrisa de timidez—. ¿Crees que debería ir a hablar con ellos?

—¿Y qué ibas a decirles, por el amor de Dios?

—No lo sé. Tal vez pudiera darles las gracias por venir.

Beau se pellizcó el puente de la nariz.

—Sí, claro. Perfecto. Ve a hacer tu papel de anfitriona. Yo me quedaré aquí, meditando sobre mis pecados.

—Podías empezar por el de no decirme lo que tenías planeado para hoy —le sugirió Chelsea dulcemente, y después se levantó y se encaminó hacia el grupo de invitados a su boda.

Treinta minutos después, estaban casados. Beau se puso una flor de brezo blanco en el ojal de la chaqueta, regalo de la señora McTavish, y Chelsea sujetó un ramito de flores amarillas. El señor McHugh recitó los votos con su fuerte acento escocés, y Beau le puso su anillo en el dedo a Chelsea, que tuvo que sujetárselo para que no se le cayera. Al final, ambos firmaron en el registro nupcial, como Oliver Le Beau y lady Chelsea Blackthorn, y Chelsea se despidió de todas las mujeres con un beso afectuoso antes de salir de la Casa de Matrimonios.

En la mano, aparte del ramito de flores, llevaba un papel con la dirección de todos los asistentes a la boda, porque pensaba enviarles un obsequio de agradecimiento cuando volvieran a Inglaterra. Ah, y le diría a todo el mundo que Coldstream era una opción mucho mejor que Gretna Green, por si acaso alguien pensaba fugarse para contraer matrimonio, claro.

Beau estaba seguro de que el dolor de cabeza se le pasaría en algún momento, pero seguramente no demasiado pronto.

Aunque estaba muy contento de haberse casado con aquella mujer tan maravillosa, que lo había domesticado prácticamente de la noche a la mañana.

Y mientras se dirigían a caballo a Gretna Green, se dio cuenta de que se sentía completo, más incluso que la noche anterior. Era como si hubiera recuperado una parte que le faltaba. La gente debería hacer eso de casarse. El mundo sería mucho mejor.

Ahora ya solo tenía que enfrentarse al conde de Brean.

Chelsea estaba sentada en una de las mesas de la posada, con la barbilla apoyada en la mano, mirando a su marido.

—Estoy muy contenta —le dijo a Beau, mientras él comía un poco de patata cocida—. He decidido que tenías razón. Me alegro mucho de que no decidieras llegar antes que Thomas a Gretna Green y tuviéramos que casarnos deprisa y corriendo. Y ahora que ya hemos cumplido con el ritual, mi hermano no puede hacer nada.

—Bueno, puede pegarme un tiro —respondió Beau—. Pensaba que te preocupaba esa posibilidad.

—Al principio, cuando te sugerí que te fugaras conmigo para que nos casáramos, no. Después sí. Pero ahora, de repente, ha dejado de preocuparme de nuevo. Creo que deberías decirle que no vas a exigir que te entregue mi dote. Es bastante grande, ¿sabes? Y a Thomas le importan esas cosas.

Beau dejó el tenedor en el plato.

—¿De verdad? ¿Y también debería decirle que voy a dejar de intentar arruinarlo para que caiga en la desesperación y se pegue el tiro a sí mismo?

—Parece que os odiáis de verdad, ¿no? Creo que no era solo una diversión para ti, tal y como me has dicho. ¿Estoy en lo cierto?

Beau se quedó pensando en su pregunta durante un instante.

—Llevo muchos años despreciando a tu hermano, y por más de un motivo. Pero ahora pienso que estamos empatados. Él no sabe lo que ha perdido, y yo estoy asombrado por lo que he ganado. Tengo mucha suerte. Creo que incluso se lo voy a decir. Ahora, los dos somos adultos, y espero que más sabios. Ya no tenemos más cuentas que saldar.

A Chelsea se le llenaron los ojos de lágrimas.

—Te has vuelto demasiado caritativo, Oliver, y eso podría ser peligroso. Deja que vaya contigo a verlos. Y que venga Puck también. No vayas solo, por favor. Ellos son tres, y tú solo serías uno. Mi hermano puede ser imprevisible, sobre todo si ha vuelto a la bebida. Por favor, Oliver.

—Lo pensaré —dijo él, y le tomó una mano por encima de la mesa—. Si nos marchamos ahora, podemos estar allí dentro de una hora. Supongo que mi hermano estará de acuerdo contigo.

Una hora más tarde se habían reunido con Puck. Él saludó a Chelsea dándole un beso en las mejillas, y un abrazo.

—Solo accedí a llevar a cabo este plan tan estúpido porque confiaba en tus poderes de persuasión, Chelsea —le dijo. Después se giró hacia Beau, que lo estaba mirando con el ceño fruncido—. No has cambiado nada. ¿Cómo se siente uno al estar casado?

—Te lo diré cuando lleve casado más de tres horas, ¿de acuerdo? ¿Cuánto llevas esperándonos aquí?

—Lo bastante como para alegrarme de verte, supongo. Por cierto, Brean está en el pueblo, pero ha venido solo. Está haciendo guardia junto al lugar donde se celebran los matrimonios.

Chelsea se agarró al brazo de Puck.

—¿Y qué aspecto tiene? ¿Está enfadado?

—Va armado —dijo Puck, mirando a Beau—. Lleva una pistola de duelos en la cintura, y se queda mirando a todo el mundo que pasa por delante de él. Creo que está haciendo el ridículo, aparte de asustar a las señoras. Ah, y tiene una botella al lado, que seguramente ya estará vacía. Yo diría que, si te quedas a más de tres metros de él, fallará el tiro.

—¿Seguro que está solo?

—Sí —dijo Puck—. Es todo fanfarronería de borracho. Hazle un gesto amenazante, y seguramente saldrá corriendo. Sobre todo cuando le digas que ya te has casado. Creo que será divertido.

—¿Divertido? —inquirió Chelsea—. Todos estos días y noches de preocupación, todo eso de que iba a quedarme viuda justo después de casarme, ¿y él dice que va a ser divertido? Y tú, marido mío... Seguro que estabas deseando que llegara el momento de esta reunión, ¿no es así?

—Creo que te ha pillado, hermano. La venganza perfecta. Por los latigazos, y por el resto de las cosas que te ha hecho. Tú lo dijiste, Chelsea acaba de decirlo, y es así. Es decir, si él no tiene suerte y te pega un tiro —dijo Puck, y sonrió a su flamante cuñada—. No es que tú no le importes; sí le importas. De lo contrario, te habría deshonrado y te habría mandado de vuelta a casa. ¿Verdad, Beau?

Chelsea miró a Beau. A su marido.

—Te agradecería que no me ayudaras más, Puck —dijo él en voz baja, sin apartar la vista de Chelsea.

Ella reflexionó durante unos momentos, y después dijo:

—Está bien, Oliver. Puck no ha dicho ninguna mentira. ¿Podemos ir a ver a Thomas ya? Porque yo voy a ir. No creo que haya venido hasta aquí para darnos su bendición, pero estoy segura de que ha cambiado en algo, y quiero saber en qué. Vamos en el carruaje.

Puck abrió la portezuela del coche y le cedió el paso a Chelsea. Cuando todos estuvieron en el interior, preguntó:

—Bueno, ¿y cuál es el plan?

Chelsea miró a Beau.

—Creo que lo mejor será pedirle disculpas a Thomas —dijo, y esperó a que él estallara—. Pero no tienen que ser disculpas sinceras, claro, y seguro que él no se lo espera.

—A mí no me parece que esté deseoso de perdonar —

repuso Puck—. ¿He mencionado el pequeño detalle de que lleva una pistola en la cintura del pantalón?

—Si yo supiera que él iba a venir a verme, también llevaría una pistola —intervino Beau mientras Chelsea le daba la mano—. Pero está solo. Yo no me esperaba eso. Puck, quiero que te quedes dentro del coche. Es lo más justo.

—Ah, claro, hermano mío, y lo que tú quieres es ser justo por encima de todo. ¿Es que te has vuelto loco?

—Seguramente. Pero en cierto modo, yo voy armado —dijo Beau, mientras el coche se detenía—. Ah, ahí está, tal y como tú lo has descrito. ¿Qué demonios está haciendo?

Chelsea se inclinó hacia delante para mirar por la ventanilla.

—Vaya… Creo que está flirteando con esa mujer del vestido llamativo. ¿La bebida y las mujeres otra vez? Y Francis Flotley no está por ningún sitio —dijo con deleite—. ¿Sabes lo que significa eso, Oliver? Que Madelyn ha conseguido que renuncie a la religión. Te dije que convertiría su vida en un infierno. ¡Oh, mi cuñada se va a poner muy contenta!

—Te ha visto —le advirtió Puck en voz baja—. Aquí viene. Deberías salir. Aquí estás en desventaja.

—Quédate con Puck —le dijo Beau a Chelsea, y le dio un beso en la mejilla. Después le besó la frente, la nariz, los labios. Tomó sus mejillas entre las manos y la miró durante un largo instante, como si tal vez no fuera a verla más—. Si yo necesitara que me rescate mi esposa, entonces tal vez deberías haber elegido otro marido.

La abrazó con fuerza, y después se giró hacia su hermano.

—Puck, recuerda lo que hemos hablado. Y si tienes que sentarte encima de ella, hazlo.

Chelsea intentó tomarlo del brazo.

—Pero…

Beau ya estaba fuera del coche, en mitad de la calle empedrada, con los brazos alejados del cuerpo. El conde estaba a unos tres metros de él. Brean dio un par de pasos más y se detuvo.

—¿Dónde está mi hermana?

—Mi esposa está en el carruaje.

—Oh, eso no ha sido inteligente. Conciso, pero no inteligente —murmuró Puck. Abrió un compartimiento del coche, sacó una pistola y se la puso sobre el regazo.

—Shhh —le advirtió Chelsea—. Thomas está hablando.

—¿Por qué acudió a vos?

—¿Por qué huyó de vos?

Brean agitó la mano desdeñosamente.

—Ya sé por qué lo hizo. Me equivoqué al tratar de casarla con Flotley, ya lo sé. Pero ella no tenía derecho a desobedecerme.

—Creo que ella no está de acuerdo. A propósito, ¿dónde está el reverendo? Chelsea me ha dicho que siempre tiene la boca húmeda, y me preguntaba si había exagerado.

Dentro del coche, Chelsea negó con la cabeza mirando a Puck. Ella no había exagerado.

—Ya os he dicho que Francis no tiene importancia. La culpa fue de las paperas. De las paperas y de Madelyn. Ya lo he visto claramente —respondió Thomas, y alzó la voz—. ¡Chelsea! ¡Te perdono! ¡He venido para llevarte a casa!

—Creo que no me habéis oído, Brean. Chelsea se ha casado conmigo, y se va a quedar conmigo. Vuestra discusión ha de ser conmigo.

—No. Ella no puede ser vuestra esposa todavía. Acabáis de llegar aquí.

—Pero hay más de un lugar para casarse en Escocia, Brean. Habéis llegado demasiado tarde.

El conde se llevó la mano a la pistola, pero no llegó a tocarla.

—Puedo hacer que anulen ese matrimonio.

—No, Brean, no podéis. Con suerte, Chelsea ya estará embarazada.

El conde enrojeció y resopló varias veces antes de escupir un insulto.

—¡Bastardo!

—Vaya, eso es algo que Beau nunca había oído —comentó Puck—. Qué insulto tan fácil, ¿no crees? Tu hermano podía tener más imaginación.

Chelsea le dio una palmada en la mano para silenciarlo. Las cosas iban bien. Thomas estaba enfadado, pero no había sacado la pistola. Y si no la había sacado de inmediato, seguramente ya no iba a sacarla.

—Todo ha terminado entre nosotros, Brean. Estamos en paz. Olvidaré lo que ocurrió aquel día en Portland Place… y lo que ocurrió después.

Chelsea vio que su hermano se tambaleaba, y no por la bebida, sino por lo que acababa de decirle Beau.

—Ah —susurró Puck—. El golpe de gracia. Ya lo tiene. Nunca lo dudé. Por lo menos, no demasiado.

Ella no lo entendía, y una vez más, le hizo un gesto a Puck para que guardara silencio. Estaba ocurriendo algo importante.

Thomas dio un paso atrás y se alejó de Beau.

—¿Lo sabéis?

—Siempre lo he sabido. Por eso he venido hoy aquí, para decíroslo. Y para deciros esto también: ahora estamos en paz, así que retiraos. Alejaos de Chelsea. Olvidad que existimos. Dios sabe que nosotros dos queremos olvidarnos de vos.

—Yo… era muy joven —dijo el conde quejumbrosamente—. Mi propio padre me llamó cobarde por usar así el látigo. Llamó cobarde a su propio hijo. Él… me dijo que el bastardo era más caballero que yo. Dios, cómo odié a mi padre. Pero no tanto como a vos. Él me dijo que un caballero de verdad habría golpeado con los puños.

—Todavía podéis intentarlo. A mí me gustaría.

Chelsea se apretó los nudillos contra la boca, con el corazón acelerado. Sin embargo, por mucho miedo que tuviera, no podía apartar los ojos.

—Y tal vez yo no pueda culparos —prosiguió el conde—. Os marchasteis a la guerra, y yo tampoco hice eso. Como era el único hijo, el heredero, no podía hacerlo. Pero eso no impidió que mi padre dijera que vos, el bastardo, sí amabais a vuestro país. Cuando nos enteramos de que os habíais convertido en un héroe y de que erais capaz de matar a cincuenta gabachos con vuestras propias manos, mi padre no dejó de restregármelo por las narices. Os detestaba. No había manera de que aprendierais cuál era vuestro sitio.

—Supongo que mi sitio estaba frente al pelotón de fusilamiento, después de que vos lo arreglarais todo para que me acusaran de saqueo. Y, como eso no sirvió, os encargasteis de que me dispararan por la espalda mientras luchábamos contra los franceses. No os tengo mucha estima, Brean. ¿Estáis seguro de que no queréis pelear conmigo?

—Por el amor de Dios, Beau, no se lo pidas —murmuró Puck—. ¡Dale un puñetazo en la boca!

—Puck, shh. Ya has oído lo que dijo mi padre, que Oliver es un caballero de verdad. ¿Por qué no me contó nada de esto? —preguntó Chelsea mientras cabeceaba—. ¿Y por qué no me sorprende que Thomas fuera tan cobarde y tan traidor?

—¿Y quién está murmurando ahí dentro? Quiero saber lo que tiene que decir vuestro hermano... Vamos, salid aquí si tenéis valor... No —dijo por fin el conde—. No, creo que estoy demasiado borracho, y tal vez mi padre tuviera razón...

—Entonces, ¿hemos terminado, Brean? ¿Hemos terminado con todo esto de verdad?

El conde cerró los ojos, y asintió.

—Bueno. Como no frecuentamos los mismos círculos

sociales, dudo que volvamos a vernos. Pero quiero deciros algo que tal vez os tranquilice: quiero a vuestra hermana. La quiero con toda mi alma, y pasaré el resto de mi vida haciendo todo lo que esté en mi mano para demostrarle que me la merezco.

El conde miró a Beau, y después miró hacia el carruaje.

—¿Y a mí qué me importa? —preguntó con desconcierto.

Después se dio la vuelta y se alejó.

Sin embargo, Chelsea no había vuelto a prestar atención a su hermano desde que había oído las palabras de Beau. Se secó las lágrimas de las mejillas y miró a Puck.

—Oliver me quiere, Puck. Me quiere.

Puck la miró sin comprender lo que le decía.

—Sí, claro. Ya lo sabía.

Chelsea sonrió a través de las lágrimas.

—Eso no importa. Lo importante es que Oliver lo sepa —dijo ella, y miró a su marido, que se estaba dando la vuelta para volver al coche—. Y ahora, sal unos minutos, Puck, porque creo que por fin me lo va a decir.

EPÍLOGO

Llevaban casi una semana en Blackthorn. Puck ya se había marchado a Londres, porque había decidido que se alojaría en Grosvenor Square durante lo que quedaba de temporada social. Dijo que iba a investigar un poco sobre los dos amigos de Jack antes de acercarse a ellos al año siguiente para pedirles que lo ayudaran a integrarse en su círculo social.

—Diría que voy a echarlo de menos, pero no lo creo —comentó Beau, mientras Chelsea y él veían alejarse los dos coches de su hermano. Puck no viajaba precisamente ligero de equipaje.

—¡Oliver! Eso está muy mal.

—Seguramente, pero como mis padres están felices en la casita, ahora estamos solos, por fin. Nadie nos preguntará por qué no bajamos nunca a desayunar. Nadie hará comentarios graciosos cuando nos retiramos pronto. Nadie nos interrumpirá en el invernadero...

—Eso podría haber sido muy embarazoso —dijo Chelsea. Se dieron la vuelta y comenzaron a subir los peldaños de la entrada, y ella continuó—: Bueno, creo que en realidad estoy de acuerdo contigo. No vamos a echarlo de menos. ¿Subimos?

Beau le rodeó la cintura con el brazo, y la guió hacia las escaleras.

—Pues sí, si no te importa. Podemos celebrar la partida de Puck.

—Pero si esta mañana ya hemos celebrado la salida del sol —bromeó ella, mientras se agarraba la falda del vestido y echaba a correr hacia la habitación que compartían.

Cuando estuvieron dentro, ella se detuvo en silencio, de espaldas a Beau, para indicarle que debía desabrocharle los botones del vestido nuevo. Tal vez pudiera ser más sutil, o más mañosa, pero eso sería una pérdida de tiempo.

Además, tenía algo que contarle, y lo mejor era hacerlo cuanto antes.

—¿Oliver? —dijo, mientras él iba abriendo botón por botón, y besándole cada centímetro de piel que dejaba a la vista—. Esta mañana he recibido una carta de Madelyn.

—Espero que la hayas echado al fuego rápidamente.

—No, la he leído. Me ha desheredado. ¿Puede hacerlo?

El último botón estaba desabrochado, así que Beau hizo que Chelsea se girara hacia él.

—Creo que es una prerrogativa del cabeza de familia, pero ella debe de verlo como algo simbólico. Lo siento, cariño.

—Yo no lo siento en absoluto. Pero hay más, Oliver. También me dice que Thomas ha vuelto a sus viejas costumbres, y que bebe y juega más que antes, además de frecuentar de nuevo a prostitutas. No parece que nuestra fuga le haya afectado en absoluto, salvo que Madelyn dice que en Mayfair todo el mundo habla de la paliza que te dio cuando llegó a Gretna Green demasiado tarde para impedir que nos casáramos. Madelyn quería saber si eso es cierto. Así que ahora soy yo la que tiene que decir que lo siente.

Beau sonrió.

—Y yo que me sentía culpable, aunque no mucho, claro,

porque ya no podía advertirle que no hiciera la inversión que hizo el mes pasado.

—¿Qué inversión? —preguntó Chelsea mientras caminaba hacia la cama llevando a Beau consigo—. ¿Más uvas?

—Ni siquiera tu hermano sería tan tonto como para tropezar dos veces con esa piedra. Pero, ¿sabíais, señora Blackthorn, que se dice que hay oro en las colinas de Shropshire?

Ella se quitó el vestido, subió a la cama y se puso de rodillas sobre el colchón para deshacerle el nudo del pañuelo y desabotonarle la camisa a su marido.

—Vaya, no, señor Blackthorn, no lo sabía, aunque seguramente no hay ni una sola pepita, ¿verdad?

—Si la hubiera, tu hermano se convertiría en un hombre muy rico, pero estoy seguro de que no es el caso. Sin embargo, será la última vez que me divierto a costa de tu hermano. Para ser sincero, no merece la pena. ¿Vas a tardar todo el día con esos botones?

—No te sientas mal por no haber podido impedir esa última inversión. Él estuvo a punto de conseguir que te ejecutaran durante la guerra. Es un hombre horrible. No me extraña que tuviera miedo de morir e ir al infierno. Bueno, ya está. Puedes quitarte la camisa y venir a la cama. ¿A que cada vez somos más habilidosos?

—Y uno de nosotros es cada vez más descarado —dijo él mientras se tumbaba junto a ella—. ¿Cuántas veces te he dicho hoy que te quiero?

Ella le acarició el pelo.

—Solo tres. Pero es más que ayer. ¿No te resulta más y más fácil, Oliver?

—No recuerdo por qué me ha resultado difícil alguna vez. Creo que te quise en el mismo momento que me diste aquella patada en el tobillo —murmuró Beau, y le dio un beso—. O tal vez, supe que te quería cuando vi esa ampolla que tenías en el dedo y tú me mentiste diciéndome que no te habías dado cuenta. No, no... Ya lo sé. Creo que lo supe cuando te sujetaba la cabeza mientras vomitabas aquella espantosa empanada de carne...

Ella le tapó la boca con una mano.

—Oliver —le dijo con severidad—. Creo que ya es suficiente.

Él puso la mano sobre la de ella, le besó la palma y después se la apretó contra el corazón, que de todas formas le pertenecía.

—Sí, cariño, ya lo sé. Supe que estaba enamorado de ti cuando me llamaste «Oliver».

—Pero... si eso fue el primer día.

Entonces, él le susurró al oído:

—Sí, ya lo sé.

Chelsea se estrechó contra él.

—Oh, Oliver...

Títulos publicados en Top Novel

Confío en ti – DEBBIE MACOMBER
Más fuerte que el odio – HEATHER GRAHAM
Sombras del pasado – LINDA LAEL MILLER
Tras la máscara – ANNE STUART
En el punto de mira – DIANA PALMER
Secretos del corazón – KASEY MICHAELS
La isla de las flores/Sueños hechos realidad – NORA ROBERTS
Juegos de seducción – ANNE STUART
Cambio de estación – DEBBIE MACOMBER
La protegida del marqués – KASEY MICHAELS
Un lugar en el valle – ROBYN CARR
Los O'Hurley – NORA ROBERTS
La mejor elección – DEBBIE MACOMBER
En nombre de la venganza – ANNE STUART
Tras la colina – ROBYN CARR
Espíritu salvaje – HEATHER GRAHAM
A la orilla del río – ROBYN CARR
Secretos de una dama – CANDACE CAMP
Desafiando las normas – SUZANNE BROCKMANN
La promesa – BRENDA JOYCE
Vuelta a casa – LINDA LAEL MILLER
Noelle – DIANA PALMER
A este lado del paraíso – ROBYN CARR
Tras la puerta del deseo – ANNE STUART
Emociones secuestradas – LORI FOSTER
Secretos de un caballero – CANDACE CAMP